亲爱的母亲河

赵丽宏／著

民主与建设出版社

亲爱的母亲河

目录

挥　手 / 1
母亲和书 / 13
鼓腹有所思 / 18
我的舅舅 / 22
心里的珍珠 / 27
童年的南京路 / 31
说绍兴路 / 40
远去的马蹄声 / 44
徐家汇的足音 / 49
"过桥去看文明戏" / 53
香山路梧桐 / 59
淮海路的表情 / 63
绿翡翠 / 66
亲爱的母亲河 / 70
在我的书房怀想上海 / 75
城中天籁 / 81

中国屏风 / 88

记忆和遐想 / 95

我心中的奥运主题 / 102

汉字之魅 / 106

鸟瞰地平线 / 109

点燃圣火的瞬间 / 113

诗·梦·金钥匙 / 122

时间断想 / 130

"丝绸之路"上的奇遇 / 135

瞬间的迷惑 / 142

石　魂 / 147

麦积山 / 156

周庄水韵 / 160

塔　影 / 164

黄河之水 / 170

蓝色的抚仙湖 / 173

山湖琴韵 / 179

今月曾照古时人 / 185

古玉崧泽 / 190

遥望海门 / 194

长江魂魄 / 199

纯阳洞奇想 / 203

天池和人参 / 209

北半截胡同41号 / 216

江南片段 / 223

甘南素描 / 239

关于玛雅的断想 / 262

鹰之死 / 267

血与沙 / 273

异乡的天籁 / 282

庞贝晨昏 / 287

沉船威尼斯 / 291

在柏林散步 / 295

莫扎特在这里出生 / 300

遥望泰姬陵 / 306

挥 手

——怀念我的父亲

深夜,似睡似醒,耳畔嘚嘚有声,仿佛是一支手杖点地,由远而近……父亲,是你来了么?骤然醒来,万籁俱寂,什么声音也听不见。打开台灯,父亲在温暖的灯光中向我微笑。那是一张照片,是去年陪他去杭州时我为他拍的,他站在西湖边上,花影和湖光衬托着他平和的微笑。照片上的父亲,怎么也看不出是一个80多岁的人。没有想到,这竟是我为他拍的最后一张照片!6月15日,父亲突然去世。那天母亲来电话,说父亲气急,情况不好,让我快去。这时,正有一个不速之客坐在我的书房里,是从西安来约稿的一个编辑。我赶紧请他走,还是耽误了五六分钟。送走那位不速之客后,我便拼命骑车去父亲家,平时需要骑半个小时的路程,只用了十几分钟,也不知这十几里路是怎么骑的。然而我还是晚到了一步。父亲在我回家前的十分钟停止了呼吸。一口痰，堵住了他的气管，他只是轻轻地说了两声："我透不过气来……"便昏迷过去，再也没有醒来。救护车在我之前赶到，医生对垂危的父亲进行了抢救，终于无功而返。我赶到父亲身边时，他平静地躺着，没有痛苦的表情，脸上似乎略带着微笑，就像睡着了一样。他再也不会笑着向我伸出手来，再也不会向我倾诉他的病痛，再也不会关切地询问我的生活和创作，再也不会拄着拐杖跑到书店和邮局，去买我的书和发表有我文章的报纸和刊物，再也不会在电话中笑声琅琅地和孙子聊天……父亲！

因为父亲走得突然，子女们都没有能送他。父亲停止呼吸后，我是第一个赶回到他身边的。我把父亲的遗体抱回到他的床上，为他擦洗了身体，刮了胡子，换上了干净的衣裤。这样的事情，父亲生前我很少为他做，他生病时，都是母亲一个人照顾他。小时候，父亲常常带我到浴室里洗澡，他在热气蒸腾的浴池里为我洗脸擦背的情景我至今仍然记得。想不到我有机会为父亲做这些事情时，他已经去了另外一个世界。父亲，你能感觉我的拥抱和抚摸吗？

父亲是一个善良温和的人，在我的记忆中，他的脸上总是含着宽厚的微笑。从小到大，他从来没有骂过我一句，更没有打过一下，对其他孩子也是这样。也从来没有见到他和什么人吵过架。父亲生于1912年，是清王朝覆灭的第二年。祖父为他取名鸿才，希望他能够改变家庭的窘境，光宗耀祖。他的一生中，有过成功，更多的是失败。年轻的时候，他曾经是家乡的传奇人物：一个贫穷的佃户的儿子，靠着自己的奋斗，竟然开起了好几家兴旺的商店，买了几十间房子，成了使很多人羡慕的成功者。家乡的老人，至今说起父亲依旧肃然起敬。年轻时他也曾冒过一点儿风险，抗日战争初期，在日本人的刺刀和枪口的封锁下，他摇着小船从外地把老百姓需要的货物运回家乡，既为父老乡亲做了好事，也因此发了一点儿小财。抗战结束后，为了使他的店铺里的职员们能逃避国民党军队抓壮丁，父亲放弃了家乡的店铺，力不从心地到上海开了一家小小的纺织厂。他本想学那些叱咤风云的民族资本家，也来个"实业救国"，想不到这就是他在事业上衰败的开始。在汪洋一般的大上海，父亲的小厂是微乎其微的小虾米，再加上他没有多少搞实业和管理工厂的经验，这小虾米顺理成章地就成了大鱼和螃蟹们的美餐。他的工厂从一开始就亏损，到解放的时候，这工厂其实已经倒闭，但父亲要面子，不愿意承认失败的现实，靠借债勉强维持着企业。到公私合营的时候，他那点资产正好够得上当一个资本家。为了维持企业，他带头削减自己的工资，减到比一般的工人还低。他还把自己到上海后造的一幢楼房捐献给了公私合营后的工厂，致使我们全家失去了存身之处，不得不借宿在亲戚家里，过了好久才租到几间石库门里弄中的房间。于是，在以后的几十年里，他一直是一个名不副实的资本家，而这一顶帽子，也使我们全家消受了很长一段时间。在我的童年时代，家里一直是过着清贫节俭的生活。记得我小时候身上穿的总是用哥哥姐姐穿过的衣服改做的旧衣服，上学后，每次开学前付学费时，都要申请分期付款。对于贫穷，父亲淡然而又坦然，他说："穷不要紧，要紧的是做一个正派人，做一个对社会有贡献的人。"我们从未因贫穷而感到耻辱和窘困，这和父亲的态度有关。"文革"中，父亲工厂里的"造反队"也到我们家里来抄家，可厂里的老工人知道我们的家底，除了看得见的家具摆设，家里不可能有什么值钱的东西。来抄家的人说："有什么金银财宝，自己交出来就可以了。"记得父亲和母亲耳语了几句，母亲便打开五斗橱抽屉，从一个小盒子里拿出一根失去光泽的细细的金项链，交到了"造反队员"的手中。后来我才知道，这根项链，还是母亲当年的嫁妆。这是我们家里唯一的"金银财宝"……

"文化大革命"初期的一天夜晚，"造反队"闯到我们家带走了父亲。和我们告别时，父亲非常平静，毫无恐惧之色，他安慰我们说："我没有做过亏心事，他们不能把我怎么样。你们不要为我担心。"当时，我感到父亲很坚强，不是一个懦夫。在"文革"中，父亲作为"黑七类"，自然度日如年。但就在气氛最紧张的日子里，仍有厂里的老工人偷偷地跑来看父亲，还悄悄地塞钱接济我们家。这样的事情，在当时简直是天方夜谭。我由此了解了父亲的为人，也懂得了人与人之间未必是你死我活的阶级斗争关系。父亲一直说："我最骄傲的事业，就是我的子女，个个都是好样的。"我想，我们兄弟姐妹都能在自己的岗位上有一些作为，和父亲的为人，和父亲对我们的影响有着很大关系。

记忆中，父亲的一双手老是在我的面前挥动……

我想起人生路上的三次远足，都是父亲去送我的。他站在路上，远远地向我挥动着手，伫立在路边的人影由大而小，一直到我看不见……

第一次送别是我小学毕业时，我考上了一所郊区的住宿中学，那是20世纪60年代初。那天去学校报到时，送我去的是父亲。那时父亲还年轻，鼓鼓囊囊的铺盖卷提在他的手中并不显得沉重。中学很远，坐了两部电车，又换上了到郊区的公共汽车。从窗外掠过很多陌生的风景，可我根本没有心思欣赏。我才14岁，从来没有离开过家，没有离开过父母，想到即将一个人在学校里过寄宿生活，不禁有些害怕，有些紧张。一路上，父亲很少说话，只是面带微笑默默地看着我。当公共汽车在郊区的公路上疾驰时，父亲望着窗外绿色的田野，表情变得很开朗。我感觉到离家越来越远，便忐忑不安地问："我们是不是快要到了？"父亲没有直接回答我，指着窗外翠绿的稻田和在风中飘动的林荫，答非所问地说："你看，这里的绿颜色多好。"他看了我一眼，大概发现了我的惶惑和不安，便轻轻地抚摸着我的肩胛，又说："你闻闻这风中的味道，和城市里的味道不一样，乡下有草和树叶的气味，城里没有。这味道会使人健康的。我小时候，就是在乡下长大的。离开父母去学生意的时候，只有12岁，比你还小两岁。"父亲说话时，抚摸着我肩胛的手始终没有移开，"离开家的时候也是这样的季节，比现在晚一些，树上开始落黄叶了。那年冬天来得特别早，我离家才没有几天，突然就发冷了，冷得冰天雪地，田里的庄稼全冻死了。我没有棉袄，只有两件单衣裤，冷得瑟瑟发抖，差点没冻死。"父亲用很轻松的语气，谈着他少年时代的往事，所有的艰辛和严峻，都融化在他温和的微笑中。在我的印象中，父亲并不是一个深沉的人，但谈起遥远往事的时候，尽管他微笑着，我却感到了他的深沉。那天到学校后，父亲陪我报到，又陪我找到自己的寝室，帮我铺好了床铺。接下来，就是我送父亲了，我把他送到校门口。在校门口，父亲拍拍我的肩膀，又摸摸我的头，然后笑着说："以后，一切都要靠你自己了。开始不习惯，不要紧，慢慢就会习惯的。"说完，他就大步走出了校门。我站在校门里，目送着父亲的背影。校门外是一条大路，父亲慢慢地向前走着，并不回头。我想，父亲一定会回过头来看看我的。果然，走出十几米远时，父亲回过头来，见我还站着不动，父亲就转过身，使劲向我挥手，叫我回去。我只觉得自己的视线模糊起来……在我少年的心中，我还是第一次感到自己对父亲是如此依恋。

父亲第二次送我，是"文化大革命"中了。那次，是出远门，我要去农村插队落户。当时，父亲是"有问题"的人，不能随便走动，他只能送我到离家不远的车站。那天，是我自己提着行李，父亲默默地走在我身边。快分手时，他才讷讷地说："你自己当心了。有空常写信回家。"我上了车，父亲站在车站上看着我。他的脸上没有露出别离的伤感，而是带着他常有的那种温和的微笑，只是有一点儿勉强。我知道，父亲心里并不好受，他是怕我难过，所以尽量不流露出伤感的情绪。车开动了，父亲一边随着车的方向往前走，一边向我挥着手。这时我看见，他的眼睛里闪烁着晶莹的泪光……

父亲第三次送我，是我考上大学去报到那一天。这已经是1978年春天。父亲早已退休，快70岁了。那天，父亲执意要送我去学校，我坚决不要他送。父亲拗不过我，便让步说："那好，我送你到弄堂口。"这次父亲送我的路程比前两次短得多，但还没有走出弄堂，我发现他的脚步慢下来。回头一看，我有些吃惊，帮我提着一个小包的父亲竟已是泪流满面。以前送我，他都没有这样动感情，和前几次相比，这次离家我的前景应该是最光明的一次，父亲为什么这样伤感？我有些奇怪，便连忙问："我是去上大学，是好事情啊，你干吗这样难过呢？"父亲一边擦眼泪，一边回答："我知道，我知道。可是，我想为什么总是我送你离开家呢？我想我还能送你几次呢？"说着，泪水又从他的眼眶里涌了出来。这时，我突然发现，父亲花白的头发比前几年稀疏得多，他的额头也有了我先前未留意过的皱纹。父亲是有点老了。唉，这是没有办法的事情，儿女的长大，总是以父母青春的流逝乃至衰老为代价的，这过程，总是在人们不知不觉中悄悄地进行，没有人能够阻挡这样的过程。

父亲中年时代身体很不好，严重的肺结核几乎夺去他的生命。曾有算命先生为他算命，说他57岁是"骑马过竹桥"，凶多吉少，如果能过这一关，就能长寿。57岁时，父亲果真大病一场，但他总算摇摇晃晃地走过了命运的竹桥。过60岁后，父亲的身体便越来越好，看上去比他实际年龄要年轻十几二十岁。曾经有人误认为我们父子是兄弟。80岁之前，他看上去就像60多岁的人，说话、走路，都没有老态。几年前，父亲常常一个人突然地就走到我家来，只要楼梯上响起他缓慢而沉稳的脚步声，我就知道是他来了，门还没开，门外就已经漾起他含笑的喊声……四年前，父亲摔断了胫股骨，在医院动了手术，换了一个金属的人工关节。此后，他便一直被病痛折磨着，一下子老了许多，再也没有恢复以前那种生机勃勃的精神状态。他的手上多了一根拐杖，走路比以前慢得多，出门成了一件困难的事情。不过，只要遇到精神好的时候，他还会拄着拐杖来我家。

在我的所有读者中，对我的文章和书最在乎的人是父亲。从很多年前我刚开始发表作品开始，只要知道哪家报纸和杂志刊登有我的文字，他总是不厌其烦地跑到书店或者邮局里去寻找，这一家店里没有，他再跑下一家，直到买到为止。为做这件事情，他不知走了多少路。我很惭愧，觉得我那些文字无论如何不值得父亲去走这么多路。然而，再和他说也没用。他总是用欣赏的目光读我的文字，尽管不当我的面称赞，也很少提意见，但从他阅读时的表情，我知道他很为自己的儿子骄傲。对我的成就，他总是比我自己还兴奋。这种兴奋，有时我觉得过分，就笑着半开玩笑地对他说："你的儿子很一般，你不要太得意。"他也不反驳我，只是开心地一笑，像个顽皮的孩子。在他晚年体弱时，这种兴奋竟然一如十数年前。前几年，有一次我出版了新书，准备在南京路的新华书店为读者签名。父亲知道了，打电话给我说他要去看看，因为这家大书店离我的老家不远。我再三关照他，书店里人多，很挤，千万不要凑这个热闹。那天早晨，书店里果然人山人海，卖书的柜台几乎被热情的读者挤塌。我欣慰地想，还好父亲没有来，要不，他撑着拐杖在人群中可就麻烦了。于是我心无旁骛，很专注地埋头为读者签名。大概一个多小时后，我无意中抬头时，突然发现了父亲，他拄着拐杖，站在远离人群的地方，一个人默默地在远处注视着我。唉，父亲，他还是来了，他已经在一边站了很久。我无法想象他是怎样拄着拐杖穿过拥挤的人群上楼来的。见我抬头，他冲我微微一笑，然后向我挥了挥手。我心里一热，笔下的字也写错了……

去年春天，我们全家陪着我的父母去杭州，在西湖边上住了几天。每天傍晚，我们一起在湖畔散步，父亲的拐杖在白堤和苏堤上留下了轻轻的回声。走得累了，我们便在湖畔的长椅上休息，父亲看着孙子不知疲倦地在他身边蹦跳，微笑着自言自语："唉，年轻一点儿多好……"

死亡是人生的必然归宿，雨果说它是"最伟大的平等，最伟大的自由"，这是对死者而言，对失去了亲人的生者们来说，这永远是难以接受的事实。父亲逝世前的两个月，病魔一直折磨着他，但这并不是什么不治之症，只是一种叫"带状疱疹"的奇怪的病，父亲天天被剧烈的疼痛折磨得寝食不安。因为看父亲走着去医院检查身体实在太累，我为父亲送去一辆轮椅，那晚在他身边坐了很久，他有些感冒，舌苔红肿，说话很吃力，很少开口，只是微笑着听我们说话。临走时，父亲用一种幽远怅惘的目光看着我，几乎是乞求似的对我说："你要走？再坐一会儿吧。"离开他时我心里很难过，我想以后一定要多来看望父亲，多和他说说话。我绝没有想到，再也不会有什么"以后"了，这天晚上竟是我们父子间的永别。两天后，他就匆匆忙忙地走了。父亲去世前一天的晚上，我曾和他通过电话，在电话里，我说明天去看他，他说："你忙，不必来。"其实，他希望我每天都在他身边，和他说话，这我是知道的，但我却没有在他最后的日子里每天陪着他！记得他在电话里对我说的最后一句话是："你自己多保重。"父亲，你自己病痛在身，却还想着要我保重。你最后对我说的话，将无穷无尽回响在我的耳边，回响在我的心里，使我的生命永远沉浸在你的慈爱和关怀之中。父亲！

在父亲去世后的日子里，我一个人静下心来，面前总会出现父亲的形象。他像往常一样，对着我微笑。他就站在离我不远的地方，向我挥手，就像许多年前他送我时，在路上回过头来向我挥手一样，就像前几年在书店里站在人群外面向我挥手一样……有时候我想，短促的人生，其实就像匆忙的挥手一样，挥手之间，一切都已经过去，已经成为过眼烟云。然而父亲对我挥手的形象，我却无法忘记。我觉得这是一种父爱的象征，父亲将他的爱，将他的期望，还有他的遗憾和痛苦，都流露宣泄在这轻轻一挥手之间了。

1994年7月15日—9月14日于四步斋

母亲和书

又出了一本新书。第一本书要送的人,当然是我的母亲。在这个世界上,最关注我的是她老人家。

母亲的职业是医生。年轻的时候,母亲是个美人,我们兄弟姐妹都没有她年轻时独有的那种气质。儿时,我最喜欢看母亲少女时代的老照片,她穿着旗袍,脸上含着文雅的微笑,比旧社会留下来的年历牌上那些美女漂亮得多,就是三四十年代上海滩那几个最有名的电影明星,也没有母亲美。母亲小时候上的是教会的学校,受过很严格的教育。她是一个受到病人称赞的好医生。看到她为病人开处方时随手写出的那些流利的拉丁文,我由衷地钦佩母亲。

在我童年的记忆里,母亲是个严肃的人,她似乎很少对孩子们做出亲昵的举动。而父亲则不一样,他整天微笑着,从来不发脾气,更不要说动手打孩子。因为母亲不苟言笑,有时候也要发火训人,我们都有点怕她。记得母亲打过我一次,那是在我7岁的时候。那天,我在楼下的邻居家里顽皮,打碎了一张清代红木方桌的大理石桌面，邻居上楼来告状，母亲生气了，当着邻居的面用巴掌在我的身上拍了几下，虽然声音很响，但一点儿也不痛。我从小就自尊心强，母亲打我，而且当着外人的面，我觉得很丢面子。尽管那几下打得不重，我却好几天不愿意和她说话，你可以说我骂我，为什么要打人？后来父亲悄悄地告诉我一个秘密："你不要记恨你妈妈，那几下，她是打给楼下告状的人看的，她才不会真的打你呢！"我这才原谅了母亲。

　　我后来发现，母亲其实和父亲一样爱我，只是她比父亲含蓄。上学后，我成了一个书迷，天天捧着一本书，吃饭看，上厕所也看，晚上睡觉，常常躺在床上看到半夜。对读书这件事，父亲从来不干涉，我读书时，他有时还会走过来摸摸我的头。而母亲却常常限制我，对我正在读的书，她总是要拿去翻一下，觉得没有问题才还给我。如果看到我吃饭读书，她一定会拿掉我面前的书。一天吃饭时，我老习惯难改，一边吃饭一边翻一本书。母亲放下碗筷，板着脸伸手抢过我的书，说："这样下去，以后不许你再看书了。"我问她为什么，她说："读书是一辈子的事情，你现在这样读法，会把自己的眼睛毁了，将来想读书也没法读。"她以一个医生的看法，对我读书的坏习惯作了分析，她说："如果你觉得眼睛坏了也无所谓，你就这样读下去吧，将来变成个瞎子，后悔也来不及。"我觉得母亲是在小题大做，并不当一回事。

其实，母亲并不反对我读书，她真的是怕我读坏了眼睛。虽然嘴里唠叨，可她还是常常从单位里借书回来给我读。《水浒传》《说岳全传》《万花楼》《隋唐演义》《东周列国志》《格林童话》《钢铁是怎样炼成的》《牛虻》等书，就是她最早借来给我读的。我过8岁生日时，母亲照惯例给我煮了两个鸡蛋，还买了一本书送给我，那是一本薄薄的小书《卓娅和舒拉的故事》。在20世纪50年代，哪个孩子生日能得到母亲送的书呢？

中学毕业后，我经历了不少人生的坎坷，成了一个作家。在我从前的印象中，父亲最在乎我的创作。那时我刚刚开始发表作品，知道哪家报刊上有我的文章，父亲可以走遍全上海的邮局和书报摊买那一期报刊。我有新书出来，父亲总是会问我要。我在书店签名售书，父亲总要跑来看热闹，他把因儿子的成功而生出的喜悦和骄傲全都写在脸上。而母亲，却从来不在我面前议论文学，从来不夸耀我的成功。我甚至不知道母亲是否读我写的书。有一次，父亲在我面前对我的创作问长问短，母亲笑他说："看你这得意的样子，好像全世界只有你儿子一个人是作家。"

父亲去世后，母亲一下子变得很衰老。为了让母亲从悲伤沉郁的情绪中解脱出来，我们一家三口带着母亲出门旅行，还出国旅游了一次。和母亲在一起，谈话的话题很广，却从不涉及文学，从不谈我的书。我怕谈这话题会使母亲尴尬，她也许会无话可说。

1999年，上海文艺出版社出版了我的一套自选集，四厚本，一百数十万字，字印得很小。我想，这样的书，母亲不会去读，便没有想到送给她。一次我去看母亲，她告诉我，前几天，她去书店了。我问她去干什么，母亲笑着说："我想买一套《赵丽宏自选集》。"我一愣，问道："你买这书干什么？"母亲回答："读啊。"看我不相信的脸色，母亲又淡淡地说："我读过你写的每一本书。"说着，她走到房间角落里，那里有一个被帘子遮着的暗道。母亲拉开帘子，里面是一个书橱。"你看，你写的书，一本也不少，都在这里。"我过去一看，不禁吃了一惊，书橱里，我这20年中出版的几十本书都在那里，按出版的年份整整齐齐地排列着，一本也不少，有几本还精心包着书皮。其中的好几本书，我自己也找不到了。我想，这大概是全世界收藏我的著作最完整的地方。

看着母亲的书橱，我感到眼睛发热，好久说不出一句话。她收集我的每一本书，却从不向人炫耀，只是自己一个人读。其实，把我的书读得最仔细的人是母亲。母亲，你了解自己的儿子，而儿子却不懂得你！我感到很羞愧。

母亲微笑着凝视我，目光里流露出无限的慈爱和关怀。母亲老了,脸上皱纹密布,年轻时的美貌已经遥远得找不到踪影。然而在我的眼里,母亲却比任何时候都美。世界上,还有什么比母爱更美丽,更深沉呢?

2000年4月

鼓腹有所思

这几天,又想起了我的父亲。如果他还活着,过年96岁了。

想起了和父亲一起过年的往事。那是20世纪60年代初,所谓"三年自然灾害"时期。到底是什么灾害,我那时一直弄不明白。在城市里感觉四季分明,没有任何异常的天象,何来"自然灾害"?可是突然就变得一切都紧缺起来,餐桌上的饭变成了粥,菜也越来越少,所有和吃穿有关的商品,几乎都要凭票供应。饥饿的状态是经常的,餐桌上不管出现什么都是美食。可惜数量总是很少,敞开肚皮吃的时候几乎没有。只有到过年时,才会有几天真正意义上的"丰衣足食"。那年除夕的前一天,父亲一早出门排队买回来不少配给的菜,那是准备烧年夜饭的。鸡鸭鱼肉堆在厨房里,预示着年夜饭的丰盛。"小年夜"的晚餐,却只有一道菜:一碗又硬又涩的花菜叶,而且带着浓浓的沥青气味。那时的花菜只有黯淡的青叶而无白色的花,现在想来也实在奇怪。那晚的花菜叶因为有沥青的气味，难以下咽。父亲却吃得很香，他笑着说："这是'解放菜'，吃吧，吃吧，吃了今晚的'解放菜'，明天的年夜饭会更香。"那碗"解放菜"的滋味，我现在仍记得，当然绝非美食，而难得幽默的父亲竟然用它引出了我们的笑声。第二天吃年夜饭，满桌佳肴，这是一年中最丰盛的晚餐。冷菜中有一碟炒花生，六个孩子，大家用筷子夹不方便，开饭前大姐便自作主张为我们分。五双眼睛盯着大姐的手，看她是否分得公平。大姐大概紧张了，一个闪失，盘子跌落在地，哐当一声响，盘子摔得粉碎，花生满地乱滚。大姐吓坏了，盯着地上发呆，孩子们都有点惊慌，大年夜摔碎盘子，可不是好兆头。这时，父亲笑着站起来，拿出一把扫帚，边扫边说："没关系，没关系，今晚少一道菜，明天炒一盘更大的补偿大家。"父亲这么一说，气氛顿时轻松了，六个孩子钻到桌子底下，转眼就把地上的盘子碎片和花生捡得干干净净。那顿年夜饭，餐桌上的气氛特别温馨。

童年的日子是清寒的，连衣食无忧也很难做到。家里孩子多，靠父母不太高的工资维持一个大家庭的生活很不容易。尽管日子过得很苦，父亲瘦削的脸上却总是含着微笑。他那时患了肺结核，按算命先生的预测，50岁上下对他来说是"骑马过竹桥"，生的概率小于死亡。母亲是医生，尽自己所能照顾着父亲。那时家里有点好吃的首先要供给父亲，治他的病需要营养。记得母亲想方设法买来黑枣、冰糖和猪油，将猪油切成小块嵌入黑枣，放冰糖蒸熟后盛在瓷罐里，每天晚上给父亲吃上几颗。母亲告诫我们，这是给父亲治病的，大家都不能吃。猪油黑枣的香味是多么诱人，但我们都不为所动，因为我们认为它们是可以救父亲命的。父亲一个人吃黑枣时，总是皱着眉头，闷闷不乐，仿佛是在吃难以下咽的苦药。一天晚上睡觉前，父亲把我叫到身边，表情有点诡秘。餐厅里只有我们父子俩，父亲从他的碗里夹出一颗油亮的黑枣，微笑着送到我的嘴边，轻轻地说："来，吃一颗，很甜的。"我紧闭着嘴，连连摇头，给父亲治病的东西，味道再美我也不能吃！父亲见我实在不肯吃，无奈地把黑枣又放回到碗里。我看见，他的眼里闪着泪光。

猪油黑枣的滋味，我至今仍不知道，但父亲含泪的目光，我永远也无法忘记。

在迎接新春的时候，想起这些略带苦涩的往事，大概会使年轻人失笑。现在，谁还会为过年吃什么犯愁呢？这几天，有很多报刊的编辑来电话为迎新春的版面约稿，要我向读者推荐值得一读的书，在写那些谈读书的文字时，我的心里是欣慰的。丰衣足食曾经是大多数中国人的梦想，现在早已成为现实。在丰衣足食之后，人们开始更注重精神的需求，而不是

"鼓腹无所思",这也是社会的进步吧。

2007年2月10日于四步斋

我的舅舅

前些日子，去无锡看望舅舅，老人家90岁了。

舅舅董致平，无锡天主教的总铎，从20世纪80年代初至今，已在无锡生活了20多年。无锡的天主教友都熟悉他，爱戴他，人们亲切地叫他"董神父"。这次去无锡，是参加他晋铎60周年的庆祝活动。"晋铎"，是教会的名词，就是晋升为神父的意思。他的大半世人生，是在教堂里度过的。那天做完弥撒，舅舅来到教堂前的广场上，和前来祝贺的教友们合影留念。无锡的教友们将白发苍苍的舅舅簇拥在中间，给他献花，向他问候，和他握手，为他唱歌，用各种各样的方式为他祝福。那种亲如家人的气氛，让人感动。

我站在远处看着舅舅，看着他在人群中淡然地微笑，把亲切的目光投向每一个人。我的脑海里涌出了一些和舅舅有关的往事。

年幼时，神父在我心里是个神秘的职业。孩提时代我也常常跟着母亲去教堂，虽然听不懂神父在祭坛上说些什么，但做弥撒的过程，使我感到一种庄严和神秘，身穿教袍的神父，传达的应该是来自天上的声音。见到舅舅之后，神父的神秘感便消散了，因为舅舅是个亲切随和的人。我有记忆的时候，舅舅已经是一个中年人，那时他是南通狼山天主教堂的本堂神父。他来我们家总是匆匆来去，印象中的舅舅总是衣冠端正，风度翩翩，脸上带着和善的微笑。记得那时中国人民银行刚刚发行了人民币硬币，一分、两分、五分，共三枚，舅舅从银行里兑换了一堆新的硬币，笑着分给我们每个孩子一套。舅舅也爱集邮，曾经送过不少邮票给我。他是个有心人，新中国成立后发行的大多数邮票，他都留心收集，贴在一本黑色软面的笔记本里，这也表达了他对新中国的感情。他送我的那些邮票，我一直保存到现在。

舅舅在家里排行老二，上面还有一个哥哥，就是我的大舅舅。下面还有两个妹妹，就是我母亲和阿姨。年轻时，舅舅聪明机智，在学校念书时被公认为才子。然而他却选择了献身教会，他读完了神学院的课程，掌握了拉丁文。在30岁那年，他在家乡崇明岛正式晋升为神父。后来，他到了海门，在他曾经念过高中的教会中学锡类中学当教导主任，是一个对学生既严格又亲切的好老师。我保存着母亲给我的一张照片，是舅舅60年前在海门县城的一家照相馆拍的，画面中两个人，一个在推一辆独轮车，另一个坐在车上，推车和坐车的是同一个人，都是舅舅。这是一种采用特技拍摄的照片。那时他年轻，相貌堂堂，表情轻松而随便。舅舅告诉我，这张照片，当时曾被海门的照相馆陈列在橱窗里，橱窗上还写着这样两行字："稀奇稀奇真稀奇，董神父自己推自己。"舅舅那时的精神状态，从这张照片中能看出一点儿端倪。

舅舅的一生，可以说是历尽磨难。20世纪60年代初，舅舅失去了人身自由，"文革"开始，他遭到更严重的迫害。"文革"开始后的第二年，我陪着我的外婆去南通探望他，这次和舅舅相会，是我记忆中印象最深刻的一次。那时，我还是个中学生，"文革"中流行"大义灭亲""划清界限"，有这样的舅舅，在旁人的眼里也许是耻辱，但我们全家人都牵挂着他。陪外婆去探望他，是我自己的选择。那次从上海到南通花了一天一夜，而和舅舅的会面不过十分钟。失去自由的舅舅瘦弱憔悴，见到我时却依然平静含笑。我们只说了几句话，他询问我学校的情况，要我多读书。临走时，舅舅送给我一支永生牌金笔，他知道我喜欢写作。后来我下乡插队落户，在飘忽的油灯下，就用舅舅赠送的笔开始了我的写作生涯。

在困苦艰难的日子里，舅舅一直没有放弃自己的信仰。这信仰陪伴他走过了人生最坎坷的道路。"文革"结束后，舅舅恢复了自由，当年遭受的冤屈也得到了纠正。他先是在苏北农村的一所中学当外语教师，天主教恢复活动后，他又回到了教堂里。20世纪80年代初舅舅被教会安排到无锡天主堂，一待就是20多年。在无锡的这些岁月，是舅舅生命中最充实丰盈的时光。每次来上海，他都兴致勃勃和我谈他在无锡的生活，谈无锡的建设，谈教堂的修复，谈改革开放之后宗教事业的发展，谈他和教友的交往。他还曾将一座新教堂大门的图纸带来给我看，征求我的意见。在舅舅的言谈中，我感受到了政府对宗教的宽容和关心，宗教信仰自由，在中国不再是一句空话。

前些年，我曾陪舅舅回故乡崇明，访问他当年念过书的一所教会学校，参加他在那里主持的晨间弥撒。60年前，舅舅的晋铎仪式就是在这个教堂里举行的。舅舅可以用拉丁语诵读《圣经》，也可以用乡音布道。他把深涩的教义化作通俗平常的语言，所有的道理都联系着现实的生活。那天早晨，他洪亮的声音在教堂里回荡，也拨动了我的心弦："在这个世界上，我们每个人都是匆匆过客，来也匆匆，去也匆匆。我们做应该做的事情，对得起自己，有利于他人，有利于国家和社会，那么，便无愧于天地。"

我常常想象舅舅在无锡的生活。除了在教堂里主持弥撒，他的身影常常奔波在乡间渔港，只要教友呼唤，不管刮风下雨，他都会赶去。这20多年中，无数教友在临终前得到他真诚的安慰。舅舅认为，神父的职责，就是为教友服务。为教友服务好，让他们向善崇真，健康生活，安心工作，这就是对国家的贡献，是对建设和谐社会的贡献。如果没有宽容博大的爱心，没有对人生豁达的态度，要做好这份工作很难。写这篇短文时，想起了一段名人之言："一个人做点好事并不难，难的是一辈子做好事。"我想，舅舅应该无愧于这样的评价。

在古老的运河畔，无锡天主教堂伫立在鳞次栉比的居民住宅中间，安详而静谧。新建的钟楼已经高高地耸起，这象征着这座百年老教堂的新生。记得前几次去看舅舅，总是看到他一个人坐在教堂门口，阳光下，他的一头白发晶莹如雪，他的脸上含着平静的微笑。这是一个令人感动的形象，岁月的沧桑，人生的荣辱，仿佛都已经融化在他晶莹的白发和平静的微笑之中。

2005年6月19日于上海四步斋

心里的珍珠

在儿时的记忆中,故乡是一艘在风浪中行驶的大船,是一片开满银色芦花的沙滩,是一辆吱吱呀呀穿过绿色原野的独轮车,是小河、竹林和袅袅飞升的炊烟……

这种印象是朦胧的,像一首飘忽美妙的诗。我出生在上海,在上海市区长大,回故乡,只是学校放暑假时偶尔的活动,是了不起的远足了。那时候,觉得崇明岛很远,坐在小而拥挤的轮渡上,颠簸很长时间,才能看到从浩瀚的水面上露出的那一线绿色。是的,在我最初的印象中,故乡就是那一抹淡淡的绿色。到后来,那一抹绿色才慢慢缤纷扩展,成为具体的画面。

在那一片黑褐色的沙滩上,早已消失了我当年留下的小小的脚印。记得我曾经和家乡的孩子们一起躺在沙滩上,仰望着蓝天白云,倾听着江潮的音乐。就在我沉醉在辽阔自然的天籁之中时，突然感到身上发痒，低头一看，竟是无数小如蚂蚁的螃蟹，它们成群结队，密密麻麻地从水里爬上来，就像遍地透明晶莹的细小珍珠，在阳光下无声地滚动，闪烁着奇异的光彩。我惊喜地在沙滩上凝视这些奇妙的小生命，我无法想象，这些蚂蚁般的小东西，怎么可能长成张牙舞爪的大螃蟹……我的舅舅告诉我，世界上的螃蟹，都是经过长江口从大海里游进来的，崇明岛，是螃蟹的发源地。我深信舅舅的话不会假，任何在海滩上见过这样铺天盖地的小螃蟹的人，都不会怀疑他的话。我问舅舅，为什么螃蟹都游到崇明岛来，舅舅想了想，笑着说："因为崇明岛好啊！"舅舅是一个见过世面的人，走南闯北，到过中国的很多的地方，年轻的时候，他的事业很发达，完全可以到大城市里去发展，可他还是回到了崇明岛。他说崇明岛好，当然也不会错。小时候，我是用一个孩子的目光和感受来体会故乡的好处。这里有辽阔的海滩（我一直把这里江滩叫作海滩，故乡的人大多也这样），有绿色迷宫般的芦苇荡，有彩色的田野，有在城市里看不到的蓝天，有城市里听不到的虫鸣鸟叫，有永远也吃不完的瓜果……在舅舅家的那个大院子背后，有一条小河，水面约莫十五六米宽。这条小河，也是我童年的乐园。在这条小河里我认识了无数种鱼；并且和我的表哥们一起，学会了用"狗爬式"游泳，学会了"沉勿留顶"（潜水）……小河边有一片很大的竹园，晚上，一群孩子在竹园里用网捕鸟，宁静的竹园被我们搅得欢声不断……以上这些情景，距离今天50多年了。但回想起来，仿佛就在昨天。这大半个世纪中，故乡发生了巨大的变化。如果我现在仍用童年的这些印象来向人们介绍崇明岛，恐怕会让人笑掉大牙。青年时代，我曾经在这个岛上生活了七年，我看到过崇明人怎样用坚韧的毅力改造建设自己的家乡。作为一个插队落户的"知青"，我也曾参加过对荒滩的围垦。那是在崇明岛最东端，一个叫"东望沙"的地方，在茫茫无边的海滩上，人群就像我儿时见到的螃蟹那么密集，用肩膀，用双脚，用汗水，用高亢的劳动号子，日复一日地在海滩上奔忙。我们筑起了一条长堤，把汹涌的潮水挡在了外面。于是，被长江和东海的浪花冲刷了千万年的滩涂，成了农田，成了岛的一部分……我不知道现在的人们怎样评价这种"沧海桑田"的业绩。回想起来，我并不为当年在海滩上流下的青春汗水后悔，它们使我明白了生存的艰辛，也懂得了创业的艰难。崇明岛就是在这样坎坷的跋涉中一步一步向未来走着。这些年，我很少回故乡，但是，崇明岛就像一枚珍珠，藏在我的心里，我经常想起它，并且用我的思念和幻想丰富它，完美它。我想，这种感情，大概是每个远离故乡的游子所共有的。

最近，我又回了一次故乡：阔别多年，崇明岛的变化是惊人的，我无法历数那些新修的路，新造的楼和新建的工厂，这样的变化，在故乡到处可以看到。我的80岁的舅舅去年刚刚去世，我一个人来到舅舅的家，来寻找当年曾给我的童年留下无数美好记忆的旧宅院。然而，已经无迹可寻。舅舅家的院子里已经造起了新楼，院子后面的小河早已填平，成了宽阔的公路，河边那片浓荫覆盖的竹园也不知去向。说实话，面对着这些新的景象，我感到怅然若失。我知道，这是没有办法的事情，人们不会为了保留儿时的美好记忆而阻止新生活的进展。使我欣喜的是，在崇明岛上竟出现了我从未见过的森林。那是一个规模巨大的森林公园，是一片无边无际的水杉树的海洋。徜徉在这片飘着鸟语花香的绿色海洋中，我流连忘返。我在想，当流逝的岁月把旧的美好淹没时，新的美好又在人们的手中悄悄地创造出来，这就是生活。我也想起了舅舅在50多年前回答我的话："因为崇明岛好啊！"

童年的南京路

南京路在很多人的心目中几乎就是上海的代名词,是上海热闹和繁华的象征。到上海不走一下南京路,那就像没有到过上海一样。很多电影和摄影作品中拍摄过南京东路上人山人海的景象,从高处俯瞰,南京路上密密麻麻的人头如同夏日麦田里随风摇动的麦穗,给人一种惊心动魄的感觉。这样的景象,只有在南京路才能看到,让人一睹而永难忘却。

而在我的记忆库藏里,南京路却要丰富得多,这是一条斑斓驳杂的路,是一条凝集着中国人悲欢喜怒的路,是一条有色彩、有香味、有音乐、有魔力的变化无穷的路。这条路上,铺满了我童年的缤纷记忆。

童年时,我住在离南京东路不远的北京东路,只隔着两条街。南京路是我经常去玩的地方。20世纪50年代,南京路完全保留着旧上海"大马路"的风貌,马路中间是铁轨,有轨电车叮叮当当地开来开去,花六分钱就能从南京路的起点外滩一直乘到静安寺,这是南京路西面的尽头。那时,南京东路的路面不是石头，也不是沥青，是木头的，一块块正方形的木头，整整齐齐地铺在地上，被行人踩得发亮。这些木头，据说都是从国外运来的，它们的年龄比我父亲的年龄的还要大。20世纪50年代，南京路重铺路面时我还记得，那天和几个小伙伴到南京路去玩，正好看到铺路的工人在挖木砖，路上到处是那些正方形的铺路木砖。几个路过的老人翻看着那些木砖，脸上竟是一种惋惜的表情，我还记得其中一个老人的话，他说："可惜了，上海就这样一条木头路，挖掉就没有了。"一个年轻的铺路工人嘲笑他说："这有什么可惜的，旧社会留下来的烂木头，早就该挖掉了。"老人在年轻人的嘲笑声中摇着头走开，马路上镐锤声不绝于耳。这一幕留在了我的记忆中，成为20世纪新旧时代交替的一个有象征意义的细节。

我最熟悉的，是南京路东头上的那一段。外滩的和平饭店，是南京路的起点。关于这栋大楼，传说很多，一个犹太冒险家，在上海发迹，选择面向黄浦江的宝地建造了这栋巍峨的大楼，以前这大楼就以这位犹太人的名字命名——沙逊大厦，老上海人人都知道这大楼，它像一个头戴绿色头盔的西方大汉，雄踞外滩大半个世纪，俯瞰着黄浦江和它周围的楼房，没有一栋楼的高度能超过它。据说它北侧的中国银行大楼设计时本想超过它，造一座上海最高的建筑。但是中国人的设想最终成了一场梦，原因是外国人不同意，他们认为外滩的最高建筑不能是中国的建筑。过去，外滩是英国的租界，是"国中之国"，中国人在这里没有主权。和平饭店，小孩子是走不进去的，我只能在外面仰头看它，也曾围着它兜过几圈，想象当年沙逊如何在这里耀武扬威。要想看清楚这栋大楼，必须站到黄浦江边，它和中国银行的大楼如双峰对峙，是外滩的标志。南京路起点上的另一栋楼房，是一栋红白相间的六层楼房，它的年纪比沙逊大厦更老，距今快一百年了，从前这里是汇中饭店，也是旧上海豪华的大饭店。也许和马路对面的和平饭店相比，它太矮小，太不起眼，童年时，我竟没有怎么注意过这栋老房子。

走过和平饭店再往西走，过四川路以后，南京路就越来越热闹了。如果说，南京路的开头有点严肃，有点空旷，一过四川路，气氛就完全不一样了。从四川路能走进中央商场，那是南京路的延伸。中央商场是一个专门买便宜货的小商品市场，沿街摆满了各种各样的小摊铺，从吃的用的穿的到大人的工具孩子的玩具，买什么的都有。令我着迷的是那些电子零件。上小学时，曾经迷恋过矿石机，虽然并不懂其中的原理，根据线路图依样画瓢，居然也装成了一台。里面的零件，当然都是从中央商场里淘来的。在家里的屋顶上装上了自己做的天线，在矿石机上插上耳机，第一次收听到电台的节目时简直是欣喜若狂。这也是南京路带给我的快乐的一部分。

南京东路河南路口，有几家我最熟悉的商店，一家是老介福绸布店，这是我最不喜欢踏进去的商店，但是跟父母上南京路时，他们常常带我去的是这家商店，在他们挑选布料时，我就一个人溜到了马路对面的戏曲用品商店。这是一家奇妙的商店，商店的标记是一组彩色的京剧脸谱，橱窗里陈列着各种戏曲服装，还有戏剧人物的模型。我常常在店堂里流连忘返，店里出售的一切，我都有兴趣，从戏剧服装、舞台布景，到京剧老生的胡子和青衣花旦的头饰，从官员的朝靴、帝王的皇冠，到武士的盔甲和十八般兵器。读《三国演义》时，我是从这家商店里认识了关公的青龙偃月刀、张飞的丈八蛇矛和吕布的方天画戟，还有诸葛亮的羽毛扇。在这家商店里，我没有买过任何东西，它就像一个戏剧艺术博物馆，使我长见识，长知识，也引发我很多关于历史和文学的联想。

戏剧用品商店的斜对面，是亨得利钟表商店，这也是一家名店，但钟表和一个孩子的关系不大，我很少走进去。对面还有丽华公司，是一家有两层商铺的百货商店，我常常奉父母之命到这家商店里买各种日用品。丽华公司虽然不小，但在我的印象中却是一家乏味的商店，因为在离开它几步之遥就有好几家使我着迷的商店。除了马路对面的戏剧用品商店，往西再走几步，过了山东路，就是东海大楼，20世纪50年代，它曾经是上海专为外国人服务的友谊商店。和一般的商店相比，友谊商店的商品更丰富，尤其是里面那些精美的艺术品，对我非常有吸引力。我常常带着妹妹去友谊商店，商店里的店员不歧视中国人，我们两个衣冠不算太整洁的孩子进商店，并没有谁来阻拦，我们在店里闲逛，在商品橱窗前东张西望，也没有人来管我们。我最感兴趣的，是那些象牙、玉石和黄杨木的雕刻，还有各种风格的国画。记得在店堂里还遇到外国小孩走过来和我们打招呼，可惜我们不懂外语，只能笑一笑作答。后来友谊商店搬到别的地方去了，新的友谊商店成为只对外国人开放的场所，中国人再也不能随便走进去。而原来的友谊商店，变成了一家对我更有吸引力的商店——新华书店。这是当年上海规模最大的一家书店。我成了新华书店的常客，虽然囊中羞涩，没有多少钱买书，但是在书架前站一站，看看书的封面，也是一件美妙的事情。有时候，还可以站在书架边翻阅架子上的图书。书店里有一位头发斑白的老店员，我去的次数多了，他注意到我，看我的眼神中常常流露出和善和鼓励。这使我壮大了胆子站在书店里看书，我觉得他的目光是对我的一种保护。这位老店员，没有和我说过一句话，但我怎么也无法忘记那种亲切和善的目光。可以说，南京路新华书店，是我童年时代的第一个图书阅览室。

有一次过年前夕，父亲带我去南京路，走过书店时，父亲拉着我的手走了进去。这使我感到意外，对父亲来说这实在是难得的事情。父亲对我说："快过年了，去买几张年画吧。"在二楼买年画和宣传画的柜台前，我看花了眼，父亲说："你喜欢什么，挑两张吧。"结果我挑了一张《三英战吕布》，画面上刘备、关公和张飞骑着马把吕布围在中间，吕布毫无惧色，挥动他的方天画戟奋力迎战。这幅画，后来在我家的餐厅里挂了一年。在我的记忆中，吕布的英雄气概远胜于刘关张的三人合力，这是这幅年画留给我的印象。父亲选的另一张画小一点，是一幅彩色照片，题目是《和平与友谊》。画面上只有两个人，毛泽东和赫鲁晓夫，两个政治领袖面带微笑并肩坐着，一个在抽烟，一个在喝茶，看上去很友好的样子。这张照片也在我家墙上贴了很长时间，一直到中苏交恶，赫鲁晓夫被国人骂作"赫秃"，父亲才把它从墙上拿下来。在我的记忆里，这幅照片再没有在其他地方看见过。

从新华书店出门再往西走，过山西路，就是朵云轩。这也是一家我喜欢去的商店，它就像一个展示中国书画艺术的博物馆，在店堂里能看到很多名家书画，八大山人、吴昌硕、齐白石、徐悲鸿、傅抱石、潘天寿等国画大师的书画，我都是在朵云轩的店堂里第一次见识的，虽然都不是真迹，但朵云轩的水印木刻能将国画复制到乱真的程度，能让人从中领略到大师们的笔墨韵致。对店堂里陈列的文房四宝我也有兴趣，读中学时，曾在这里选购过篆刻刀具和最便宜的青田石章，没有老师指导，自己尝试着刻了不少图章。

我童年时代兴趣广泛，凡是涉及艺术的，我都有兴趣。这种兴趣，也许和在南京路上的种种见识有一定关系。比起美术，我对音乐的兴趣更浓。南京路上的乐器商店，也是我经常光顾的地方。离朵云轩不远，有一家寄售商店，也就是俗话说的旧货商店，在那里有一个寄售旧乐器的柜台，可以看到各种各样的乐器，有西洋乐器，也有民族乐器。我对西洋乐器更有兴趣，常常在柜台边上徜徉很久，如果碰到有人选购乐器，拉一下小提琴，吹几声单簧管，甚至只是调试一下琴弦，对我来说都是一种享受。有时确实会遇到水平很高的乐手，听他们在店堂里尽兴试奏，感觉就像在音乐厅欣赏表演一样。在这家寄售商店里，我得到了我的第一把小提琴。我的哥哥知道我做梦也想要一把小提琴，他工作之后，用第一个月工资到这里为我买了一把小提琴，花了18元钱。这是一把深褐色的进口旧提琴，琴面上有一条裂缝，但声音却出奇地洪亮。这把小提琴，填补了我的一段音乐梦，也是我们兄弟手足之情的美好纪念。和哥哥一起在店堂里试琴的景象，我至今仍清晰地记得。

那时的南京路上有两座庙，一座是鼎鼎大名的静安寺，另一座庙小一点，叫红庙。静安寺在南京路的西头，离我家远，几乎没有机会去。红庙在南京东路，就在那家寄售商店的斜对面，这其实是一座道观，不过童年时觉得庙都是差不多的。小时候常常到红庙去玩，我不喜欢庙里幽暗阴森的环境和熏人的香烛气味，但却喜欢研究那些形态神情不一的泥塑佛像。红庙的门面在热闹的南京路上，香火自然旺得很，庙里天天有川流不息的男男女女去烧香。记得庙里有一个侧殿供奉着一大群佛像，每尊佛像的造型和表情都不一样，不同年龄的人，都可以找到和自己的年纪对应的佛像。那年我7岁，我也找到了和我的年龄对应的佛像，那佛像瞪大了一双凶狠的眼睛，长着满脸胡子，面目狰狞。站在这尊佛像前，我有点害怕，我想，莫非我长大了也会这样难看。还好，那天有一个和我同龄的女孩子，在她母亲的引导下也找到了这尊佛像，看她跪在佛像前烧香，我觉得可笑。不过看着那女孩子眉清目秀的模样，我打消了顾虑。这么好看的女孩，长大了总不会也变成这样的丑八怪吧。看来狰狞的佛像和人间同龄人的相貌是没有关系的。

南京东路上的那四大公司：永安、先施、大新、新新，小时候我跟着父亲都去过，里面的商场怎么样印象不深了，在那里看戏听音乐的景象却一直记得。在我的记忆里，这四大公司不是商店，而是游乐场，是孩子们喜欢去的地方。现在的大商场都有孩子的游乐场，大概也是一种受欢迎的老传统的延续吧。

长大以后，对南京路的历史产生了浓厚的兴趣，知道这里的每一幢楼房，每一段道路，都有曲折的历史和辛酸的内涵，曾经有无数人在这里彷徨，在这里呐喊，在这里沉沦，在这里流血，在这里欢呼。我也曾亲眼看见各种各样的游行队伍浩浩荡荡地从南京路走过，激昂的口号回荡在古老的楼房之间，也曾看到它的缤纷多彩如何被红色和黑色覆盖……

　　童年记忆中的南京路，已经成为历史，它是上海这个城市历史的一部分。现在的南京路，成了闻名世界的步行街，它依然繁华，依然丰富多彩，依然是上海最重要的标志性街道，它的热闹和丰繁和过去相比有过之而无不及。年轻人走在这条步行街上，感受到的是新时代的气象，历史已经变得模糊而遥远。尽管南京路上发生了很大的变化，但我认为它的骨骼血脉都还留存在那里，它的历史无法被割断，我们这一辈人对它的特殊感情也是不会消失的。正因为如此，南京路才不浅薄，才源远流长，才拥有恒久的生命力。

2003年6月21日于四步斋

说绍兴路

在上海，没有一条相同的路。就像人一样，汹汹人流中，找不到一模一样的面孔，有一个人，就有一种不同于他人的独立性格。如果把上海的路人格化，那么，其中有西装革履的洋装绅士，也有长衫旗袍的老派传人，有穿金戴银却浅薄浮躁的少年，也有衣着素淡却文静典雅的淑女，有襟怀坦荡气度不俗的新潮人物，也有鸡肠百结扭捏作态的猥琐之辈。路似人，人也似路。所谓物以类聚，人以群分，在人和路的交往中也可见一斑。有些必经之路，你不得不走，这是没有办法的事情；而有些路，你却会绕老大的圈子去寻找，找到后，浏览一番，也是一种精神享受。譬如绍兴路，以前我常常跑很远的路到这条路上。后来搬到绍兴路，成了这条街上的一个居民。我喜欢这条被梧桐树的绿色浓荫笼罩的路。如果做比喻，我想，这条路，像一个悠闲的书生，他毫不理会周围世界天翻地覆地变化，执着地沉浸在对书的迷恋中。

把绍兴路比作书生，大概不能算牵强，因为这是一条有名的出版街。我算了一下，这条路上有七个出版社，它们是上海文艺出版社、上海音乐出版社、上海文化出版社（它们其实是一家出版社，因为挂着三块招牌，且当三家吧）、上海人民出版社、上海三联书店、上海音像出版社、百家出版社。领导全上海出版社的上海市新闻出版局，也在绍兴路上。这样的布局，也许是一种巧合，这样的巧合，使这条短短的小路成了名副其实的出版街。除了出版社，绍兴路上还有几家书店，东方书林俱乐部，上海文艺出版社的读者服务部，一家经营音像制品的书店，还有去年开张的汉源书店。走在绍兴路上，隔几步就能见到一个和书籍和出版有关的门面，说这里书香弥漫，也不能算夸张。住在这条路上，对我这样以读写为生的人来说，真正是近水楼台了。这些年，我在上海文艺出版社出版过三本书，在上海人民出版社出版过三本书，在上海三联书店出版过两本书。在家门口的出版社出书，当然比在外地的出版社出书方便得多，书稿中发现问题，编辑转眼就找上门来，封面样稿设计出来，我走几步路就能去看。买样书，领稿费，都在自己家门口。更有意思的是，有些赠送给我的书刊，甚至免去了邮局这一环节，编辑朋友路过我家时，直接就把书刊塞进了我的信箱。譬如《音乐爱好者》的编辑李章，就常常当义务邮递员，每期新刊物出来，第二天，他就自己跑来塞到了我楼下的信箱里，使我成为这本杂志的第一批读者。

绍兴路上的书店，也有特色。开在上海人民出版社门口的"东方书林俱乐部"，是一家颇有规模的书店，这里能买到各地出版社的新版书。这家书店的对面，是上海昆剧团，剧团有个小剧场，名字很雅，叫兰馨剧场，那里经常上演昆剧，我在那里看过张静娴主演的《烂柯山》，演的是唐朝诗人朱买臣的故事，也和读书有关。在书店里看书时，偶尔也能听到昆曲的丝竹管弦和演员的练唱。品新书，听雅乐，这样的情调，在别的路上哪里去寻觅？新开的汉源书店离我家最近，书店的主人尔冬强是我熟悉的朋友，书店开张前，尔冬强在电话里对我说："以后，你可以把这里当成你的客厅。"书店如何当客厅？等汉源书店开张，我才明白是怎么回事。走进这家书店，你会怀疑这是欧洲的一家古老的书店，店堂里摆着欧式旧家具，玻璃柜里陈列着西洋古董，每个角落中都能见到绿树和鲜花。古典音乐像美妙的烟雾，在空气中荡漾。这里的优雅氛围，在上海的书店中大概也是独此一家，别无分店。一个人坐在这里喝咖啡看书是享受，和朋友一起在这里聚会谈天也是享受。现在，我已经习惯了在这里会见来访的读者和朋友。

绍兴路在上海很不起眼，从东头走到西头，不过两三百米。从前，这里是法租界的一条住宅街，它曾经有一个外国名字：爱麦虞限路。我没有考证过这路名的出处，想来大概是哪个法国人的名字。在搬到绍兴路之前，我住在离这条路不远的香山路，也是当年的法租界，从前的路名很有意思，叫莫里哀路，用一个作家的名字当路名，在中国似乎还没有过这样的风气。而绍兴路这样一条和文字和书籍关系极大的街道，却没有改一个文化气息更浓些的路名。不过，在上海人的心目中，这条路名，已经与书和文化连在一起。

  这几年，上海的每条路都在变，老屋拆除，高楼崛起，临街的门面三日一变，使人眼花缭乱。而绍兴路的变化却不大，依然是当年的那些建筑。前些年，绍兴路上不断有新的饭店开张，有人预言，这里会成为一条"美食街"，餐馆最终会吞食书店，道理很简单：爱美食的人要比爱读书的人多。这样的预言，使我心寒。还好，预言家们暂时还没有得逞，饭店们一家家盛极而衰，而绍兴路上的出版社和书店，却依然兴旺。最近，听说绍兴路上有两三家出版社要搬家，对出版社来说，也许不是坏事，新的办公楼会变得更宽敞更气派，可是对我这样的人来说，这绝不是一个好消息。出版社搬走后，空出来的楼房里会做什么？我不知道。只怕书香弥漫的绍兴路会到时变了气味，岂不哀哉？

1998年3月1日

远去的马蹄声

我的童年是在上海的黄浦区度过的,在这个也许是全世界人口最稠密的地区,有很多美妙的建筑,它们曾经引起我斑斓缤纷的幻想。譬如和人民公园相邻的上海美术馆,它的外形,它的历史,它的传说和故事,就常常使我遐想联翩。这座有着70年历史的大楼,在旧中国曾经是跑马总会大楼,解放后却成了图书馆,现在又被装修一新,成了上海美术馆。

在南京路上,那座钟楼曾经那么引人注目。那是一个时代的标志。20年前,我熟悉的一位摄影家曾经拍过一幅照片,题为《图书馆和落日》,照片上,那钟楼像一个戴着尖顶礼帽的绅士,伫立在夕照中默默沉思。夕阳已经消失了耀眼的光芒,像一面巨大的圆镜,悬在他的肩头。他在沉思什么呢?是这里昔日的喧闹和疯狂,还是更遥远的荒凉和萧瑟?既是图书馆,他应该是一位满腹经纶的博学之士。然而,他的前身却是供人赌博的跑马厅,是赌徒们狂欢和失落的地方。联想起来,有点滑稽。

关于这栋建筑，我从前还听到过一个传说：建筑师在设计它时，搞错了一个数据。等大楼落成后，这位建筑师才发现自己的错误，然而已经无法补救。因为这个错误，建筑师认为这栋大楼不久就会倒塌。他无法面对即将来临的灾难和耻辱，便从钟楼上跳下来，为自己的作品和错误殉葬。这故事编得有点荒唐，当然不可能被证实，也许是好事之徒酒后的杜撰。这无稽的传说，却使这栋大楼在我的心里生出几分神秘感。

少年时代，我并没有仔细研究过这建筑的造型。记忆中印象深刻的，倒是那些坐西朝东的看台。从前的上海体育宫，将当年跑马场的看台保留得非常完整。我们曾经在那里开过运动会，坐在有着大屋顶的水泥看台上，我想象着曾经出现在这里的场面：跑道上赛马驰骋、烟尘飞扬，看台上人声鼎沸，观众的呼喊似乎能冲破屋顶……骑手策马冲刺时，有人欢呼雀跃，更多的是咒骂和叹息。直到现在，我还没有机会到现场看过赛马，只是在电影和电视中看国外和香港的赛马，儿时的想象，和实际生活的景象还是有很多差别。

在人民公园西侧一角，也曾保留着一部分跑马场的看台，那是和跑马总会大楼连为一体的建筑。水泥的台阶面对着公园的草地，那里是孩子们游戏的地方。在童稚的目光里，这看台是山，是塔，是通天之梯。看台周围，是公园偏僻的角落，冷清而安静。我曾听一位老人站在看台下谈往事，他讲的不是赛马，而是抗战时代的故事。那时，这里不是跑马厅，是日本侵略军驯养军马的地方。于是，和这看台有关的联想，又变得阴森可怖……

　　成年后，这栋大楼是我向往的地方，因为这里是图书馆。这幢建于1932年的大楼是典型的新古典主义建筑，石头和红砖，垒出了举世无双的构架。外墙上那些塔什干式的方形廊柱，撑起了大厦的巍峨。70年前，这样的大楼在世人的眼里已属摩天。古典的繁复和现代建筑的流畅，在它身上得了充分的体现。我曾经沿着那旋转的大理石楼梯，走进楼上的阅览室里看书。午后，阳光从西面的窗户里射进来，斑驳的金红色阳光在柚木地板上无声地踱步，精美的窗棂在阳光里闪烁着神奇的幻影。在记忆中，书的美妙意境和房子里的典雅氛围已经融为一体。图书馆南面，和钟楼毗邻的建筑，是原来的美术馆。美术馆展厅不算大，我在那里看过的画展不计其数。印象最深刻的是毕加索画展和亚当斯的摄影展。毕加索作品中那些被扭曲了的狰狞面容，在展厅白色的灯光里显得意味幽邃。而亚当斯那些黑白照片，将大自然神奇的景象展示得纤毫毕现，给我的感觉竟是一种惊心动魄。记忆中的这些画面，和有着钟楼的大楼叠合在一起，在我的心里装订成一本多彩的历史画册。

　　如今，这栋大楼已经变成了新的上海美术馆。几天前，和朋友一起走进了这幢面貌大变的楼房。当年跑马厅的看台，已经被拆除，在看台的地基上，面东的高墙向外扩展，使大楼变得宽敞阔大。站在美术馆门外，抬头谛视那一堵和面西的老墙完全相同的新壁，不禁感叹现代建筑师复旧拟古的能力。

进门后，眼前顿觉豁然开朗。底楼的两个大展厅，空旷高敞，玻璃的穹顶上似有天光洒入。在这样的厅堂里，任何大师的画和雕塑都不致被辱没。正在展出的是年轻画家的创新之作，绚烂耀眼的画面和展厅里古典的气息形成有趣的反差，也是一种艺术的谐和。而那些青铜的雕塑，正以惊奇的目光，从四面八方凝视着这个早已无法辨认的世界。这里，原来是跑马厅内部骑手和马匹等候上场的地方，并不是一个静寂的所在。开赛前，铁蹄在地上焦急地点动，马的嘶叫和鼻息，骑手的吆喝和鞭子的呼啸，在空中交织成紧张的气息……此刻，在寂静和优雅之中，要想回溯当年人马杂乱的景象，已经没有可能。

大楼被拓宽的那一部分，现在是新添的石头楼梯，楼梯的形状和扶栏，一如当年模样，只是阔大的气派今非昔比。底楼和二楼之间，大概是当年跑马厅的包厢，现在成了画廊。二楼的两个大展厅，完整地保留着原来的内部装潢，柚木地板和墙壁，柚木的大门，墙上那些精美绝伦的雕饰，巨大的壁炉，都完好地存在着，无声地向来访者描述从前的奢华。我发现，这里正是我曾经读过书的地方。此刻，墙上挂满了风格各异的中国画，画面上的山水花鸟，是中国艺术家们的心灵写照。这样的中西合璧，也是相映成趣。

新的美术馆，规模之大出乎我的意料，想在一个下午全部仔细参观，根本不可能。三楼的展厅里，有近百年来海上名画家精品汇展，还有西北的皮影戏人物……在这些展品前忘情流连时，窗外的日头已经偏西。我想，来日方长，且留下一些悬念以后再来慢慢解开吧。

沿着钟楼下原有的环形大理石楼梯往下走。我又看到了楼梯上那些熟悉的雕花铁扶栏，扶栏上的花饰，是马头的浮雕。一只只马头在我视线中下垂着，像是在沉思，又像是在走出跑道前紧张地屏息等待。

马？为什么又出现了马？没有办法，谁也无法将历史的纽带一刀割断，更无法将岁月的足迹一笔勾销。然而，曾经在这里回荡的马蹄声，已经越来越遥远，再也不可能回返。

徐家汇的足音

徐家汇，在如今的上海是一个繁华时尚之地，商厦如巨人比肩林立，彩色的人流穿梭涌动。古老的徐家汇天主教堂，在高楼中觅得一方空地，将两个锥形的尖顶高刺入云，仿佛是在用一个惊叹的表情向人们发问：你是否知道，这里，曾经发生过什么？你是否知道，这地名的来历？

历史有时像魔术师，让时光倒错，周围的天地和气息瞬间变化，把现实中的人拽入遥远的往昔。每次经过徐家汇，我都会看到一个飘逸的背影，瘦削，沉静，在波光树影中踽踽独行，遥远而神秘。他从四百年前的古老历史中走出来，脚步轻捷，却一路足音激荡，整个世界都漾动着悠长不绝的回声。这个和徐家汇连成一体的伟人，是徐光启。徐光启曾经在这里生活，徐家汇就是因他而得名。

徐光启何许人？徐家汇不会忘记他，上海不会忘记他，中国和世界都不会忘记他。因为他的智慧已经在这片土地上生根发芽，开花结果，世人至今仍能感受到他智慧的成果。

徐光启是中国明末最重要的科学家，他博学多识，是个奇才，精通的学术领域，涉及天文、地理、农学、历法、数学、军事。

先说说他在天文历法上的成就。在他之前数百年，中国的历法是《大统历》，到明朝已是误差累积。徐光启吸取了欧洲先进的天文学知识，准确预报各种天象，因而声名大振。此后他主持参与了工程艰巨浩大的"改历"工作，编撰成137卷的《崇祯历书》，为我国天文学作出了重大贡献。

再说他对中国农业所作的贡献。徐光启出身农家，毕生关注农业，他认为农事是中国最要紧的国计民生大事。他的著作《农政全书》，是当时中国农业方面集大成的经典之作。徐光启作为一个农业科学家，决非纸上谈兵，而是注重实践和实用，解决现实生活中的问题。他重视水利建设，重视农作物栽培革新，并且身体力行，亲自下田进行各种农业技术实验。他创立的试验农庄，就在如今的徐家汇这片土地上。他成功地把生命力强、产量高的福建番薯引种到长江中下游，把江南的水稻推广到北方，这样重大的农业革新，在很大程度上解决了中国人的吃饭问题，在饥荒年代使无数人免于饿毙。他在这方面的贡献，不亚于今天的水稻专家袁隆平。

在徐家汇天主教堂中，有一幅壁画，画面上，一个穿明代官服的中国人，一个着汉服的西洋老人，两人比肩而立，拿着书本在相互切磋探讨。这是现代人对历史的回溯和遐想。画面上的中国人是徐光启，那个西洋老人，是意大利传教士利玛窦。画面中所描绘的，是17世纪初的景象了。利玛窦是最早来到中国的西方传教士，也是一个满腹经纶的学者。徐光启和利玛窦的相识和合作，可以说是中西文化交流的一个重要开端。利玛窦结识徐光启后，向他推荐了古希腊数学家欧几里得的著作《欧几里得原本》。对于一个不识拉丁文的中国人，读这样深奥的数学著作无异于看天书，但徐光启却在利玛窦的帮助下顺利通读，并深为书中严密的理论和逻辑推理所折服，他认为，这本书，"无一人不当学"，应该把它翻译给中国人看。在利玛窦的帮助下，徐光启开始了艰难的翻译。这是一件前无古人的工作，要把拉丁文原著中那些数学理论和专业名词译得准确而通俗，让中国人能读懂而不致误解，难如登天。然而徐光启迎难而进，没有退却，他将书名译为《几何原本》，"几何"这个特定名词，便源于此，"平行线""三角形""直角""锐角""钝角"，这些现在已成为小学生常识的数学术语，第一次通过徐光启之手，出现在汉语词汇中。中译本《几何原本》问世，是中国科学史上的一件大事，这本书，对中国的近代数学，产生了巨大影响。

徐光启是中国最早的天主教信徒，当时官至礼部尚书兼东阁大学士，虽居高官，却两袖清风。1633年，徐光启在北京病逝后归葬上海，举行了中西合璧的葬礼。他的后代都在其墓地周围聚居，并逐渐世代繁衍，徐家成为这一带最受人尊敬的大家族。因这里原有肇嘉浜、蒲汇塘、法华泾三水汇合，又是徐家的聚居之地，所以人们便称这里为"徐家汇"。而徐家汇，这数百年来，逐渐成为中西文化交流荟萃之地，教堂、神学院、修道院、藏书楼、观象台、博物院、印书馆纷纷在这里出现。

徐光启的墓地，就在离徐家汇不远的光启公园中。这是喧闹中的宁静之地。长眠在这里徐光启，如果看到徐家汇在改革开放年代的巨变，也许会惊奇。而这样的变化，正是中国由弱而强的沧桑缩影。徐光启当年在科学研究道路上呕心沥血，图的是国家和民族的富强，看到这样的变化，他应该欣慰含笑。

2009年6月21日 于四步斋

书本在相互切磋探讨。这是现代人对历史的回溯和遐想。画面上的中国人是徐光启,那个西洋老人,是意大利传教士利玛窦。画面中所描绘的,是17世纪初的景象了。利玛窦是最早来到中国的西方传教士,也是一个满腹经纶的学者。徐光启和利玛窦的相识和合作,可以说是中西文化交流的一个重要开端。利玛窦结识徐光启后,向他推荐了古希腊数学家欧几里得的著作《欧几里得原本》。对于一个不识拉丁文的中国人,读这样深奥的数学著作无异于看天书,但徐光启却在利玛窦的帮助下顺利通读,并深为书中严密的理论和逻辑推理所折服,他认为,这本书,"无一人不当学",应该把它翻译给中国人看。在利玛窦的帮助下,徐光启开始了艰难的翻译。这是一件前无古人的工作,要把拉丁文原著中那些数学理论和专业名词译得准确而通俗,让中国人能读懂而不致误解,难如登天。然而徐光启迎难而进,没有退却,他将书名译为《几何原本》,"几何"这个特定名词,便源于此,"平行线""三角形""直角""锐角""钝角",这些现在已成为小学生常识的数学术语,第一次通过徐光启之手,出现在汉语词汇中。中译本《几何原本》问世,是中国科学史上的一件大事,这本书,对中国的近代数学,产生了巨大影响。

徐光启是中国最早的天主教信徒,当时官至礼部尚书兼东阁大学士,虽居高官,却两袖清风。1633年,徐光启在北京病逝后归葬上海，举行了中西合璧的葬礼。他的后代都在其墓地周围聚居，并逐渐世代繁衍，徐家成为这一带最受人尊敬的大家族。因这里原有肇嘉浜、蒲汇塘、法华泾三水汇合，又是徐家的聚居之地，所以人们便称这里为"徐家汇"。而徐家汇，这数百年来，逐渐成为中西文化交流荟萃之地，教堂、神学院、修道院、藏书楼、观象台、博物院、印书馆纷纷在这里出现。

徐光启的墓地，就在离徐家汇不远的光启公园中。这是喧闹中的宁静之地。长眠在这里徐光启，如果看到徐家汇在改革开放年代的巨变，也许会惊奇。而这样的变化，正是中国由弱而强的沧桑缩影。徐光启当年在科学研究道路上呕心沥血，图的是国家和民族的富强，看到这样的变化，他应该欣慰含笑。

2009年6月21日于四步斋

"过桥去看文明戏"

"过桥去看文明戏",是上海滩上的一句老话,70岁以上的老上海大概会记得这句话。"过桥",是指从南向北过四川路桥;"文明戏",是指电影。

过了桥就是四川北路。四川北路上曾经有过多少家影剧院,现在的上海人恐怕大多无法说清楚。在我童年的记忆中,这是一条和电影院联系在一起的路。离四川路桥北堍不远,就是邮电俱乐部,俱乐部里有一个规模不小的剧场。再往北,到海宁路往东拐,能看到有好几家电影院,面朝南的是国际电影院,它的广告和霓虹灯总是显示出一种时髦和大气,和它的名字相吻合。国际电影院最初的名字叫融光大戏院,20世纪30年代,鲁迅先生常常到这里看电影,这在鲁迅日记中可以查到,鲁迅曾在这里看了十多场电影。面朝西的是胜利电影院,它的规模比国际电影院小得多。它最初的名字是好莱坞大戏院,这里也是鲁迅先生经常光顾的地方。小时候,胜利电影院的形象在我的印象中特别亲切,它的圆形轮廓就像一个戴着头盔的古代武士，墙上那两个圆形窗户是一双大睁着的眼睛，老远就盯着你看。胜利电影院南侧的乍浦路上，还有解放剧场和虹口大戏院。虹口大戏院虽然不算大，但它却在中国的电影史上占据着重要一页。因为，它的前身，是中国的第一家电影院。清朝光绪年间（1908年），西班牙商人雷玛斯在这里开办了虹口活动影戏院，那是一幢用铁皮搭成的简易建筑，有250个座位。

当年，首映无声片《龙巢》。五年后，日商接办这家影院，改名为东京活动影戏院。两年后，影院又归还雷玛斯，后改名为虹口大戏院。1929年雷玛斯回国，戏院由几个上海商人合伙经营。抗战胜利后，这家戏院停映电影，改演地方戏。解放后，这里成了虹口大戏院。中国的第二家电影院维多利亚活动影戏院，也在海宁路上。这家电影院开张于1909年，是两层建筑，有700多个座位。1915年，在这里第一次放映有声电影，当时也是轰动上海乃至全国的大事情。这家电影院后来被改名为新中央大戏院。抗战期间，入侵的日本人将这里改称为"银映座"，专门放映日本电影。抗战胜利后这里成了公营海光剧院。不过，50岁以下的上海人都没有见过这家影剧院，因为1950年它作为危房被拆除。原来的地基成为海宁路上的一个小公园，在公园的门口是一排报廊。小时候，我曾在这个公园里斗过蟋蟀，也在报廊前读过报。从海宁路再往北，到虬江路口，这里原来有两家著名的剧院，奥迪安大戏院和上海大戏院。在30年代，奥迪安大戏院曾被誉为"东方第一剧场"，当时的很多美国大片都在这里首映。1927年，鲁迅来上海定居后，第一次看电影就是在这里。"一·二八"事变中，这家戏院毁于战火。上海大戏院在20世纪30年代常常放映苏联电影，鲁迅夫妇是这里的常客。在鲁迅生命的最后三年中，他曾26次走进这家电影院，看了《傀儡》《夏伯阳》等24部电影。在鲁迅的最后几篇日记中，曾有到这里看电影的记载。1936年10月10日，鲁迅在日记中这样写道："午后同广平携海婴并邀玛理往上海大戏院观*Dubrovsky*，甚佳。"*Dubrovsky*是根据普希金小说改编的影片《杜勃洛夫斯基》。这是鲁迅先生最后一次看电影，他评论"甚佳"，想来这部影片一定给他带来了快乐。这是他生命最后几天中唯一的一次娱乐。

　　从虬江路往北再走不到百米，是群众影剧院，20世纪30年代，这里是广东大戏院，是国内最重要的粤剧演出中心，中国的粤剧明角都曾在这里演出。解放后，这里仍然以演出粤剧为主，20世纪50年代，马师曾和红线女在这里献演时曾轰动上海。从群众影剧院往北不远便是横浜桥，桥北首是永安电影院。永安电影院建于1924年，最初的名字是上海演艺馆。后来曾改名为华商明星大戏院、新东方剧场、上海剧场。抗战胜利后，改名为永安大戏院。"文革"中，曾一度更名为鲁迅电影院。1930年，由中共地下党领导的上海艺术剧社曾在这里作公演,演出冯乃超的话剧《阿珍》和根据德国作家雷马克同名小说改编的话剧《西线无战事》,当时成为上海艺坛的一大盛事。不远处,还有虹口区工人俱乐部剧场和红星书场。和四川北路邻近的马路上,也有不少电影院。乍浦路桥南侧的曙光电影院,嘉兴路上的嘉兴电影院,海门路上的东海电影院,东长治路上的长治电影院,东大名路上的大名电影院。这么多影剧院集中在这一带,要想看电影,到四川北路总不会落空。

20世纪五六十年代,我常常去四川北路。我的外婆住在群众影剧院附近,去看外婆那天,常常能到群众影剧院看一场电影。少年时代,还有什么事情比看电影更令人兴奋呢。星期天,哥哥会带着我去四川北路,我们没有兴趣逛商场,目标只有一个:电影院。一家一家地寻访过去,哪家放映新鲜的电影,我们便在哪家停留。有一次,哥哥手里捏着三角钱,带我走遍了四川北路,想不到家家影院都是满座。最后来到胜利电影院,那天放的是一部我从来没有听说过的匈牙利影片《神花宝剑》,也是满座。我和哥哥站在电影院门口等退票,等电影开场后,终于买到了两张票。为了看这场电影,我们几乎花了大半天时间,因为来之不易,所以印象特别深刻。《神花宝剑》的故事,我现在还记得,影片中格斗比剑的镜头,至今历历在目,其中有一幕,主人公一剑劈倒一棵大树,大树轰然倒地，把对手压在下面……

在我的印象中，20世纪五六十年代，上海的电影院放映的影片非常丰富，每家电影院上映的影片都不同。每隔几天，就有新的影片上映。记忆中，少年时代在四川北路看过的国产片有《一江春水向东流》《乌鸦和麻雀》《海魂》《宋景诗》《黄浦江的故事》《赤峰号》《画中人》《柳毅传书》《女理发师》。那时，电影院里放映的外国影片更多，其中以苏联影片最多。最使我感兴趣的是那些根据文学作品改编的电影，譬如《复活》《父与子》《木木》《白痴》《牛虻》《钢铁是怎样炼成的》《脖子上的安娜》。最早了解莎士比亚，也是在四川北路的电影院里，看了两部根据莎翁戏剧拍成的电影，一部是英国电影《王子复仇记》（即《哈姆雷特》），另一部是苏联影片《第十二夜》，一部是悲剧，一部是喜剧。除了苏联电影，别的国家的电影也常常能看到，譬如墨西哥影片《生的权利》《消失的琴声》和《勇敢的胡安娜》。东德影片《马门教授》，西德影片《献给检察长的玫瑰花》，根据梅里美小说改编的法国影片《塔曼果》，英国影片《冰海沉船》《红菱艳》和《鬼魂西行》，阿根廷影片《中锋在黎明前死去》，根据显克微支小说改编的波兰影片《十字军》……在写这篇短文时，无数少年时代看过的电影涌到了我的眼前，我想，这些电影，是我认识世界和生活的一个重要的渠道。

写到这里,我想由衷地对四川北路说一声:"谢谢你!"

2000年8月29日于四步斋

香山路梧桐

推窗，满目翠绿。窗外的树枝把浓密而阔大的绿叶一直送到我家窗口。这些在香山路上站立了将近一个世纪的梧桐树，随微风摇曳着碧绿透明的嫩叶，时时在向我展示生命的活力和魅力。在上海，能拥有这样一个绿窗，大概也算是难得了。然而这窗口属于我的日子已经寥寥无几。

在香山路住了好几年，最近准备搬迁。说实话，真有些依依不舍。香山路是一条极短的路，从头至尾不过百十米。然而在上海很多人都知道它，原因是香山路上有个重点文物保护单位——上海孙中山故居。久居香山路，当然不可能天天去孙中山故居，不过在这条路上散散步，总是一件使人身心愉快的事情。那两排浓阴夹道的梧桐，使行人赏心悦目。

香山路梧桐的树龄难以考证，住在香山路上的年纪最大的老人，也比这些梧桐年轻得多。一个世纪来的风云变幻和世事沉浮，没能影响它们的生长。春天吐绿，夏天茂盛，秋天枯黄，冬天凋零，周而复始，一年又一年。住在这里的人，不管你有心还是无心，总能感受到梧桐的这种生命律动。

初春，风中还遗留着暮冬的寒气，寂寥了一冬的树枝常常是出人意料地爆出新芽来。谁也无法确定这些金黄湿润的嫩芽是在哪一个夜晚绽开的。用不了几天工夫，嫩芽便长成了晶莹透明的小绿叶。小绿叶日长夜大，很快就在香山路的上空搭起一层绿色的纱帐。这时，真正的春天便开始了。与此同时，在枝头悬了一冬的那些毛茸茸的小铃球也在春风中纷纷爆裂，黄色的绒花在空中飘飞。每一束绒花，都携带着一颗梧桐的种子，这是梧桐赖以繁殖的方式，如同江南田野里的蒲公英。然而在冷冰冰的水泥路面上，梧桐的种子永无发芽的机会。

夏天，是梧桐的生命旺季，绿色的浓荫把香山路覆盖得严严实实。烈日当空时，香山路上不见阳光，抬头看天空，只是一片清凉的绿色。几只鸣蝉躲在绿叶丛中鸣唱，给宁静的香山路平添几分幽谧。天黑后，浓密的树叶遮住了路灯的光芒，所以香山路比一般的街道更幽暗。于是，这里很自然地成为情侣们幽会的场所。夜里走过香山路，总能见到隐藏的梧桐阴影下的一对对情侣，他们的悄悄话和风吹树叶的沙沙声，组合成抒情的小夜曲。没有人会去惊扰这些小夜曲的演奏者。

秋风一起，树上的梧桐叶便开始渐渐发黄，风愈冷，树叶黄得愈快，满树黄叶，却并无颓败之感，在秋日的阳光里，金黄色的树冠呈现出一种耀眼的辉煌，似乎在诉说生命的多彩。

深秋时，黄叶纷纷坠落，迎风飘飞，如满天金蝶翩跹。此时的香山路，成了落叶的世界。如果夜晚起风，早晨推门，只见落叶铺路，遍地金黄，使人在感受到幽深的情意时，也体味到几分悲凉。铺满落叶的香山路最容易引人浮想联翩。当年，孙中山先生大概经常携夫人踏着落叶散步。我想，这条林荫路的气氛和情调，和中山先生晚年的心境大概是吻合的。

等到梧桐树上的黄叶落尽，已是寒风凛冽的冬天。这时看香山路的梧桐，便有些触目惊心了。两行大树，就像两排披头散发的老人，疲惫不堪地站立在路的两旁。说它们披头散发，是因为那些未经修剪的枝杈，树叶一脱尽，便显露出它们的杂乱来。说它们疲惫不堪，是因为那些粗糙扭曲的枝干。这些梧桐树，长年累月在路边恪尽职守，为人类带来种种好处，而人类对它们似乎从无回报。我住在香山路多年，从未见有人为这些梧桐整枝施药，没有谁来关心料理它们。而对它们的伤害甚至杀戮，却时有发生。路边造房子，有人将水泥倾倒在梧桐树的根部，大树因此萎靡不振，病态毕现。香山路西端搭建菜场时，竟把路边的梧桐树干砌入泥墙中，几株大树终于相继枯死。当其他梧桐逢春而绿时，它们却永远被水泥和砖石封冻在萧瑟的冬天里。

香山路上死去的梧桐再不会复生，活着的梧桐正在日益消瘦。然而一到春天，人们便会在一片新绿中把冬日的凄凉忘记得干干净净,那几棵枯死的梧桐似乎也被周围的绿荫淹没。香山路的梧桐,可以说是一种奇迹。这种奇迹还能保持多少年呢?在我写完这篇短文的时候,窗外的梧桐叶突然抖动起来。我正在诧异,只见一只麻雀从枝叶中窜出,它探头探脑向窗内看了几眼,又拍拍翅膀消失在绿荫中。我心中的那几分萧瑟,被那一串小麻雀的啼啭驱赶得无影无踪。

淮海路的表情

我是一个爱静的人，选择住所，当然希望有幽静的环境。十多年前住在香山路，喜欢那里的梧桐绿茵；后来搬到绍兴路，留恋那里的文化气息。后来，却搬迁到了淮海路上，成为闹市中的居民。这似乎有违我择居的宗旨。在淮海路住了几年，我发现在这里其实也可以闹中取静。我的居所不临街，关上窗户，便可以和喧嚣的市声隔绝。在我的窗前，能看到小区中的绿茵，能看到蔓延在水泥墙上的绿色藤蔓，晨昏时分，还有鸟鸣从树丛里飘来。住在这里，我能一如既往读我喜欢的书，写我想写的文章，于喧嚣中保持宁静。

然而近在咫尺的淮海路是一个无法改变的存在，只要出门，繁华和热闹便会扑面而来。其实，用一种观察历史、体验生活的目光来看淮海路，是一件很有意思的事情。淮海路是上海现代历史的一个缩影，近百年来中国人的屈辱、辛酸和交额，都写在这条路的一砖一石中。这里的每一幢老房子，都有曲折跌宕的故事，每一寸路面，都留有历史人物的脚印。和我居住的公寓只一墙之隔的一所小学,从前就是孙中山先生住过的地方,后来他才从这里搬到了香山路。那栋红色的老楼还在,从那里走过时,我常常想,我脚下的路,逸仙先生当年大概也走过。低头看脚下,我会忽发奇想,那色彩斑驳的路面上,仿佛会幻化出很多在这里走过的历史人物的脚,他们的步点是不一样的。那坚定而急促的是周恩来,沉着而轻盈的是梅兰芳,优雅而散漫的是张爱玲,还有刘海粟、林风眠、阮玲玉、周璇、赵丹、茹志鹃……多少风云一时的人物曾以自己独特的脚步走过这里。20世纪六七十年代曾经以"破旧"为时髦,红油漆和黑标语一时铺天盖地,然而淮海路没有因此被摧毁。近十多年来又开始以怀旧为时尚,可是要想把淮海路恢复成张爱玲笔下的霞飞路,却也绝无可能。在淮海路上看到的是与时代同步的生活。和过去一样,这里仍是时髦、时尚的源头和舞台,走在淮海路上,抬头便撞见令人目眩的广告和霓虹灯,眼帘中到处是新奇的衣着和神采飞扬的表情。有一位来上海访问的日本作家告诉我,他在淮海路上看到的上海少女,比东京银座的日本姑娘更时髦。前几年访问日本时,我留意了东京银座的行人,颇有同感。

　　住在淮海路上,使我有机会对这条路上的景色有更全面的认识。深夜,店铺关门后,淮海路上消失了络绎不绝的人流,也消失了店家招徕顾客的音乐和喊叫。但是大部分店铺仍然亮着灯，通明的橱窗像无数失眠的眼睛瞪着人迹寥寥的街面。此时的淮海路，是一个不夜城，却不喧闹，灯光静静地勾勒出高大的梧桐树和老房子曲折的轮廓，平添了几分神秘，引人产生幽远的遐想。清晨，店铺还没有开门，路上行人稀少，淮海路彷佛一个盛装的女人卸却了礼服妆饰，露出本来的面目。这时候，街上看不到时髦的男女，在路上散步的大多是老人。从我住的公寓向东走，不远就是雁荡路，复兴公园就在雁荡路尽头。往西走，过两三条马路，就是襄阳公园。晨光熹微的公园里，是一个老人的世界，无数老人聚集在公园里，有打太极拳的，有舞剑做操的，也有跳舞唱歌的。看一片银发在晨雾和朝晖中浮动，我深受感动，这是生命的赞歌。

  如果将街道人格化，淮海路是怎样一条路呢？她是一位百岁老人，虽然历经沧桑，却依然容光焕发，仪态万方，保持着青春少女的美姿，流动着生命的活力。不同时代留给她的魅力和风云，都蕴涵在她日新月异的表情中。住在这样一条路上，当然能感受繁华和时尚，这是生活的一部分。但它们大概永远也不可能将我淹没。只要有一颗沉静平和的心，便能拒绝浮躁，远离喧嚣。正如我在一首诗中所写："从汹汹人潮游进我的绿岛，世界依然那么宁静，心灵的天地辽阔而纯净……"

2003年春日于上海四步斋

绿翡翠

复兴公园如同一枚绿色翡翠,静静镶嵌在上海色彩繁杂的闹市中心。它是喧嚣中的一方净土,是尘埃中的一叶绿肺。它诞生成长了一百年,给上海人带来多少难忘的回忆。

20多年前,我住在香山路,和复兴公园只是一街之隔。那几年,几乎每天傍晚牵着儿子的小手到公园里散步,熟悉了公园的每一条曲径,走遍了公园的每一个角落:树林、水榭、草坪、假山、广场、茶室……当然,还有儿童乐园。在儿子的记忆中,复兴公园,就是他童年的天堂。我也常常一个人在公园里散步,徜徉于花香鸟语之中,想自己的心事。

一百年前,这里曾是法国租界中的军营,后来改建成花园,只供法国侨民游览消闲,中国人不得入内,它最初的名字是法国公园。法国人在公园里集会,阅兵,庆祝他们的国庆。早期的复兴公园,是中国土地上的一个外国花园,和上海普通市民的生活没有关系。也许只有在这里种花植树的中国园丁熟悉花园中的景象,只有居住在附近的市民听见过从围墙中传来的《马赛曲》。如今的复兴公园,是人们自由出入的公共城市花园。在这里,依然可以感受它的法国情调和风格,中心花坛的几何形对称结构,大草坪,梧桐林,喷水池。不过公园中也融和了中国园林的风格,假山,荷花池,回廊曲径,呈现出中西合璧的景象。公园的变化,缩影了时代的变迁。

只有公园里的树木,姿态一如当初。不管时局如何更迭,园中花树总是给人们带来生命的喜悦。当年种植的树苗,已经长成大树。公园广场中那几棵高大的梧桐树,历经百年沧桑,粗壮的树干斑驳苍老,但它们为游人撑起的蔽天浓荫,永远展示着生命的新鲜和蓬勃。这里的树木品种丰富,除了梧桐,还有七叶树、女贞、枳椇、椴树、梓树、榉树、柘树、雪松、水杉、金桂、白腊,在起伏的绿海中,它们各自伸展个性迥异的枝叶,迎接四面八方飞来栖息的小鸟,把斑驳阴凉洒落在林间道路上。有这些常青的乔木,公园里一年四季都绿意葱茏,即便是寒冬腊月,也不会出现萧瑟的景象。秋风起时,桂花的幽香弥漫在空气中,仿佛整个世界都被这沁人的清芬笼罩。

在复兴公园的林中小路上散步,我总是会想起曾经在公园周围生活过的一些人物,他们曾经叱咤风云,在中国现代历史中留下难以磨灭的声音。香山路上的孙中山故居,和复兴公园只是一墙之隔。皋兰路上的张学良故居,也是公园的紧邻。思南路上的周公馆和梅兰芳故居,重庆路上的邹韬奋故居,都是复兴公园的邻居。在复兴公园的林荫小路上,一定留下过这些先贤的足迹。

早晨的复兴公园,是老年人的天下。公园的广场和空地上,到处是晨练的老人,人们打拳、舞剑、做操,也有人在音乐中跳舞。飘舞的银发在金色朝晖中闪耀着青春光彩。公园西南面的树林,是人们遛鸟的所在,无数鸟笼挂在树杈上,画眉、百灵、芙蓉、绣眼、鹩哥、鹦鹉,笼中的鸟在晨光中亮开歌喉,引来了树林中自由的飞鸟,树林里百鸟争鸣,一派喧闹。

在我的记忆中,夜晚的复兴公园是一个灯火灿烂的光明世界。记得每年元宵节,公园里都举办灯会。那时儿子还小,去复兴公园看灯会,对他来说是一场幻想的盛宴。被扎制成各种形态的花灯,在树丛中闪烁发光,犹如神话境界。在荷花池畔回廊中,挂着灯谜,猜中了有奖。我和儿子一起猜灯谜,捧回一大堆奖品,铅笔、橡皮、练习簿、小玩偶。儿子捧着奖品欢呼雀跃的样子就在眼前。那年儿子才7岁,是18年前的往事了。

关于复兴公园,有很多美妙的瞬间留在我的记忆中。记得是一个初夏黄昏,我和儿子在荷花池边散步,发现水面的荷叶上栖息着一只青色小乌龟,风吹动荷叶,小乌龟滑入水中,俄顷,小乌龟又奋力爬上荷叶,复又滑入水中,再游回来,重新往荷叶上攀爬……在我们饶有兴趣地观察这小生命的奇妙运动时,夜幕已经悄然垂落,荷池里倒映着绚烂的暮霭,还有我们父子俩忘情天籁的身影。

2009年7月16日于四步斋

亲爱的母亲河

没有江海,就没有港口,没有河流,就没有城市。人们聚集在江河畔,靠水为生,以水为路。水的流淌,犹如生命繁衍和律动,水的波光,映照着人间哀乐疾苦。江河,犹如母亲哺养了城市。

上海有两条母亲河,一条是黄浦江,另一条是苏州河。黄浦江雄浑宽阔,穿过城市,流向长江,汇入海洋,这是上海的象征。而苏州河,只是黄浦江的一条支流,但她和上海这座城市的关系,却似乎更为密切。她曲折蜿蜒地流过来,流过月光铺地的沉睡原野,流过炊烟缭绕的宁静乡村,流过兵荒马乱,流过饥馑贫困,流过晚霞和晨雾,流过渔灯和萤火,从荒凉缓缓流向繁华,从远古悠悠流到今天。她流过上海的腹地,流过人口密集的城区,流出了上海人酸甜苦辣的生活……

一百多年前,人们就在苏州河畔聚集,居住,谋生,大大小小的工厂作坊,犹如蘑菇,在河畔争先恐后地滋生。苏州河就像流动的乳汁,滋润着两岸香烟旺盛的市民。在我童年的记忆中，苏州河是一条变幻不定的河。她时而清澈，河水黄中泛青，看得见河里的水草，数得清浪中的游鱼。江南的柔美，江北的旷达，都在她沉着的涛声里交汇融和。这样的苏州河，犹如一匹绿色锦缎，飘拂缠绕在城市的胸脯。

我无法忘记苏州河给我的童年带来的快乐，我曾在苏州河里游泳，站在高高的桥头跳水，跳出了我的大胆无畏，投入无声的急流中游泳，游出了我的自信沉着。我还记得河上的樯桅和桨橹，船娘摇橹的姿态仪态万方，把艰辛的生计美化成舞蹈和歌儿。我还记离我家不远的苏州河桥头的"天后宫"，一扇圆形的洞门里，隐藏着神秘，隐藏着往日的刀光剑影。据说那里曾是"小刀会"的指挥部，草莽英雄的故事，淹没了妖魔鬼怪的传说。我还记得河边的堆货场，那是孩子们的迷宫和堡垒，热闹紧张的"官兵捉强盗"，将历史风云浓缩成了孩子的漫画。

少年时，我常常在苏州河畔散步。我曾经幻想自己变成了那些曾在这里名扬天下的海派画家，任伯年、虚谷、吴昌硕，和他们一样，踩着青草覆盖的小路，在鸟语花香中寻找诗情画意，用流动的河水洗笔，蘸涟涟清波砚墨，绘树绘花，绘自由自在的鱼鸟，画山画河，画依山傍水的人物……然而幻想过去，眼帘中的现实，却是浊流汹涌，河上传来小火轮的喧哗，还有弥漫在空气里的腥浊……

苏州河哺养了上海人,而上海人却将大量污浊之物排入河道。我记忆中的苏州河,更多的是混浊。它的清澈,渐渐离人们远去,涨潮时偶尔的清澈,犹如昙花一现,越来越难得。苏州河退潮时,混黄的河水便渐渐变色,最后竟变成了墨汁一般的黑色,而且散发着腥臭,污染了城市的空气。这条被污染的母亲河,成为上海的耻辱,也成为上海人眼帘中的窝囊和心里的痛。她就像一条不堪入目的黑腰带,束缚着上海,使这座东方的大都市为之失色。江河无辜,有错的是污染了她们的人类。面对苏州河滚滚的浊流,应该羞愧的是靠这条河生活的人。人们无休无止地吸吮她,没完没了地奴役她,却没有想到如何把她爱护。苏州河,以母性的温柔博大,承接了城市无穷无尽的索取,容纳了人类所有肮脏的排泄。岸边的上海人繁衍成长,而母亲河却疲惫不堪。她的黑色浊浪,是上海脸上的污点。

我曾经以为,苏州河的清澈,将永难恢复。20年以前,我在一首诗中为母亲河哀叹,并一厢情愿地以苏州河的口吻,无奈地呐喊:"把我填没吧,把我填没\我不愿意用甩不脱的污浊\破坏上海的容颜\我不愿意用扑不灭的腥臭\污染上海的天廓\哪怕,为我装上盖子\让我成为一条地下之河。"

20多年过去,再看我的这首诗,我发现我的呐喊,可笑之极,我的悲观,幼稚而浅薄。苏州河没有被填没,也没有成为地下之河。这些年,我一直在各种传媒报道中看到关于苏州河改造的各种消息。我怀疑过，认为这可能是虚张声势，要使一条混浊的河流变清，谈何容易。然而毋庸置疑的是，苏州河以她的累累伤痕，以她的疲惫和衰老，唤醒了人们：必须拯救我们的母亲河！为使被污染的苏州河重返清澈，上海人想尽了一切办法，疏清河道，切断污染源，改造两岸的环境。轻诺寡信的时代，早已过去，无数人在默默地为此行动。这些年，常常经过苏州河，河岸的变化很明显，破旧的棚屋早已不见踪影，河畔的垃圾码头和杂乱的吊车也已绝迹，河岸已经被改建成花园，绿荫夹道，草坪青翠，绿荫缝隙中水光斑斓。我甚至不知道，这些变化，发生在什么时候。这两年过端午节时，在电视上看到苏州河里举办龙舟竞赛，波光粼粼的河面上，鼓声震天，万桨挥动，两岸是欢声雷动的人群。电视里看不清河水的清澈度，但是给人的联想是：在一条污浊的河流中，怎么能举办这样有诗意的活动呢？

终于有了像童年时一样亲近苏州河的机会。前不久，上海举办一个讴歌母亲河的诗会，请我当评委。组织诗会的朋友说，请你从近处看看今天的苏州河吧。昔日的杂货堆场，成了一个现代化的游船码头，踏着木质的阶梯登上快艇，河上的风景扑面而来。先看水，水是黄色的，黄中泛绿，有透明度。远处水面忽然溅起小小的浪花，浪花中银光一闪，竟然是鱼！没有看清楚是什么鱼，但却是活蹦乱跳的水中精灵。童年在河里游泳的景象突然又浮现在眼前，40多年前，我在苏州河里游泳，常有小鱼撞击我的身体。现在，这些水中精灵又回来了。河道曲曲折折在闹市中蜿蜒穿行，两岸的新鲜风光也使我惊奇。花圃和树林，为苏州河镶上了绿色花边。河畔那些不知何时造起来的楼房，高高低低，形形色色，在绿荫中争奇斗艳，它们成了上海人向往的住宅区，因为有一条古老而年轻的河从它们中间静静流过。

这些年多次访问欧洲，我观察过欧洲大陆上几条著名的河流：莱茵河、塞纳河、泰晤士河、多瑙河、伏尔加河、涅瓦河……其中有几条河流，也曾有过由清而浊，由浊而清的历史。面对着异国河流中涌动的清波，我曾经不止一次暗暗自问：什么时候，故乡的苏州河也能由浊而清呢？这个似乎遥不可及的目标，此刻竟已展现在我的眼前。

生活中有一条江河多么好，没有江河，土地就会变成沙漠。江河里有清澈的流水多么好，江河污染，生活也会变得浑浊。苏州河，我亲爱的母亲河，我为她正在恢复青春的容颜而欣慰。一条污浊的河流重新恢复清澈，是一个梦想，一个童话，然而这却是发生在我故乡之城的真实故事。

一个能把梦想变成现实的时代，是令人神往的时代。

2009年5月28日于四步斋

在我的书房怀想上海

我在上海生活50多年,见证了这个城市经历过的几个时代。苏东坡诗云"不识庐山真面目,只缘身在此山中",很有道理。要一个上海人介绍或者评说上海有点困难,难免偏颇或者以偏概全。生活在这个大都市中,如一片落叶飘荡于森林,如一粒沙尘浮游于海滩,渺茫之中,有时不知自己身在何处。

有人说上海没有古老的历史,这是相对西安、北京和南京这样古老的城市。上海当然也有自己的历史,如果深入了解,可以感受它的曲折幽邃和波澜起伏。我常常以自己的书房为坐标,怀想曾经发生在上海的种种故事,时空交错,不同时代的人物纷至沓来,把我拽入很多现代人早已陌生的空间。

我住在上海最热闹的淮海路,一个世纪前,这里是上海的法租界,是国中之国,城中之城。中国人的尴尬和耻辱,和那段历史联系在一起。不过,在这里生活行动的却大多是中国人,很多人物和事件在中国近代和现代的历史中光芒闪烁。

和我的住宅几乎只是一墙之隔有一座绛红色楼房,一座融合欧洲古典和中国近代建筑风格的小楼，孙中山曾经在这座楼房里策划他的建国方略。离我的住宅不到两百米渔阳里，是一条窄窄的石库门弄堂，陈独秀曾经在一盏昏暗的白炽灯下编辑《新青年》。离我的住宅仅三个街区，中国共产党第一次代表大会在那里召开。从我家往西北方向走三四个街区，曾经是犹太人沙逊为自己建造的私家花园。沙逊来上海前是个岌岌无名穷光蛋，在这个冒险家的乐园大展身手，成为一代巨贾。从我的书房往东北方向四五公里，曾经有一个犹太难民据点，二战期间，数万犹太人从德国纳粹的魔爪下逃脱，上海张开怀抱接纳了他们，使他们远离了死亡的阴影。从我书房往东几百米，有大韩民国临时政府旧址，那栋石库门小楼里，曾是流亡的韩国抗日爱国志士集聚之地。这是一个很有意思的现象，身处水火之中的上海，却慷慨接纳了来自四面八方的异乡游子。

淮海路离我的书房近在咫尺，站在走廊尽头的窗户向南望去，可以看到街边的梧桐树，可以隐约看见路上来往的行人和车辆。很自然地会想起这百年来曾在这条路上走过的各路文人，百年岁月凝缩在这条路上，仿佛能看见他们的身影从梧桐的浓荫中飘然而过。徐志摩曾陪着泰戈尔在这里散步，泰戈尔第二次来上海，就住在离这儿不远的徐志摩家中。易卜生曾坐车经过这条路，透过车窗，他看到的是一片闪烁的霓虹。罗素访问上海时，也在这条路上东张西望，被街上西方和东方交汇的风韵吸引。年轻的智利诗人聂鲁达和他的一个朋友也曾在这条路上闲逛,他们在归途中遇到了几个强盗,也遇到了更多善良热心的正人君子。数十年后他回忆那个夜晚的经历时,这样说:"上海朝我们这两个来自远方的乡巴佬,张开了夜的大嘴。"

我也常常想象当年在附近曾有过的作家聚会,鲁迅、茅盾、郁达夫、沈从文、巴金、叶圣陶、郑振铎,在喧闹中寻得一个僻静之地,一起谈论他们对中国前途的憧憬。康有为有时也会来这条路上转一转,他和徐悲鸿、张大千的会见,就在不远处的某个空间。张爱玲一定是这条路上的常客,这里的时尚风景和七彩人物,曾流动到她的笔下,成为那个时代的飘逸文字。

有人说,上海是一个阴柔的城市,上海的美,是女性之美。我对这样的说法并无同感。和我居住的同一街区,有京剧大师梅兰芳住过的小楼。梅兰芳演的是京剧花旦,但在我的印象中,他却是个铁骨铮铮的男子汉。抗战十四年,梅兰芳就隐居在那栋小楼中,蓄须明志,誓死不为侵略者唱一句。从我的书房往东北走三公里,在山阴路的一条弄堂里,有鲁迅先生的故居,鲁迅在这里度过了生命的最后九年,这九年中,他写出了多少有阳刚之美的犀利文字。从我的书房往东北方向不到两公里,是昔日的游乐场大世界,当年日本侵略军占领上海武装游行，经过大世界门口时，一个青年男子口中高喊"中国万岁"，从楼顶跳下来，以身殉国，日军惊愕，队伍大乱。这位壮士，名叫杨剑萍，是大世界的霓虹灯修理工。如今的上海人，有谁还记得他？从大世界再往北，在苏州河对岸，那个曾经被八百壮士坚守的四行仓库还在。再往北，是当年淞沪抗战中国军队和日本侵略军血战的沙场。再往北，是面向东海的吴淞炮台，清朝名将陈化成率领将士在那里抗击入侵英军，誓死不降……

我的书房离黄浦江有点距离。黄浦江在陆家嘴拐了个弯儿，使上海市区的地图上出现一个临江的直角，这样，从我的书房往东或者往南，都可以走到江畔。往东走，能走到外滩，沿着外滩一路看去，数不尽的沧桑和辉煌。外滩，如同历史留给人类的建筑纪念碑，展现了20世纪的优雅和智慧，而江对岸，浦东陆家嘴新崛起的现代高楼和巨塔，正俯瞰着对岸曲折斑斓的历史。往南走到江畔，可以看到建设中的世博会工地，代表着昔日辉煌的造船厂和钢铁厂，将成为接纳天下的博览会，这里的江两岸，会出现令世界惊奇的全新景象。一个城市的变迁，缓缓陈列在一条大江的两岸，风云涌动，波澜起伏，犹如一个背景宽广的大舞台，呈示在世人的视野中。

上海的第一条地铁，就在离我书房不到60米的地底下。有时，坐在电脑前阖眼小息时，似乎能听见地铁在地下呼啸而过的隐隐声响。在上海坐地铁,感觉也是奇妙的。列车在地下静静地奔驰,地面的拥挤和喧闹,彷佛被隔离在另外一个世界。如果对地铁途经的地面熟悉的话,联想就很有意思,你会想,现在,我头顶上是哪条百年老街,是哪栋大厦,是苏州河,或者是黄浦江……列车穿行在黑暗和光明之间,黑暗和光明不断地交替出现,这使人联想起这个城市曲折的历史:黑暗——光明——黑暗——光明……令人欣喜的是,前行的列车最终总会停靠在一个光明的出口处。

不久前,我陪一位来自海外的朋友登上浦东金茂大厦的楼顶,此地距地面四百余米,俯瞰上海,给我的感觉只能用"惊心动魄"这样的词汇来形容。地面上的楼房,像一片浩森无边的森林,在大地上没有节制地蔓延生长,逶迤起伏的地平线勾勒出人的智慧,也辐射着人的欲望……我想在这高楼丛林中找到我书房的所在地,然而无迹可寻。密密麻麻的高楼,像一群着装奇异的外星人,站在人类的地盘上比赛着他们的伟岸和阔气。而我熟悉的那些千姿百态的老房子,那些曲折而亲切的小街,那些升腾着人间烟火气息的石库门弄堂,那些和悠远往事相连的建筑,已经被高楼的海洋淹没……

历史当然不会随之被湮灭。在记忆里,在遐想中,在形形色色的文字里,历史如同一条活的江河,正静静地流动。走出书房,在每一条街巷,每一栋楼宇,每一块砖石中,我都能寻找到历史的足迹。以一片落叶感受森林之幽深，以一粒沙尘感知潮汐之汹涌，我看到的是新和旧的交融和交替。我生活的这个城市，就是在这样的交融和交替中成长着。

城中天籁

在城里住久了,有时感觉自己是笼中之鸟,天地如此狭窄,视线总是被冰冷的水泥墙阻断,耳畔的声音不外车笛和人声。走在街上,成为汹涌人流中的一滴水,成为喧嚣市声中的一个音符,脑海中那些清净的念头,一时失去了依存的所在。

我在城中寻找天籁。她像一个顽皮的孩童,在水泥的森林里和我捉迷藏。我听见她在喧嚣中发出幽远的微声:只要你用心寻找,静心倾听,我无处不在。我就在你周围无微不至地悄然成长着,蔓延着,你相信吗?

想起了陶渊明的诗句:"结庐在人境,而无车马喧。问君何能尔?心远地自偏。"在人海中"结庐",又能躲避车马喧嚣,可能吗?诗人自答:"心远地自偏。"只要精神上远离了人间喧嚣倾轧,周围的环境自会变得清静。这首诗,接下来就是无人不晓的名句"采菊东篱下,悠然见南山。"我的住宅周围没有篱笆,也无菊可采,抬头所见,只有不远处的水泥颜色和邻人的窗户。

我书房门外走廊的东窗外,一缕绿荫在风中飘动。

我身居闹市,住在四层公寓的三楼,这是大半个世纪前建造的老房子。这里的四栋公寓从前曾被人称为"绿房子",因为,这四栋楼房的墙面,被绿色的爬山虎覆盖,除了窗户,外墙上遍布绿色的藤蔓和枝叶。在灰色的水泥建筑群中,这几栋爬满青藤的小楼,就像一片青翠的树林凌空而起,让人感觉大自然还在这个人声喧嚣的都市里静静地成长。我当年选择搬来这里,很重要的原因就是因为这些爬山虎。

搬进这套公寓时,是初冬,墙面上的爬山虎早已褪尽绿色,只剩下无叶的藤蔓,蚯蚓般密布墙面。住在这里的第一个冬天,我一直心存担忧,这些枯萎的藤蔓,会不会从此不再泛青。我看不见自己窗外的墙面,只能观察对面房子墙上的藤蔓。整个冬天,这些藤蔓没有任何变化,在凌厉的寒风中,它们看上去已经没有了生命的迹象。

寒冬过去,风开始转暖,然而墙上的爬山虎藤蔓依然不见动静。每天早晨,我站在走廊里,用望远镜观察东窗对面墙上的藤蔓,希望能看到生命复苏的景象。终于,那些看似干枯的藤蔓开始发生变化,一些暗红色的芽苞,仿佛是一夜间长成,起初只是米粒大小,密密麻麻,每日见大,不到一个星期,芽苞便纷纷绽开,吐出淡绿色的嫩叶。僵卧了一冬的藤蔓,在春风里活过来，新生的绿色茎须在墙上爬动，它们不动声色地向上攀援，小小的嫩叶日长夜大，犹如无数绿色的小手掌，在风中挥舞摇动，永不知疲倦。春天的脚步，就这样轰轰烈烈地在水泥墙面上奔逐行走。没有多少日子，墙上已是一片青绿。而我家里的那几扇东窗，成了名副其实的绿窗。窗框上，不时有绿得近乎透明的卷须和嫩叶探头探脑，日子久了，竟长成轻盈的窗帘，随风飘动。透过这绿帘望去，窗外的绿色层层叠叠，影影绰绰，变幻不定，心里的烦躁和不安仿佛都被悄然过滤。在我眼里，窗外那一片绿色，是青山，是碧水，是森林，是草原，是无边无际的田野。此时，很自然地想起陶渊明的诗，改几个字，正好表达我喜悦的心情："觅春东窗下，悠然见青山。"

有绿叶生长，必定有生灵来访。爬山虎的枝叶间，时常可以看到蝴蝶翩跹，能听到蜜蜂的嗡嗡欢鸣，蜻蜓晶莹的翅膀在叶梢闪烁，还有不知名的小甲虫，背着黑红相间的甲壳，不慌不忙在晃动的茎须上散步。也有壁虎悄悄出没，那银灰色的腹部在绿叶间一闪而过，犹如神秘的闪电。对这些自由生灵们来说，这墙上绿荫，就是它们辽阔浩瀚的原野山林。

爬山虎其实和森林里的落叶乔木一样，一年四季经历着生命盛衰的轮回，也让我见识着生命的坚忍。爬山虎的叶柄处有脚爪，是这些小小的脚爪抓住了墙面，使藤蔓得以攀援而上，用表情丰富的生命色彩彻底改变了僵硬冰冷的水泥墙。爬山虎的枝叶到底有多少色彩，我一时还说不清楚。春天的嫩红浅绿，夏日的青翠墨绿，让人赏心悦目。爬山虎也开花，初夏时分，浓绿的枝叶间出现点点金黄，有点像桂花。它们的香气，我闻不到，蝴蝶和蜜蜂们闻到了，所以它们结伴而来，在藤蔓间上上下下忙个不停。爬山虎的花开花落，没有一点儿张扬，都是在不知不觉之中。花开之后也结果，那是隐藏在绿叶间的小小浆果，呈奇异的蓝黑色。这些浆果，竟引来飞鸟啄食。麻雀、绣眼、白头翁、灰喜鹊，拍着翅膀从我窗前飞过，停栖在爬山虎的枝叶间，觅食那些小小的浆果。彩色的羽翼和欢快的鸣叫，掠过葳蕤的绿叶柔曼的藤须，在我的窗外融合成生命的交响诗。

秋风起时，爬山虎的枝叶由绿色变成橙红色，又渐渐转为金黄，这真是大自然奇妙的表演。秋日黄昏，金红的落霞映照着窗外的红叶，使我想起色彩斑斓的秋山秋林，也想起古人咏秋的诗句，尽管景象不同，但却有相似意境，"树树皆秋色，山山唯落晖"，"山明水净夜来霜，数树深红出浅黄"。

一天，一位对植物很有研究的朋友来看我。他看着窗外的绿荫，赞叹了一番，突然回头问我："你知道，爬山虎还有什么名字？"我茫然。朋友笑笑，自答道："它还有很多名字呢、常青藤、红丝草、爬墙虎、红葛、地锦、捆石龙、飞天蜈蚣、小虫儿卧草……"他滔滔不绝说出一长串名字，让我目瞪口呆，却也心生共鸣。这些名字，一定都是细心观察过爬山虎生长的人创造的。朋友细数了爬山虎的好处，它们是理想的垂直绿化，既能美化环境，调节空气，又能降低室温。它们还能吸收噪声，吸附飞扬的尘土。爬山虎对建筑物没有任何伤害，只起保护作用。潮湿的天气，它们能吸去墙上的水分，干燥的时候，它们能为墙面保持湿度。朋友叹道："你的住所，能被这些常青藤覆盖，是福气啊。"

我从前曾在家里种过一些绿叶植物，譬如橡皮树、绿萝、龟背竹，却总是好景不长。也许是我浇水过头，它们渐渐显出萎靡之态，先是根烂，然后枝叶开始枯黄。目睹着这些绿色的生命一日日衰弱，走向死亡，却无力挽救它们，实在是一件苦恼的事情。而窗外的爬山虎，无须我照顾，却长得蓬勃茁壮，热风冷雨，炎阳雷电，都无法破坏它们的自由成长。

爬山虎在我的窗外生长了五个春秋，我以为它们会一直蔓延在我的视野，让我感受大自然无所不在的神奇。也曾想把我的"四步斋"改名为"青藤斋"。谁知这竟成为我的一个梦想。

那是一个盛夏的午后，风和日丽。我无意中发现挂在我窗外的绿色藤蔓似乎有点干枯，藤蔓上的绿叶萎头萎脑，失去了平日的光泽。窗子对面楼墙上那一大片绿色，也显得比平时暗淡。这是什么原因？我研究了半天，无法弄明白。第二天早晨，窗外的爬山虎依然没有恢复应有的生机。经过一天烈日的晒烤，到傍晚时，满墙的绿叶都呈萎缩之态。会不会是病虫之患？我仔细察看那些萎缩的叶瓣，没有发现被虫蛀咬的痕迹。第三天早晨起来，希望看到窗外有生命的奇迹出现，拉开窗帘，竟是满眼惨败之相。那些挂在窗台上的藤蔓，已经没有一点湿润的绿意，就像晾在风中的咸菜干。而墙面上的绿叶，都已经枯黄。这些生命力如此旺盛的植物，究竟遭遇了什么灾难？

我走出书房，到楼下查看，在墙沿的花坛里看到了触目惊心的景象：碗口粗的爬山虎藤，竟被人用刀斧在根部齐齐切断！四栋公寓楼下的爬山虎，遭遇了相同的厄运。这样的行为，无异于一场残忍的谋杀。生长了几十年的青藤，可以抵挡大自然的风雨雷电，却无法抵挡人类的刀斧。后来我才知道，砍伐者的理由很简单，老公寓的外墙要粉刷，爬山虎妨碍施工。他们认为，新的粉墙，要比爬满青藤的绿墙美观。未经宣判，这些美妙的生命便惨遭杀戮。

断了根的爬山虎还在墙上挣扎喘息。绿叶靠着藤中的汁液，在烈日下又坚持了几天，一周后，满墙绿叶都变成了枯叶。不久，枯叶落尽，只留下绝望的藤蔓，蚯蚓般密布墙面，如同神秘的天书,也像是抗议的符号。这些坚忍的藤蔓,至死都不愿意离弃水泥墙,直到粉墙的施工者用刀铲将它们铲除。

"绿房子"从此消失。这四栋公寓楼,改头换面,消失了灵气和个性,成了奶黄色的新建筑,混迹于周围的楼群中。也许是居民们的抗议,有人在楼下的花坛里补种了几株紫藤。也是柔韧的藤蔓,也是摇曳的绿叶和嫩须,一天天,沿着水泥墙向上攀爬……

紫藤,你们能代替死去的爬山虎吗?

2010年10月6日 于四步斋

中国屏风

在乐山过夜,耳畔有江水流淌的响动。天上,一弯残月,满天星斗,把银色微光撒落在江上,水中星星点点的波光,梦幻般闪烁。江对岸,有闻名天下的大佛,夜色中,看不清大佛面容,只有远山神秘的轮廓,在深蓝色天幕下变幻透迤。我知道,大佛的目光亘古如一,沉静,安详,正在月光下俯瞰大江,俯瞰从他眼前流过的岁月……

想起37年前的一个秋夜,也是这样的残月和星光,只是星月下的江面更为辽阔。那时,我在崇明岛"插队落户",那天晚上,和村里的几个年轻人坐在长江的堤岸上聊天,话题是对未来生活的期待。期待什么呢?一个15岁的少年说:"我没有别的想头,只想每天有肉吃。"少年正在发育,个子却怎么也不见长高。他想吃肉,一是因为饿,二是以为天天吃肉就能长高。一个人正在谈恋爱的小伙子说:"我想有一件'的确良'衬衫。"他身上穿着自家织的芦扉花粗布衬衫,他认为如果穿上"的确良"衬衫,他在姑娘的眼里就会很有风度。另一个高中刚毕业的青年，想了想，说："我想造两间瓦房。"他家住的是草房，三代人挤在一起。他的关于造房子的想法，当时遭到大家的嗤笑，认为他属于狮子大开口，是做梦。而我，那时最大的念头是到大学读书，随便什么地方，任何一所大学。那时，中国的大学都停止了招生，我的念头确实是梦想。至今，我还记得月光下那些黝黑瘦削的脸，那些凝望着大江明亮而惆怅的眼睛。

当年的这些梦想，现在看起来算什么呢。那时看来遥不可及的目标，现在似乎都触手可得。中国这几十年中发生的变化，让世界感到惊奇。一个古老贫穷的大国，封闭了很多年，一打开门窗便活力四射，压抑已久的向往和激情喷涌而出，满世界都可以听见看见她奔跑的脚步和热情的呼喊。这片土地上所有的人，都情不自禁地随她奔着跑着，由不得你多想，前方是黎明，是开阔地，是梦想的入海口。回头看一看，大道已在身后，车辙如麻，脚印杂乱。物质的丰裕，满足了人们的需求，也催生着各种各样的欲望。那个当年想造一间房子的年轻人，现在住进了有十几间房间的大楼房，每天志得意满地环视着儿孙，心里也许在想，什么时候，给孩子买一辆轿车，或者，送他出国去……

世界在变，人也在变。我一直在想，中国人的心智和情感，这些年中是否也有了一些变化呢？

这些天，在旅途中读英国作家毛姆的《在中国屏风上》，此书写于20世纪之初，距今将近90年。我读过毛姆的几部小说集，《月亮和六便士》《刀锋》《天作之合》，可是却没有一本书比这本书更吸引我。吸引我，是因为毛姆以真实的笔触描绘了20世纪初的中国，他的生动文字，将时空的距离瞬间消除，引我走进了我的祖父辈生活的年代，看见了80多年前中国形形色色的风景和人物。毛姆这本书，主要是描写那时旅居中国的英国人和其他来自欧美的洋人，对那些以居高临下姿态生活的外来者，他犀利的笔锋中不无批判和嘲讽。然而，更使我感兴趣的是他对中国人的看法，是他对当时中国各阶层人物的描绘。毛姆写了中国的知识分子，写了附庸风雅的贪官污吏，写了点头哈腰的买办，也写了很多普通的劳动者，农民、脚夫、轿夫、船工、僧侣……在一个外国人的眼里，那时的中国人在做什么？想什么？

在毛姆的笔下，能看到大部分中国人的穷困的生活状态。他们"神情萎靡，衣着寒酸"，从事着人间最艰辛的劳作，犹如一群"忧愁的亡灵"。"在中国，驮负重担的不是牲畜，而是活生生的人"，毛姆曾向一些在中国的外交官表示对这些苦力吃苦耐劳精神的钦佩，这些外交官不以为然，"他们会无所谓地耸耸肩，然后告诉你，那些苦力不过是些牲畜，两千年来他们祖祖辈辈都是挑担子的"。他写到他在一个乡村客店的见闻:"一切都沉寂下来,唯有隔壁一个男子痛苦的咳嗽声。这是一种痨病似的反反复复地咳,听他整夜不停地咳,你不禁怀疑这个可怜的家伙还能活多久。"这是一个象征,这就是外国人心目中"东亚病夫"的形象。

毛姆的书中也写到了中国人的一些不文明的习俗。譬如中国人不懂得尊重妇女,不讲卫生,到处是臭气熏天的肮脏环境。一个女传教士对他说"这是一个远离文明的地方。"令人震撼的是那时很多人对生命的漠视。书中有一篇题为《小城风景》的文章,写到一座婴儿塔,塔边有深坑,专供人们活埋弃婴。这座城市中有一家孤儿院,五个外国修女管理着它,为了劝说人们把婴儿送来,她们给每一个送婴儿来的人两毛钱。一个修女向毛姆解释道:"除非给他们一些钱,否则他们才不会费这个事呢。"他们认为把婴儿活埋在塔下,比送到孤儿院来更省事。但是,有两毛钱可拿,他们就会给婴儿一条活路了。两毛钱!

在一篇文章中,他写了一个英国外交官看一个中国犯人被枪毙的过程,审判者、行刑者以及旁观者那种冷漠的态度,让人心寒。

在毛姆的书中,看不到中国人为自己拥有这片古老的土地而骄傲。也许毛姆所见所闻有限,但那是基本的事实。百年前的中国,饱经外强欺负蹂躏,原来的那种天下唯我独大的优越感几乎荡然无存。知识分子不是崇洋媚外丧失自我,就是与世隔绝浑浑噩噩度日。书中引人注目的一篇《哲学家》,是记录他访问辜鸿铭的经历。辜鸿铭是留德博士,回来却潜心国学,认为中国的哲学远比西方哲学幽深高明。辜鸿铭对外国人的不卑不亢以及他对东方文化的热爱和自信,赢得了毛姆的尊敬。但是毛姆也写了辜鸿铭的陋习:狎妓,吸鸦片。还有一篇《戏剧学者》,写一个留过洋的中国大学教授,他认为外国的一切都比中国优越。毛姆和他谈及庄子,那个教授居然张口结舌,只是茫然回答:"他生活在很久以前。"两千多年前的庄子,如果飘然归来,会怎样看这样的中国读书人?

毛姆写这本书,对中国人并无恶意,他只是客观地描述他的见闻,发几句感慨。他没有看到中国人的出路何在。有一篇《江中号子》,写的应该就是川江一带的纤夫,那些的文字,读来让人怦然心动:"他们的歌声热切、激昂,那是与汹涌波涛战斗的号子。我不知道该如何形容这号子努力要表达的东西,我想它表达的是绷紧的心弦、撕裂的肌肉和人类战胜无情的自然力量的不屈不挠的精神……他们的号子是痛苦的呻吟,是绝望的叹息,是揪心的呼喊。这声音几乎不是人发出的,那是灵魂在无边苦海中发出的有节奏的呼号,它的最后一个音符是人性最沉重的啜泣。"这些饱含真情的文字,引起我的共鸣,读这些文字时,我很自然地回忆起30多年前我在崇明岛上听到的劳动号子，农民肩负重担在田野中行进时就是这样呼号着，那些发自灵魂深处的声音，我永远无法忘怀。世界上，大概只有中国人曾经这样惊天动地呼号过。这呼号已经印刻在历史的屏风上，发出令人深思的隐隐回声。

回想遥远的昔日中国，对比今天的景象，中国人可以扬眉吐气。做一个中国人的骄傲，再不是空洞口号。这些年常有机会出国，在任何地方都会遇到中国人，那种异域邂逅的场面，不知要比毛姆在中国遇见他同胞的概率要高多少倍。中国人的声音，正在世界的每个角落发出各种各样的回声。我曾领略中国音乐家在欧洲的音乐厅演奏时的优雅，也见过钱囊鼓鼓的中国游客在外国商场购物时的疯狂；我听说很多中国学子在异域默默苦读的故事，也听见过一些自以为发迹的中国商人在安静的厅堂里大声喧哗……去年冬天，在法国尼斯的一个宾馆大厅里，一个衣冠楚楚中国人和我擦肩而过，我听到他大声咳嗽了几声，喉中有痰声，回头看，只见他低头对着电梯门口的一个精致的烟灰筒，毫无顾忌地吐出一口浓痰。这时，一个黑人服务员应声走过来，我无法忘记他那种厌恶鄙视的目光……

我的联想，也许可笑，但那些细节突入我的脑海，我无法驱除它们。我当然知道什么是大势，什么是支流，我也知道瑕不掩瑜的道理。毛姆笔下那些曾经被外国人蔑视的陋习，并没有随着经济的发达自动消失，这怎能不让人深思警醒。当代中国,如一架奇妙的巨大屏风,正在向世界展现清新而有活力的景象,可是我们千万不要忽略了屏风上那些刺眼的瑕疵,必须用心把它们擦干净。

夜色幽深,我的耳畔是江水沉着的声音。对岸的山影,隐没在云雾之中。凝视朦胧的云山,我的心里仿佛有一幅神奇的屏风升起。屏风上,有大佛沉静的目光,这目光,穿过夜色,透射在波涛起伏的江面上,满天星光,正是那目光的反照。

2006年9月于乐山—上海—深圳

记忆和遐想

一

乘车在高速公路上疾驰的时候,风声在耳畔呼啸,路边的景物飞一般往身后退却。如让古人复生,坐在我这个座位上,他一定会以为这就是《西游记》中神仙们腾云驾雾的景象。从前花一整天走不到的地方,现在只要一个小时就可以抵达。现代化的科技缩短了时空的距离,遥不可及的目标,可以在瞬间抵达。

飞驰在现代的大道上,我脑子里产生的联想偏偏是昔日的羊肠小道。记得儿时去乡下,走过穿越田野的小路,夏天,小路被两边的芦苇和玉米掩盖,看不到路的尽头。走在这路上,脸颊和身体不时被翠绿的芦叶和玉米叶抚摸着,从绿荫深处传来鸟雀的鸣唱,不知道它们是什么鸟,那百啭多变的鸣唱使周围的天地变得无比幽深。虽然无法看见这些鸟雀,不过有奇妙的鸣唱,它们在我的想象中翩然多彩。走在这样的小路上,植物泥土的清香和天籁的音乐,笼罩了我的整个身心,这是亲切奇妙的感觉。初春时多雨,小路便变得湿滑泥泞,走路时常常被泥泞的路面黏掉了鞋子,还不时会滑倒在路上,摔得满身泥水。事后回想,这大概也是人和土地的亲热吧。秋后,小路渐渐赤裸在空旷的原野中,它不再神秘,一直通达天边,天边有村庄,有在寒风中依然保持着绿色的大树。那景象虽然有点单调,却引发阔大宽广的想象,使我的心在困顿中滋生美好的憧憬。这小路,就像人的生活,不同的时节,不同的心情,便会生出不同的感受和不同的故事。

如果要用自己的双脚去寻找一个遥远的目标,我宁愿走崎岖曲折的小路。路边的风景会使艰辛的跋涉充满了诗意和情趣。也许,寻找的过程比抵达目标更令人神往。

二

有些风景,可远观而不可近玩,譬如雪山。

远眺雪山,让人心胸豁朗。在蓝天下,雪山闪烁着银色的光芒,峻拔、圣洁、高傲、神秘。大地的精华,天空的灵性,仿佛都凝聚在它们晶莹的银光之中。它们是连接天地的桥梁。

如果是晴天,在蔚蓝色天空的映衬下,银色的雪山格外迷人。即便是阴天,远眺雪山也不会使你失望,它们藏匿在云雾中,忽隐忽现,仿佛在讲述一个个的神话,虽然遥远,却令人神往。

在云南,我登上过一座雪山。这座远眺如神话般奇丽的雪山,登临它的峰巅时,我却无法睁开眼睛,那铺天盖地的积雪中似乎有无数把锋利的芒刺和刀剑射出,刺得我眼睛发痛。在雪坡上,我始终无法睁大眼睛正视地上的雪,印象中,只留下一片耀眼的白色,还有那万针刺穿般的灼痛。

三

长江边上有一座很著名的楼阁,古时有文人为之作赋,千百年来脍炙人口,诗文中的楼阁也因此活在了人们的想象中。其实,那楼阁早就在战火中倒塌,江边连它的残柱颓垣也无迹可寻。

现代人喜欢仿造古时的名建筑以弘扬历史和文化,当然更是为了招徕游客。长江边上,那座消失的楼阁也重新耸立起来了,但那是现代人按照自己的想法重建的,是一座和古人诗文中的气味完全不同的新楼。雄伟的钢筋水泥大厦,被粉饰了古时的色彩和外套,怎么看也是一个伪古董。我曾经登上那座金碧辉煌的仿古楼阁,却没有引出丝毫怀古的幽情,想到的是现代人对历史的曲解和阉割。值得玩味的是这样一件假古董，居然得到那么多人的赞美。

四

据说从梦境可以测知一个人的智慧和想象力。有的人梦境永远是黑白两色，有的人却可以做彩色的梦。别人的梦我不知道，我的梦似乎是彩色的。童年时的有些梦境，直到现在还记得。譬如有一次曾骑上长有羽翼的白色骏马，在蓝色的天空里飞舞，从天上俯瞰大地，大地七彩斑斓，云霞在身边飘动。也有关于海洋的梦，在梦中乘帆船远航，也曾梦中变成了一条鱼，在海底翔游，深蓝色的涌流中荧光点点，它们变幻成绮丽的大鱼，从远处游过来，把我包围，把我吞噬……日有所思，夜有所梦，梦境和白天的经历有时确实有关系。也是在儿时，有一次白天跟父亲上街，在一家帽子店徘徊许久。父亲选帽子时，橱窗里那些戴帽子的模特脑袋以默然的目光凝视我，无聊之极，那些模特脑袋是用石膏做的，都是外国人的脸，长得一个模样。那晚的梦境很可怖。走进家门，门廊的长桌上放着一个帽子店里的外国模特脑袋，他戴的是一顶中国乡村的毡帽。我走过他旁边时，他突然对我眨了眨眼睛，头也开始摇摆起来，接着，那脑袋从桌上跳下来，在地上一颠一颠地向我扑来。我吓坏了，拼命往屋里逃，可是脚下却像是被绳索套住，跨不出一步，只听见那跳跃的石膏脑袋在我的身后发出"咚、咚、咚"的声响……

长大成人后，梦境却常常变得模糊不清。不过还是常常有故人入梦。有时也会回到童年，睁开眼睛后，在那似醒非醒的瞬间，会不知自己身在何时何地，有时仿佛仍在孩时，有时却觉得自己已经成为一个耄耋老者，蹒跚在崎岖的小路上……

五

那本老邮册的主人早已离开人世。我不知道他的身世，也不知道他的经历，只记得他的模样，戴一副玳瑁边眼镜，常常是一副沉思的表情。他将邮册留给我时，我还是一个不谙世事的孩子。他出国远去，一直到老死异域，再也没有回来。老邮册里有很多邮票，发黄的纸张，模糊的邮戳，诉说着它们的古老。邮票上有我永远也不可能认识的人物，异国的皇帝、将军、科学家、诗人……也有我无法抵达的许多纪念地，或是巍峨的巨厦，或是古老的废墟和金字塔……它们来自世界各地，邮戳上的时间跨越一个世纪。每一枚邮票都曾经历过千万里的旅行，连接着人间的一份悲欢的情怀，关系着一份亲情或者友谊，传递着一个喜讯或者噩耗，或者只是平平淡淡的一声问候。

而我，面对这些邮票，总是会想象它们原来的主人，想象他拆读一封封远方来信时的表情，想象他如何小心翼翼地将它们从信封上剥下。那是一张年轻的脸，脸上有过渴望和惊喜，那是一双年轻的手，它们曾经果敢而敏捷……我不知道他出国后经历，也没有收到过他的一封信。在我的记忆里，他的年轻的脸和那些古老的邮票叠合在一起。而他的记忆中如果有我，大概只是朦朦胧胧的一个好奇的孩子吧。

六

一个古盘子，粉白色的盘面上画着一枝蜡梅。蜡梅的枝干是弯曲的，三四朵绽开的红梅，五六个含苞欲放的花骨朵，画得精细玲珑，令人赞叹。盘子背后有青花落款"大清乾隆年制"。这样的盘子，以前有一套八个，每个盘子上的梅花都画得姿态各异。如果它们能完整地保存至今，大概也是价值昂贵的宝贝了。

只剩下一个，而且也不能算完好无损了。古盘子上有一道淡淡的裂痕。这一道裂痕，在收藏家的眼里，便是身价大跌的致命伤。我不是收藏家，不会将它和钱的数额连在一起。那道裂痕在我的眼里并未破坏了盘子的形象。更令我注意的是盘子表面的釉色，那是一种被称为"橘皮釉"的瓷釉，釉面凹凸不平，犹如橘皮，虽不光滑，却给人浑厚拙朴的感觉，一看就是有年头的古物。盘子底部最显眼的地方，釉彩有被磨损的痕迹，薄薄的一片，露出了瓷盘洁白的本色。要把这一片釉彩磨去，决非一两日之功，必定有人天天以筷箸匙勺触摸，长年累月，才会留下如此痕迹。我常常在想，是谁一直在用这盘子用餐？是我的列祖列宗中的哪几位？他们曾经怎样议论过这盘子和盘中之餐？而我的联想总是无法转化成具体的人和景象，岁月的云雾笼罩着它，朦胧而含混，云雾散开后，清晰在我眼帘中的，依然是那一株花开满枝蜡梅。于是想，大概是自己的联想太俗，应该想一想那个在盘子上画梅的画工，他虽然没有留名，却留下了这株蜡梅，可以让人想起大自然的春色。

2003年秋日于四步斋

我心中的奥运主题

梦想了一个世纪,期待、准备了千百天,奥运会终于要在北京开幕。这是人类的大事,更是中国人的大事。全世界都在看,中国人将为世界奉献怎样的一个奥运会大舞台。

在和平时代,地球上没有一件事情比体育竞赛更激动人心。在全人类共同关注的体育赛事中,最盛大的运动会,当然是奥运会。人类几乎所有的体育竞技,世界上几乎所有一流的运动员,从地球的四面八方汇拢到一个国家,一个城市。随之而来的,还有世界各国的政治家、记者、体育爱好者。真可谓是万涓成河,百川汇海,星汉灿烂。这是一个属于全人类的盛大集会和节日。我想,这个节日的主题,应该是和平,是和解,是和谐,是友谊,是健康、是欢乐。而这一切,却要通过紧张激烈的竞赛来呈现。这就是奥运会的魅力和美妙之所在。

中国人最初产生举办奥运的想法,是在一个世纪前,那时的中国,积贫积弱,被人讥为"东亚病夫",那时想办奥运会,确实是一个遥不可及的梦想。回顾中国人参加奥运会的历史，让人感慨不尽。1932年洛杉矶奥运会上，第一次出现中国运动员，那位名叫刘长春的运动员，孑然一身出现在运动场上，却代表着一个拥有四亿人口的东方大国。可以想象，当时观众席上如果坐着中国观众，恐怕不会有骄傲，只有辛酸和悲哀。大半个世纪中，中国运动员历尽艰辛远涉重洋去参加奥运会，每次都空手而归。那时奥运会是中国人心里的痛。1984年，也是在洛杉矶，新中国的奥运团队以强大的阵容出现在世界面前，我们至今仍记得许海峰夺得第一块奥运金牌时中国人的激动。那年，中国运动员获得15枚金牌，名列世界第四。此后的奥运会，中国运动员的表现一届比一届出色，引起全世界的惊叹。2000年悉尼奥运会，中国代表团夺得28枚金牌，进入世界三强。2004年的雅典奥运会，中国赢得32枚金牌，位列世界第二。中国运动员的成绩，体现了改革开放以来中国人意气风发的精神状态。"东亚病夫"的耻辱时代已经一去不复返。我想，这些年看奥运，看中国运动员争金夺银，看五星红旗在国歌声中升起，是全世界所有华人的美好记忆。奥运会带给我们的欢欣和骄傲，使我们对这个伟大的国际体育盛会充满了期盼。

2001年7月13日，中国申办奥运成功，举国欢腾。那天晚上，我写了一首诗，题为《伟大的选择》，我在诗中这样写："祖国母亲啊，是因为你的美丽，因为你的健康，因为你的宽厚诚信，因为你的勃勃生机，世界才会有今夜的选择……今夜，相逢何必曾相识，人人都能在欢呼中体会，做一个中国人的骄傲和幸福，人人都会在欢呼中思考，做一个中国人的权利和职责。"

世界选择了中国，也给了中国一个向世界展示自己的机会。中国应该向世界展示什么？希望中国运动员在主场取得优异成绩，这当然是人心所向。我相信我们的体育健儿不会让中国人失望。一个国家能主办奥运会，不仅是这个国家的莫大荣耀，也是这个国家巨大责任。我想，中国应该向世界展现责任感，展现真诚，展现和善，展现宽容博大的胸怀和优雅文明的举止。所有这一切绝不是说几句空话，必须通过无数细节来表现。奥运会的硬件设施，全世界都已经看见，我们也听见了来自四面八方的赞叹。鸟巢、水立方，还有无数和奥运会有关的建筑，形象地表现了中国的经济实力和艺术的想象力。中国人为此付出的心血有目共睹。但是，要使奥运会成功圆满，更重要的还是人。举办奥运会的北京和中国，正在创作一首让世界惊叹感动的诗篇，而所有的中国人，都是这首诗篇中的"我"和"我们"。奥运会期间，作为东道主，我们的微笑，我们的言语，我们的举止，我们所做的一切，都代表着中国，代表着中华民族的气度、素养和文明的程度。

在我们的家门口举办奥运会，使中国人都站在了面向世界的窗口。此刻,每一个中国人,都该轻声自问:"我,准备好了没有?"

2008年7月29日于上海四步斋

汉字之魅

2008年8月8日,中国人度过了一个难忘的激情之夜。百年梦想,在这个夜晚以一种惊艳的方式开场,使全世界都发出了惊叹。惊叹什么?是中国历史的悠久,是中国文化的灿烂,是中国人的智慧和想象力,是中国对世界的善意。

有记者问我,北京奥运会开幕式表演中,哪些情景留给你的印象最深刻?我想,是那些汉字,那些在古老长卷上翩然舞动,变化无穷的方块字。八百余个汉字,时隐时现,时起时伏,不断地排列组合成奇妙的图景,时而如山峦绵延,时而如波澜汹涌,时而如长城逶迤。这些汉字,不是简单地展示中国四大发明中的活字印刷,而是表现了中国文化的独特性和创造性。古老的中华文化能绵延不断传承至今,得益于我们独一无二的文字,数千年来,是汉字记录了中华的历史,抒发了中国人的感情,讲述了一代又一代华夏儿女的故事。当代的中国人,和数千年前我们祖先书写阅读的是相同的文字,这一脉相承,是中国文化的恒久博大的活力,也是人类文明的奇迹。在开幕式上出现的这些汉字,组合凸现出三个不同时代的"和"字,令人注目,也让人深思。这"和"字,可以组合衍生成很多词汇:和平、和谐、和睦、和善、和解、和好、和气、和顺、和畅、和蔼、和缓、祥和、亲和、平和、温和、柔和、中和、和为贵……其实,含义丰富美好的汉字,除了"和"字,还有很多其他字,譬如仁、爱、道、义、德、信、诚、知、文……选择"和"字在奥运会开幕式上向世界展示,意味深长。古代的"和"字,和现代的"和"字,形体上有变化,但它所蕴含的意义却是相同的:世界和平,人类和睦,社会和谐。这是中国人的理想,也应该是全人类的理想。

古老的汉字,在现代观念和高科技的驱动下翩翩起舞,借奥运会的劲风,正向全世界传播。看着那八百多汉字在铺展开的长卷上变幻起伏,观者的心潮也随之起伏。多年前,我去新加坡为那里的写作爱好者谈文学,我告诉他们,能用方块字写作,是一个中国作家的幸福和骄傲,因为汉字是人类文字中表现力最丰富的文字。这是发自我内心深处的由衷之言。在北京奥运会开幕式上,中国人以如此出人意料的方式,向全世界展现了汉字的魅力,也展示了中国文化的魅力。我想,做一个中国人,是值得骄傲的,因为我们能以如此璀璨辉煌的文化傲立于世界民族之林。中国的崛起,不仅是经济的崛起,更应该是中华文明的复苏和传播。感激北京奥运会,在让世界惊叹的同时,也以美妙的方式提醒着中国人。

2008年8月9日于四步斋

鸟瞰地平线

前几天,乘夜班飞机回上海,在浦东机场着陆。飞机抵达前,从机窗俯瞰,只见地面灯海璀璨,令人目眩。我发现飞机竟然从市区上空飞过,黄浦江两岸,密集的楼房和蛛网般的街道犹如水晶砌成。这是我第一次从空中鸟瞰我生活了大半辈子的城区,那些熟悉的地方,竟然那么神秘,那么陌生。

"世博会!世博会!"前后座位上的乘客忽然发出一阵惊呼。

地平线上,出现一片炫目的灯光,这是地上的星云,是人间的彩霞,是烂漫盛开的光之花,是奔流飞动的七彩瀑布。被灯火勾勒出来的世博会园区,神奇如梦幻世界。我看见了中国馆,就像一顶红色桂冠,是园区中的一个瞩目的制高点。也看见了世博轴,那些云一般的顶篷,喷泉一般的灯束,交汇成一条斑斓光带,贯穿园区,连接着黄浦江。来自世界各地的展馆,星罗棋布。我想看一眼英国馆,它应该像一朵晶莹闪烁的巨大蒲公英;想看一眼西班牙馆,它是一个造型奇特的藤编大筐；也想看看沙特阿拉伯馆，那是一艘月亮船，一个空中花园……然而不容我仔细辨认，那些斑斓光影已从机窗下一掠而过，不夜之城的大地正不断逼近。

机舱里，人们在轻声赞叹。我的思绪，却如电影蒙太奇镜头，回溯到24年的一个深夜。24年前，我住在浦东，就在如今的世博园区旁边。那时，周围还是一片荒凉的景象。那天深夜，两岁的儿子突然发高烧，我和妻子要送儿子去医院看急诊，然而深夜没有公交车，也要不到出租车，我只能骑自行车，让妻子抱着儿子坐在后面，赶去几公里外的医院。从医院看完急诊，还是骑车回家，那辆旧自行车，承载着一家三口的重量，"吱呀"作声，缓行在无人的公路上。经过一个十字路口时，突然"咔嚓"一声，自行车折断了中轴，人仰车翻，我们全家摔倒在马路中间，儿子惊惶的哭声回荡在夜空中……当年我们摔倒的那个十字路口，如今正是世博园区的门口，就在那条华光四射的世博轴起点处！

24年那个昏暗惊恐的深夜，仿佛仍在眼前，而眼前早已是一个光明的世界。中国的世博会，马上要向全世界敞开胸怀，就在这片我曾经生活过的土地上。24年前，住在浦东的人有谁想到过这里会成为世博会园区？当年浦东被认为是上海偏僻的"西伯利亚"，繁华的浦西和浦东之间只有一条过江隧道，在黄浦江上造桥，也被人认为是难以实现的梦想。如今，宽广的大道，正从天上，从地下，从水中，围绕着世博园区向四面八方辐射，连通上海，连通中国，连通全世界。昔日的寂寥闭塞和今天的繁盛通达，反差是如此强烈。世博会，改变着这片土地，改变着这个城市，也将改变很多人的命运。抚今追昔，有一种神奇的感觉，时空在交错，思绪在回旋，想象之翼在天地间翩然翻飞。

一百年前，一个生活在浦东的上海作家曾经写过一部幻想小说，书名为《新中国》。他在小说中幻想一百年后在浦东举办万国博览会，他在小说中写道：人们"把地中掘空，筑成了隧道，安放了铁轨，日夜点着电灯，电车就在里头飞行不绝。"而黄浦江上的大桥，更让小说的主人公惊讶："一座很大的铁桥，跨着黄浦，直筑到对岸浦东。"这位作家作这些幻想的时候，中国是一头东方睡狮，积贫积弱，被世界列强欺凌。那时的世博会上，中国的商人拖着长辫子，形单影只，陪伴他们的只有古老的瓷器、丝绸和白酒。面对西方世界先进的发明创造，中国人只能瞠目结舌。世博会，似乎永远是发达国家炫耀富强的舞台。今天，世博会终于要在中国展开大幕，一百年前那位作家的幻想，今天都已经成为现实，而且远远超越他当年的幻想。

夜空下的世博会，是一片彩色的灯海，给人一种缤纷而神秘的印象。世博会到底是什么？这是人类文化的大联欢，是人类文明的交谊舞。世博会是面向未来的,是人类对理想生活的憧憬和追寻。上海世博会的主题,是"城市让生活更美好"。这个主题,并非我们已知的客观现实的总结,而是一种理想。城市如何让生活更美好?这正是上海世博会要回答的问题。在来自世界各地的展馆中,在那些彩色的屋顶下,在那些神秘的灯光里,答案即将斑斓纷呈地展开。

飞机即将落地,远方的地平线上,灯火如云霞浮动,仿佛正在酝酿着一轮即将升腾的旭日。

2010年4月24日于四步斋

点燃圣火的瞬间

今天早晨,从电视里看里约奥运会的开幕式直播。马拉卡纳体育场光环拽动,桑巴狂舞,光与影交叠出亚马逊河畔的斑斓历史,接纳了来自世界各地树种的金属箱柜,盛开成绿荫环保的奥运五环……巴西奥林匹克主席基普·泰诺宣称:今天,我们是在和整个星球对话。

泰诺的宣言并非夸张。今天,在全世界的每个角落,人们都会关注奥运会的开幕。这是一个属于全人类的盛大节日。试问,在当今世界上,还有什么力量,能把地球各个角落的人聚集在一起,为了同一个目标激情洋溢?还有什么力量,能把不同国度,不同肤色,不同信仰的人们吸引在一起,摩肩接踵,携手拥抱,亲密如姐妹弟兄?

只有体育,只有奥林匹克运动会!

这一百多年来,人类经历了数不清的灾难。战争的炮火使人世间血流成河,自然灾害使荒原上饿殍遍地,种族的仇恨和偏见使无数亲人和邻居咫尺天涯,永无沟通和解的机会……我想，人类应该永远感谢并且缅怀创立了奥运会的先驱者。他们使人类的梦想成为现实，尽管这现实似乎只是凝集在小小的体育场，然而这小小的体育场凝聚了全人类的目光，牵动着亿万人的心。

在运动场的起跑线上，人类是平等的。这里，没有国家的大小之分，也没有地域和种族的优劣之别。横蛮和傲慢，虚伪和欺骗，在这里没有市场。这里只有公平的竞争，只有和平的比赛。这里展示着人类的健美和力量。只要你用智慧、勇气、体力和技艺证明自己最高最快最强，你就会获得荣誉，你就会被鲜花和欢呼簇拥，你就能登上领奖台，看你的国旗粲然升起，听你的国歌声震苍穹……所有的人都会为你欢呼，为你骄傲，因为，你正在证明的，不仅是你的国家和民族的魅力，也是人类的魅力。

我在电视机前期待点燃奥运火炬的瞬间。谁来点火炬？万众瞩目。

我的记忆中，有很多点燃火炬的情景。

中国人第一次在电视里看奥运会实况转播，是1984年洛杉矶奥运会。记得里根总统宣布开幕后，美国已故著名田径运动员杰西·欧文斯的孙女吉娜·汉菲尔高举火炬进入会场，随后，美国1960年奥运会十项全能冠军约翰逊接过火炬，点燃了奥林匹克火焰。两位传播奥运之火的运动员都是黑人，他们平静而骄傲的目光我至今仍记得。

1988年汉城奥运会开幕式上，点燃奥运之火的是一位76岁的老人孙基祯。1936年柏林奥运会上，他曾获得男子马拉松冠军，这是亚洲选手第一次夺得奥运长跑项目金牌，当时的朝鲜正处于日本的殖民统治之下，孙基祯代表日本参赛，用的是一个日本味道名字：孙龟龄。当他站在领奖台上看到升起的太阳旗时，悲伤地低下了头。第二次世界大战结束后，朝鲜摆脱了日本的统治，孙基祯才重新用上自己的名字。52年后，奥林匹克圣火在汉城燃起，孙基祯成为光荣的点火者。当他点燃火炬时，泪流满面，他的奥运生涯，有了光明的尾声。

1992年巴塞罗那奥运会开幕式的点火仪式极富想象力，射箭选手雷波洛在万众瞩目之下拈弓搭箭，将一支火箭射上天空，点燃了空中的奥运主火炬。雷波洛患有小儿麻痹症，曾在残奥会的射箭比赛中获奖。他的绝技，向世人展现了人类的智慧、灵巧和惊人毅力。

而最令人动容的在1996年亚特兰大奥运会的点火仪式，饱受帕金森氏症折磨的拳王阿里，用颤抖的双手，艰难地点燃了火炬的引子，被点着的引子如一颗光芒四射的流星，慢慢飞向天空，引燃空中的主火炬，火光映红了夜空，也照亮了所有人的眼睛。那次开幕式，阿里的点火震撼了全人类的心。

2000年的悉尼奥运会开幕式，点火的是原住民出身的田径女将福丽曼,那是一次水火交融的奇妙表演,福丽曼站在壮观的瀑布中央点燃了奥运火炬。而她在后来的赛事中夺得该届奥运会的女子400米跑冠军,成为澳大利亚的女英雄。

2004年雅典奥运会的主火炬犹如一个谦恭的巨人,弯腰垂首,接受希腊帆船运动员卡克拉马纳基斯的点火,然后高昂起熊熊燃烧的头颅,照亮了万众欢腾的体育场,照亮了雅典。

2008年北京奥运会的点火,也给人深刻印象。体操运动员李宁高擎着火炬在空中飞奔,如神话中逐日的夸父,点燃了状如书卷的主火炬。

2012年伦敦奥运会的火炬是足球明星贝克汉姆乘一艘快艇护送而来,进入体育场后,他把火炬交给等候在那里的一群孩子,最后由孩子们点燃了场内的主火炬。由下一代点燃圣火,寓意深长……

里约奥运会的点火者之谜,终于在众目睽睽中揭晓。巴西的网球天才库尔滕举着火炬从场外进入,传递给篮球女运动员瓦尔塔丽,马尔卡丽又把火炬传给已经退役的巴西长跑运动员利马。在万众欢呼中,老将利马点燃了坛中圣火。小小的圣火坛如旭日冉冉上升,成为里约奥运会的主火炬。这个主火炬,是历届奥运会中最小的主火炬。然而巴西人的想象力和创造力使这个小小的圣火坛如日中天,在圣火坛的背后,一个巨大的光环雕塑舞动变幻着,把圣火的光芒辐射反照向无限遥远的天空和大地。

点燃圣火的利马貌不惊人，看上去就是一个身材矮小、朴实憨厚的小老头儿。为什么选择他来点圣火？球王贝利本来是点圣火的不二人选，因为健康原因他无法来，利马成为接替者。利马在奥运会比赛中并没有辉煌的战绩，2004年雅典奥运会上，他获得马拉松铜牌。那场马拉松比赛，对利马来说犹如噩梦。当时他的竞技状态处于巅峰，有极高的夺冠呼声。比赛的后半程，他一直处于领先位置。在距离重点还有5公里的时候，一个穿着红色苏格兰裙的观众突然冲上赛道，把利马撞到路边的人群中。利马被这突如其来的袭击吓了一跳，等他在纷乱的人群中摆脱纠缠，重新回到赛道上时，已经耽误了十几秒，被后来的选手超越。利马的比赛节奏被打乱，但他还是奋力冲向终点，最后只获得铜牌。在雅典奥运会的闭幕式上，国际奥委会授予他顾拜旦奖章，表彰他在面临事故并被影响比赛成绩时，展现出的拼搏和公平竞赛的精神。赛后回到巴西，巴西人像迎接英雄一样欢迎他，他获得的奖励，和金牌获得者完全一样。现在，他高举着火炬，点燃了在自己的祖国举办的奥运会圣火。

利马点火的情景，让我心生感动。奥运会，是公平竞争的赛场，所有竭尽全力参与竞赛的运动员，都应该得到尊重和鼓励。在有些人的眼里，奥运会是个名利场，金牌至上，成者为王,是成功者的荣耀喜庆之地,而比赛失利者,只能黯然退场。里约奥运会请一位铜牌获得者点燃圣火,赢得了世界的喝彩,因为作为一个奥运选手,利马用自己的行动彰显了奥运精神,尽管他错失了金牌。

在利马点火的瞬间,我想起了我认识的两位伟大的中国奥运选手。

一位是跳高运动员朱建华。在20世纪80年代,朱建华曾三次打破跳高世界纪录,创造了中国人在田径赛场上的奇迹。我曾经多次采访他,先后写了三篇报告文学发表在《文汇月刊》上,回顾他成长的经历,写他三次破世界纪录的过程。朱建华参加了1984年洛杉矶奥运会,他只跳过了2.31米,获得一枚铜牌。这块铜牌,其实也是中国人在奥运田径场上的一次重大突破。事后朱建华对我说,他无法随心所欲越过所有的高度,在奥运赛场上,他已经竭尽全力。我理解他,也钦佩他。但那块奥运铜牌,似乎成了朱建华的滑铁卢,在很多人眼里,他没有获得金牌,他是失败者。他也从此退出被光环包围的舆论圈,逐渐从人们的视野中淡出。朱建华在奥运赛场上那块具有里程碑意义的铜牌,被人们忽略了。然而谁也不能否认,朱建华是一位名留青史的奥运选手。

我想起的另一位中国运动员,是刘翔。刘翔是中国田径运动的骄傲,110米栏的竞赛中,他打破了世界纪录,也打破了欧美运动员一统天下的历史。中国人永远也不会忘记他驰骋赛场的雄姿，不会忘记他打破世界纪录后孩子般欢呼雀跃的样子。即便是跑在最靠边的赛道上，他也能超越对手赢得冠军，这是110米栏赛场上前所未有的奇迹。2004年悉尼奥运会，是刘翔体育生涯的巅峰，他在赛道甩开了所有竞争者，成为110米栏奥运冠军。他成为英雄，成为神话。很多人认为他应该一直保持在巅峰状态，一骑绝尘，傲视群雄，把天下所有的110米金牌包揽入怀。2008年北京奥运会，2012年伦敦奥运会，他必须站到冠军的领奖台上，否则，就辜负了国家和民族的期望。北京奥运会上，刘翔因伤退赛，引起一片嘘声，似乎他就是伤病在身，也应该披挂上阵夺金牌，否则就是孬种，就是不爱国。伦敦奥运会上，刘翔摔倒在赛道上，用一只脚跳到了终点。这是让人永远也无法忘记的悲壮场面。刘翔在赛道上孤独地跳跃的形象，是奥运历史上最感人的场面之一。

朱建华和刘翔，都是伟大的奥运选手。在奥运圣火被点燃的瞬间，且向他们致敬，向所有曾在奥运赛场上展现奥运精神的运动员们致敬吧。

奥运圣火在夜空中燃烧出耀眼的光芒，随之升腾的是人类崇高的理想。普罗米修斯从天上窃得火种传到人间，不是为了战争，不是为了制造杀戮，而是为了传播文明。奥林匹克之火，是文明之火，也是和平之火，它唤起人们内心的激情，驱散着怯懦和懒散，它代表着人类的高贵和尊严。人类的公平竞争，只有在奥林匹克的赛场上才能真正得到体现。北京奥运会期间，我写过一首诗《和平之火永不熄灭》，其中有这样的诗行：

> 火光驱逐喧嚣和黑暗
> 火光照亮不同的肤色和眼睛
> 这里国无大小
> 这里人无贵贱
> 在火光中集聚的人类
> 为友谊，为爱
> 为生命的尊严和美丽
> 为公平公正的竞争
> ……
> 一个又一个美妙的瞬间
> 留在世界的记忆里
> 健美的身姿
> 描绘生命飞扬的神采
> 腾跃的脚步
> 创造人类新的速度高度
> 来吧，来看看——

矫燕翔舞,苍鹰搏击
海豚逐浪,箭鱼凌波
虎豹腾跃,羚羊疾奔
不管是成功还是失败
都是生命的礼赞
让世界肃然起敬
……
我会永远记住你们的表情
那些由衷的欢颜
那些含泪的微笑
那些忘情的呐喊
那些遗憾的叹息
如一曲又一曲天籁交响
在我心里共鸣

2016年8月7日于四步斋

诗·梦·金钥匙

在塞尔维亚的古城斯梅德雷沃,我得到一把金钥匙,这是欧洲对中国诗歌的褒奖。对我而言,这是一个意外。在来自世界各地的诗人注视下上台领奖,感觉犹如做梦。颁奖词中有这样的话:"赵丽宏的诗歌让我们想起诗歌的自由本质,它是令一切梦想和爱得以成真的必要条件。"宣读颁奖词的是塞尔维亚作家协会主席拉多米日·安德里奇,也是一位诗人,他的颁奖词的题目是《自由是诗歌的另一个名字》。他的话在我心里引起了共鸣,这是对所有发自心灵的诗歌的评价。他在颁奖词中引诵了我四十多年前写的诗句:

你说,要是做鸟多好,
做鸟,就能比翼双飞,
在辽阔的天空里自由翱翔;
你说,要是做鱼多好,
做鱼,就能随波逐流,

在清澈的流水中幽会。
生而为人，你我只能被江海分隔，
日夜守望……

想起了写这些诗句时的情景，一间小草屋，一盏昏暗的油灯，从门缝里吹进来的海风把小小的灯火吹得摇晃不定，似乎随时会熄灭。然而心中有期盼，有梦想，有遥远的呼唤在灵魂里回旋。在那样的岁月，诗歌如同黑暗中的火光，如同饥渴时的一捧泉水。文字是多么奇妙，它们能把心里梦想画出来，固定在生命的记忆板上。不管岁月流逝，它们会留在那里，就像水里的礁石。流水经过时，礁石会溅起飞扬的水花。

从斯梅德雷沃市长手中接过金钥匙之后，要发表获奖感言，我说了如下这些话：

能用中国的方块字写诗，我一直引以为骄傲。我的诗歌，被翻译成塞尔维亚语，并被这里的读者接受，引起共鸣，我深感欣慰。

诗歌是什么？诗歌是文字的宝石，是心灵的花朵，是从灵魂的泉眼中涌出的汩汩清泉。很多年前，我曾经写过这么一段话："把语言变成音乐，用你独特的旋律和感受，真诚地倾吐一颗敏感的心对大自然和生命的爱——这便是诗。诗中的爱心是博大的，它可以涵盖人类感情中的一切声音：痛苦、欢乐、悲伤、忧愁、愤怒，甚至迷惘……唯一无法容纳的，是虚伪。好诗的标准，最重要的一条，应该是能够拨动读者的心弦。在浩瀚的心灵海洋中引不起一星半滴共鸣的自我激动，恐怕不会有生命力。"年轻时代的思索，现在回想起来，仍然可以重申。

感谢斯梅德雷沃诗歌节评委，给了我这么高的荣誉。这是对我的诗歌创作的褒奖，也是对中国当代诗歌的肯定。感谢德拉根·德拉格耶洛维奇先生，把我的诗歌翻译成塞尔维亚语，没有他创造性的劳动，我在塞尔维亚永远只是一个遥远的陌生人。

中国有五千年的诗歌传统，我们的祖先创造的诗词，是人类文学的瑰宝。中国当代诗歌，是中国诗歌传统在新时代的延续。在中国，写诗的人不计其数，有众多优秀的诗人，很多人比我更出色。我的诗只是中国诗歌长河中的一滴水，一朵浪花。希望将来有更多的翻译家把中国的诗歌翻译介绍给世界。

谢谢塞尔维亚，谢谢斯梅德雷沃，谢谢在座的每一位诗人。

这是我的肺腑之言。

把我的诗集翻译成塞尔维亚语的德拉根·德拉格耶洛维奇

是著名的诗人，他上台介绍了我的经历和诗歌。听不懂他的塞尔维亚语，但知道他说些什么，这是他为我的诗集写的前言中那些睿智的议论。在这本双语诗集中，他的前言已经被翻译成中文。他的发言中有这样的话："人类几千年的诗歌体验已经证实：简练的语言，丰富的想象，深远的寓意是诗歌的理想境界，永远不会过时。"

颁奖会的高潮，是诗歌朗诵。我站在台上，在灯光的照耀下，用我亲爱的母语慢慢地读自己的诗，我知道，今晚的听者大多不懂中文。但我看到台下无数眼睛在闪光，一片寂静。我的声音在静寂中回荡。其中一首诗的题目是《古老的，永恒的……》，这是我年轻时代对自然之美的向往。时过30多年，这些文字是否还能拨动人心，而且是在远离故乡的万里之外的异域。

掌声很热烈，持续得也很久。我想，这是礼节性的掌声，在这说着完全不同语言的遥远异乡，谁能听懂我的诗呢。当然，随后有人用塞尔维亚文和英文朗诵，朗诵者是这里的著名演员，我不认识。我的诗，变成了完全陌生的语音和旋律，重新在静寂中回旋……

诗歌毕竟不是音乐，还是会有语言的障碍。尽管我看到听众脸上的陶醉，但我相信，他们只是借景抒情，只是在联想，在陌生的旋律中，回忆着自己的梦。

典礼结束走出会场时,被当地的年轻人包围,他们拿着我的诗集要求签名,合影。一位满头银发的老太太走到我身边,喃喃地说了一番话。翻译告诉我,她说她被你的诗歌深深感动,她衷心祝贺你。一位来自塞浦路斯的诗人走过来拥抱我,说今夜是中国诗人的夜晚,是你的夜晚。

在会场大门口,一个姑娘从后面走上来,把一个手提袋送到我手中,她羞涩地笑着说:"祝贺你,这是我的一点点心意。"说完,转身离去。手提袋里,是一束鲜花,一瓶红葡萄酒,还有一块巧克力。里面放着一张小纸条,上面写着:"谢谢您,给我们一个如此美好的夜晚!"

举头仰望,一轮皓月当空。万里之外的故乡,也应该是这样的明月照人吧。

以为一切都已过去,没想到诗的余韵竟袅袅不绝。

第二天早晨,在街上散步,经过一家超市,一位中年妇女从超市里出来,手里提着装满食品的袋子。看到我时,她惊喜地喊了一声,走到我面前停下来,面带微笑,叽里咕噜说一大段话。陪我散步的德拉根用英文告诉我:"她说,昨天晚上,她在电视里看到颁奖仪式了,她很喜欢你用中文朗诵的诗,尽管听不懂,但是她觉得非常优美,非常动人,她很感动。她祝贺你得到金钥匙奖。"

在酒店午餐时,那位年轻的领班走过来,向我鞠了个躬,笑着称我"诗人先生",并祝贺我获得金钥匙奖。他向我索要诗集,他从新闻里获悉我被翻译成塞语的诗集已经出版。他说:"我喜欢诗,很想读你的诗集。"我送了一本诗集给他,他凝视着封面上涌动的海涛,惊喜的目光中闪动着蓝色的波影。

接送我们的汽车司机,一个高大英俊的中年汉子,每次见面,只是微笑。颁奖典礼之后,他看到我笑着喊道:"Champion,Champion(冠军)"。他用手比画着告诉我:这几天塞尔维亚网球选手德约科维奇在上海赢得了网球冠军,而你则在斯梅德雷沃赢得了诗歌冠军。他伸出大拇指上下挥舞着,不停地喊着"Champion",就好像自己也得了大奖。他当然是好意,但这样的类比是滑稽的,很不恰当。我笑着告诉这位快活的司机:"写诗不是打网球,诗歌是没有冠军的。所有发自心灵的诗歌,都是好诗。"

这位快活的司机,载着我在塞尔维亚展开一场诗歌之旅。在幽静的古堡,在中学和大学,在国家电视台,国际书展,在塞尔维亚作家协会的厅堂,我和来自世界各地的诗人一起朗诵,不同的语言的诗歌,汇合成奇妙的河流⋯⋯

在贝尔格莱德大学孔子学院,面对着一群热衷于中文的大学生,我的演讲和朗诵无须翻译,他们能听懂,并能用纯正的中文和我交流。一个亚麻色长发的姑娘对我说:我们特别高兴,今年是一个中国诗人获奖。她的话,引起全场的掌声。大学生们有很多问题:"诗歌在当代中国的命运怎么样?你为什么写诗?"文革"对你的创作有什么影响?诗歌表达的内容和诗歌的形式,哪个更为重要……"

我很难详尽地回答这些问题,我说:"答案可以从中国当代的诗中寻找。希望你们都成为翻译家,把优秀的中国诗歌翻译成塞尔维亚语。在中国和塞尔维亚之间,需要你们构架起诗的桥梁。"大学生们笑着用掌声给我回应。

在贝尔格莱德国际书展,我在缤纷的书廊中漫步时,突然有一个奇怪的声音从一个书柜下面传来。低头看去,是一辆特别低矮的轮椅,轮椅上坐着一个残疾妇女,她失去了双腿,看上去像一个侏儒。她抬头看着我,脸上含着微笑,手里拿着一本书,竟然是我那本刚出版的塞、中双语诗集《天上的船》。旁边有人用英文告诉我:她祝贺你获得金钥匙诗歌奖,想得到你的签名……

数不清多少次在这里签下自己的名字。在遥远的异乡,人们并不认识这几个汉字,只因为它们和一把诗的金钥匙连在了一起。

在斯梅德雷沃博物馆,我看到了那把金钥匙的原型。这是一把古老的铜钥匙,五百年前,曾经用它开启壁垒森严的斯梅德雷沃城堡。五百年的岁月,已经将它变成了一把锈迹斑驳的黑色钥匙，陈列在玻璃展柜中黯然无光。我得到的那把金钥匙，形状大小和这把古老的铜钥匙完全一样，但它是新铸的，装在精致的羊皮盒中，光芒耀眼，象征着诗歌的荣耀。两把钥匙之间有什么联系？是漫长曲折的岁月沧桑，还是陌生人类的交往融合？答案当然很简单，是诗，人类的优美诗歌，穿透了历史的幽暗，也开启着心灵的门窗。作为国际诗歌奖的斯梅德雷沃城堡金钥匙，应该是蕴含着这样的隐喻和意蕴吧。

2013年11月16日于四步斋

时间断想

一

天地之间，只有一样东西永远无法阻挡，它就是时间。

时间迎面而来，无声无息。它和你擦身而过，不容你叹息，你希望抓住的现在就已成了过去。你纵有铜墙铁壁，纵有万马千军，纵有比珠穆朗玛峰更高的堤坝，纵有比太平洋更浩淼的阔海深渊，却不可能阻挡它一步，更不可能使它空中延缓半步。

转瞬之间，你正在经历的现实就变成了历史，变成了时间留在世界上的脚印。

二

我们所能见的一切，都凝集着过去的时间，都是时间的脚印。

前些日子,我在欧洲旅行。在庞贝,面对着千百年前覆灭于火山喷发的古城,我感慨在神秘的自然面前人类是多么脆弱渺小。庞贝的毁灭,只是瞬间的事件,火山轰然喷发,岩浆和火山灰埋葬了人间的繁华。当年的天崩地裂,已经听不见一丝回声。然而一切都还留在那里,石街廊坊,残垣断壁,颓败的宫殿、作坊和浴场,过去的千年岁月,都凝集在这些被雕琢过的石头中。而那些保持着临死时挣扎状的火山灰人体雕塑,似乎正在向后人描述时间的无情。

天边的火山是沉静的,当年的喷发已经改变了它的外形。即便是伟力无比的自然,在时间面前,也无可奈何地放弃了它的威仪。

时间把过去的一切,都凿刻成了雕塑。

三

在罗马,我走进有2400年历史的万神殿大厅,抬头看阳光从镂空的穹顶上洒下来,辐射在空旷的大殿里。两千多年来,阳光每天都以相同的方式照亮幽暗的厅堂,然而在相同的景象中,时间却一年又一年地流逝,使这座宏伟神殿从年轻逐渐走向古老。

在厅堂一角，埋葬着画家拉斐尔，在这个古老厅堂的居住者中，他显得如此年轻。而站在这样的古殿中，我觉得自己就像一个刚来到这个世界的婴儿。

哲人的诗句可以将时间描绘成流水，而流水也有停滞的时候。时间更像是光，在黑暗中一闪而过。我的目光，和辐射在古殿里的阳光相交，和殿堂中古代雕塑神像们的目光相遇，我感觉时间在这样的交汇中似乎有了片刻的停留。这当然是幻想，过去的时间永不再回来。我们可以欣赏时间的雕塑，却无法和逝去的时间重逢。

四

还是回到中国，回到我的生活中来。时间如同空气，无时不在，无处不在，我们的世界永远是现在进行时。

正在进行的时间，也就是不断地和我们擦肩而过的时间，似乎是最珍贵的，也是最有魅力的。它可以使梦想变成现实，也可以使现实变成梦想。

在我的周围，我每时每刻都听见时间有条不紊的脚步声。从正在修建的道路和桥梁上，从正在一层层升高的楼房里，从马路上少男少女活泼的身影中，从街心花园正在打太极拳的老人微笑的表情里，甚至从路边花草在阳光下舒展的枝叶间，我目睹着时间正在实施它改变世界的计划。

婴儿的啼哭,孩童的欢笑,情侣的拥吻,中年人鬓边的白发,老年人额头的皱纹,都是时间的旋律。幼芽的萌发,花蕾的绽放,落叶的飘动,早晨烂漫的云霞,黄昏迷人的夕照,都是时间的呼吸。

面对时间,有惊喜,也有无奈。成功者在时间的浪峰上喜庆时,失落无助的人正在时间的脚步声中叹息……

珍惜时间,就是爱生活,爱生命,爱人。

五

在迎接新春到来的时候,我遥想着未来。

最神奇,最不可捉摸的,应该是未来的时间。没有人能确切地描绘它的形态,但可以感觉它步步紧逼的态势。也许,只有未来的时间是可以被设计,可以被规划的。因为我们可以对时间即将赐予的机会作一点儿准备,也就是对未来的生活做一点儿准备,准备对付可能来临的考验,准备迎接可能遭遇的挑战,准备为新的旅程铺路、搭桥、点灯……

有所期待的人生,总是美好的。

我想对未来的时间说,你来吧,我们等着!

六

此刻，新年的钟声已经随风悠悠飘来。我感觉到时间如风，吹来春天的气息。风声呼呼，是庆贺，是催促，是提醒。

时间在流逝，世界也在随之前进。我们每一个人，都在时间中前行。人类永远不可能长生不老，因为时间不会停留。但是我想，生命是可以延长的，只要我们不荒废从我们身边经过的每一年，每一月，每一天，每一分……

2003年12月30日深夜于四步斋

"丝绸之路"上的奇遇

黄河入城

黄河从兰州城里流过。河畔有柳树,有鲜花,树荫花丛中有鸟雀的鸣唱和恋人的絮语。黄河的雄浑和奔放不羁,在河边的林荫道上丝毫也感觉不到。莫非流过这样的繁华之地,连黄河也失去了激情。

但是只要走到河边,凭栏观察那奔流的河水,感受就完全不一样。如果走到那座古老的大铁桥上,俯瞰从桥下汹涌而过的急流,眼帘中的景象就更加惊心动魄。混浊的流水,如同黄色泥浆,在河床里挤撞、搅动、翻腾,凶险的旋涡环环相套。在迎面而来的风中,可以听见一阵阵急促不安的涛声。此情此景,仍使我想起古人的诗句"黄河万里触山动,盘涡毂转秦地雷""九曲黄河万里沙,浪淘风波自天涯"……

从天上流下来的黄河,从野山大谷中奔出来的黄河,尽管它从城市里流过,从热闹的人烟中流过,但没有任何力量能磨灭它的野性。它没有因为城市的繁华而滞留不前,依然呼啸远去,将雄浑的激情在天地间一路挥洒。

这才是黄河!

马踏飞燕

马踏飞燕是一座青铜雕塑,它已经成为中国古代艺术和文明的一种象征。一匹飞奔的骏马四蹄腾空,一只脚踏在一只展翅飞翔的燕子背上。马虽无翅,却奋然作飞翔状,蹄下那只飞燕,正回首观望,似乎在惊异于奔马的神速和矫健。古人的想象力和创造力,凝集在这匹小小的青铜马中。它的出现,曾经使整个世界都为之惊叹。

马踏飞燕的发现地点,是甘肃张掖的雷台汉墓。这座汉墓中曾出土一大批青铜马,在幽暗的墓室中,它们组合成一个颇具规模的车马队,将墓主生前的威严和气派定格在暗无天日的地下。历经了两千多年,这些青铜马方才大白于天下。然而这一群马匹中,为什么只有这匹脚踏飞燕的奔马名扬天下?因为它特别,因为它与众不同,因为它将马奔驰的动态塑造得无与伦比。其实,在这座古墓中出土的铜马造型都非常生动,尤其是马的头部,表情都不是呆滞单调的,所有的马,都张开嘴作仰天嘶鸣状。然而它们却曾在暗无天日的墓穴中沉默了两千多年。

走进雷台古墓时，无法将那条狭长幽暗的拱形墓道和飞扬的青铜奔马联系在一起。墓道是砖砌的，走过狭长的墓道，进入空空荡荡的墓穴，这里已经空无一物，但可以从墓穴的结构窥见古人的智慧和灵巧。高敞的圆形墓穴，没有一根梁柱，只是用不大的方砖砌成，头上的穹顶也是一块一块不大的方砖，它们竟能顶起成千上万吨黄土的重压而两千年不坍，这也近乎奇迹。

灯光在墓穴里闪动。讲解员离开后，我一个人站在空空荡荡的墓穴中央，在寂静中，仿佛突然听见马的嘶鸣在幽暗的空中回荡，一声声，追溯出远古的回响……

明人绘画

李显声这个名字，我是参观了武威的文庙后才知道的。他是明代的民间画家，在美术史中没有见过这个名字。武威文庙的博物馆里，陈列着他的很多作品。这位画家画的是他生活时代的各种人物，生活中的农夫、樵夫和村姑，官吏僧侣，传说中的神怪游仙，三教九流，都走进他的画中。人物的表情，无不栩栩如生。这是明代的风俗画，画面中的人物，是真正的明代中国人。

使我惊奇的是他的人物画得如此细致逼真,一丝不苟的彩色笔墨,不仅画出了人物眉眼间微妙的表情,还将他们的发髻冠带、衣衫展帽,还有服装上的图案和皱褶,都刻画得纤毫毕现,栩栩如生。曾经有人说中国古代的绘画中的人物,都画得不合比例,看看李显声的画,便会觉得这样的结论有点可笑。

李显声的画,把明代的服装描绘得如此具体细致,看他的画,如同参观明代的服饰展览。喜欢写意风格的画家,也许会小看这样的画,但我却觉得它们了不起。看着李显声的画,再对照着读明人的小说,小说中的人物大概都会活起来。对明代世俗风情的记录,任何文字描写都无法超过这样的画。

看过李显声的这些画,我觉得我们的美术史也许是残缺的。

西夏遗碑

对于西夏的历史,我实在不熟悉。很多年前,在俄罗斯圣彼得堡的东方研究所里曾经见到无数关于西夏的古文献,当年的传教士从敦煌把这些文献搬到俄罗斯,堆满了昔日的皇宫,但没有几个人能读懂它们。我曾经看过其中的部分尺牍,也是方块字,但没有一个认识的,读它们如读天书。

西夏文字，也是中华文化的一部分。创造西夏文字的党项族人，确实也是聪明绝顶。这些文字形体脱胎于汉字，结构也相仿，但和汉字完全不同，笔画也比汉字更繁复。当年，这样的复杂难学的文字也只是西夏的少数知识分子在用，老百姓恐怕依然在读写汉字。创造西夏文字的据说是西夏的一位精通汉字的帝王，他弃汉字造新字，大概也是不甘心被汉文化笼罩，想以有别于汉字的独特文字向世人证明自己也有独立的文化。然而，这样的方块象形字，还是无法摆脱汉字的影响。汉字的形成和完善经历了几千年，而西夏的文字在短时间内仓促问世，充其量也不过是对汉字的一种改革。随着西夏王朝的覆灭，西夏的文字也随之失去了生命，而且不久便失传，成为历史的谜语。在凉州，看到一块西夏遗碑，碑文刻得密密麻麻，但没有人能读懂。所幸背面有内容相同的汉字。这块西夏遗碑，成为现代人解读西夏文字的钥匙。

站在那块西夏古碑前，看着碑上那些奇怪的文字，粗看似乎眼熟，和汉字没有什么大不同，细看却无一认识。对于现在的大多数中国人来说，西夏是一个陌生的名词，在中华民族漫长的历史中，这段历史的分岔已被忽略。看到这些似曾相识的西夏文字，能提醒现代人，对于历史，对于前人创造的文化，我们到底还忽略了多少，遗漏了多少。

汉时长城

苍茫原野,荒芜连天。烈日烤晒着无边的大地。在远处的荒漠中,有一道和公路平行的土墙,断断续续,却是大地上一条绵延不绝的长线。这是于汉代的长城,是万里长城的一部分。

在大漠中,这一道土城墙并不巍峨,也不壮观,但它是古人的血汗和智慧的结晶。以现代人的眼光来看,这样一道土墙在战争中能有什么作用,一发炮弹便能将它拦腰炸断。而在两千年前,这却是一道伟大的屏障,铁骑箭矛,在它面前只能却步。

站到汉长城的脚下时,我也没有觉得它有多么高大。和现代的建筑相比,这简直就是孩童的沙雕。然而想一想,岁月的风沙已经将它风化剥蚀了两千年,而它依然屹立在荒野中,向来往的跋涉者叙述历史,于是也肃然起敬。

抚摸着粗糙的城墙,那上面有两千年前工匠和兵士的血汗,有两千个春夏秋冬轮回的痕迹。岑参当年悲叹:"穷荒绝漠鸟不飞,万碛千山梦犹懒",两千年过去,它周围的荒凉依旧,多少有点让人心颤。

离它不远处,高速公路像一道白色闪电,切开了板结的荒原。现代人,需要的不再是墙,而是更快更多的沟通渠道。古老而残缺的长城与新建的高速公路在荒凉的大漠上对视着，沉默中有多少内涵丰富的交流？

"活鱼饭店"

汽车在戈壁滩疾驰，满目荒凉，看不见一丝生命的绿色。在烈日下，青灰色的戈壁滩上升起一缕缕无形的热浪，天边的山影在热浪中晃动。这时，常常能看到美妙却虚幻的海市蜃楼。

远远的，在路边出现一排简陋的房子，土色的墙上赫然写着四个红色大字"活鱼饭店"。这样的景象，使人哑然失笑。在这片寸草不生的戈壁滩上，找一滴水比找一颗钻石还要难，哪里来的"活鱼"？

"活鱼饭店"在路边一晃而过。车窗外依然是一望无际的荒凉大漠。然而那几个红色的字，却在我的眼前挥之不去，而且在动，在荡漾开来，荡漾成一片清澈的水波。水波里，大大小小的鱼儿在遨游，鱼鳍优美地摇曳，五彩斑斓，荧光闪烁……

我永远也无法知道那家"活鱼饭店"里的景象。不过，如果我走了进去，看到了里面的"活鱼"，那么，所有的想象大概都会烟消云散。

瞬间的迷惑

一生中总有迷路的时候。有些人在迷途上极其冷静，他们智慧和毅力的每一根神经都会变成眼睛，专注地在纷乱和幽暗中找寻出路，他们的迷途是短暂的。有些人在迷途上慌作一团，虽然脚不停步，却盲目地乱转一气，最后稀里糊涂走入歧途，谁也不能预料他们会走向何方。

我这个人辨别方位的能力很差，所以常常迷失方向。在大都市中，我并不惧怕迷路，因为到处都是人，可以发问。就是在乡间问题也不大，总有热心的乡里人走过来指点。有时我会生出这样的念头：假如是在荒无人烟的野外或者沙漠上，情况会怎么样呢？

几年前的秋天，去过一次新疆。坐着军用小吉普飞驰在千里大戈壁中，那种新鲜感是极其短促的。因为车窗外的风景永远不会有什么变化。寸草不生的青褐色的旷野，大大小小形态奇异的卵石，还有被烈日烤出的蒸腾热气，使遥远的地平线变得起伏不定、朦朦胧胧，仿佛这寂寞而又枯燥的旅途永远也没有尽头……

吉普车突然停下来,周围是渺无边际的戈壁滩。车停在这里干什么?司机是一位年轻的军人,嘴唇上长着柔软的胡须。他急匆匆跳下车去,神色有些紧张。

"是不是车坏了?"我急忙问。

司机不作声,抿紧了嘴打开车盖察看一阵,然后才答道:"车出故障了。"

我心里一紧,在这里抛锚,可不美妙!前无人家后无客栈,茫茫苍穹底下只有无边无际的戈壁滩和我们这辆瘫痪了的小吉普……

"问题不大,我能修好。"小司机莞尔一笑,给了我一颗定心丸。说罢,埋头修他的车了。

在车上坐着没意思,我便下车在戈壁滩上溜跶起来。在光秃秃的戈壁滩上溜达也没有意思,我便选了一块光滑的卵石,背对着吉普车坐下来,无聊地打量着周围那遍地横陈的大大小小的、被诗人想象为"龙蛋"的卵石。这些卵石究竟怎么会出现在戈壁滩上,实在是一件不可思议的事情。我的目光落定在一块奇怪的卵石上,这卵石形状极像一只圆睁着的眼睛,中间一个黑黝黝的凹陷,正是深不可测的瞳仁。这大眼睛有些可怕,那神秘而又愤怒的目光直直地瞪着我,瞪得我心颤。这大眼睛在荒凉的戈壁滩上瞪了多少万年?曾经有多少旅人发现过它那神秘而又愤怒的目光?曾经有多少不为世人所知的故事在它的瞪视下发生……我想着想着,因为旅途劳累,便渐渐迷迷糊糊、昏昏欲睡起来……突然背后轻轻地飘来一阵发动汽车引擎的声音。回头一看,不禁大吃一惊——停在身后的那辆小吉普,竟然已无影无踪!通向天际的道路已被茫茫苍苍的青褐色大戈壁融成一体,任我怎么搜寻也看不见小吉普的影子。

我嚯地从卵石上站起,放开嗓门喊了一声,顿时,空旷寂寞的大戈壁上响彻凄楚悠长的回声:"回来!回来!回——来——"这回声从四面八方传过来,在我的身畔旋转起伏,像无数透明无形的绷带,一层一层把我包裹……无形的绷带顷刻便化成了恐惧,结结实实地笼罩了我,使我猛然意识到自己危险的处境。

这浩瀚无涯的大戈壁中,现在只剩下我一个人了!靠两条腿,要想走出这千里荒漠简直是梦想,而且我根本辨不清南北东西;不知道该向何处走。我马上想到了夜幕降临后的情景,狂风咆哮,在伸手不见五指的黑暗中隐匿着的是蛇的绿眼、狼的血口、鹰的铁爪……

回头看,那块眼睛似的大卵石依然在。它看起来似乎更像一只眼睛,但它的目光却有变化,掺杂在神秘中的愤怒不见了,取而代之的是嘲讽,是幸灾乐祸的冷笑。

接下来,发生了令我毛骨悚然的事情——那石头眼睛突然眨了一下，黑黝黝的瞳仁变成一道下垂的缝儿，复又睁开，冷笑的目光中嘲讽的意味变得更浓。我不敢相信这是真的，双手用力揉揉自己的眼睛，再一动不动盯着那只石头眼睛。仿佛是为了证明并非我的错觉，那石头眼睛又狠狠地眨了三下，然后用一种冷漠的目光凝视我。

我感到浑身的毛发一根根都竖了起来。此刻别无选择，赶紧走，逃离那石头眼睛的视线！

走！然而举步维艰，双脚是那么沉重……走！坚硬的戈壁滩竟变得像沼泽一样，一步一陷，我想寻找公路，那条近在咫尺的公路却已不知去向！我跌跌撞撞地走着，像一个无法控制自己的醉汉。我简直不敢回头看那只紧盯住我的石头眼睛，我的背脊上能感觉到它那冰凉的注视。

突然，我被脚下的一块小卵石绊了一下，重重跌倒在地。抬头看时，不禁倒抽一口凉气——那只石头大眼睛，正横在我的面前，并冷冷地逼视着我！我下意识地从地上捡起一块小卵石，准备朝那大眼睛砸过去，握石的手中一阵灼热，转眼看手中之石，又倒抽一口凉气——手中的那块小卵石，竟也是一只圆睁着的眼睛！我急忙扔掉手中的卵石，那卵石却并不着地，在我眼前画出一道弧线，然后绕着我的头顶飘飘悠悠飞起来。这哪里是什么卵石，分明是一只活灵活现的眼睛，恶作剧地在空中一眨一眨瞟着我，再看周围，天哪，横陈在地上的所有卵石，都变成了大大小小的眼睛，用各种各样不同的表情直愣愣地瞪着我。我被一群可怕的眼睛包围了！现在，任我怎么拔腿飞跑，也跑不出这些眼睛的围观和追踪了。这些石头的眼睛，这些千百年来倒毙在大戈壁中的迷路者的眼睛，这些迷惘的惊奇的悲哀的凶险的幸灾乐祸的眼睛们啊……

我失魂落魄地颓坐到地上，绝望地闭紧了眼睛，再不想也不敢看周围的一切。这时，耳畔突然爆响出一阵雷鸣般的声音，我睁开眼睛，强烈的阳光刺痛了我的瞳仁。那声音仍然不停地在响——哦，是汽车引擎的轰鸣！

身后有人轻轻地拍了拍我的肩膀说："汽车修好了，请上车吧！"

我猛地回头，只见那位年轻的军人微笑着站在我的身后，几颗亮晶晶的汗珠在他柔软的胡须上闪动。那辆小吉普停在老地方一动未动。

原来是做梦！刚才可怖的一幕全是梦境！

"刚才，你睡着了三分钟。"年轻的军人指指手表。他那镇静的乐呵呵的声音，一下子把我的恐惧和迷惑驱逐得干干净净。

吉普车起动了，走远了，那石头的目光还在我眼前闪动。

石　魂

说起江南，总是使人先联想到水。纵横交错的河沟织成一张奇妙的水网，江南的村庄城镇以及所有一切风景都被这巨大的水网笼罩着。而那些大大小小形状不一的湖泊，则像是一枚枚巨大的珍珠蚌，展开在阳光下，闪烁着耀眼的光彩，每一枚珠蚌中都可能蕴藏着美丽的珍珠，只要你愿意去采撷。

江南的风景于是便很自然地都和水联系在一起：飘逸的帆，咿呀有韵的橹声，云一般覆盖水面的鸭群、莲荷、菱花，当然还有桥，木桥、砖桥、石拱桥、水泥桥，横跨水面的桥以优美姿态向人们展示着江南人的灵巧和才智。

江南人的性格似乎也和水联系在一起。水的灵活，水的清朗，水的纯净，水的柔美……

最近去绍兴访问，却对江南和江南人又有了新的认识，这认识绝不是仅仅和水有关。

绍兴确实是在水的环绕之中，运河、鉴湖以及大大小小的河汊水巷，构织成一片波光斑斓的水的世界。也许是在江南长大的缘故，这种景象我并不陌生，引起我注意的竟是绍兴城里的石头。我发现这里到处都是石头——石板铺成的路，石砖砌成的墙，石条搭起的台阶，石块雕成的牌坊，还有石柱、石碑、石栏、石廊……最丰富多姿的是石桥。在绍兴，我走过许多石桥，每一座石桥的式样都不一样，几座大的石拱桥全是用巨大的石块垒砌而成，站在高高的拱桥顶上俯瞰桥下流水，感觉仿佛已攀临岩峰。绍兴不仅是水城，也是石头城。

绍兴城里的石头来自何方？这问题久久地缠绕在我的心头。站在高处远望城外，但见黑色的山影逶迤起伏。毫无疑问，石头是采自山中。采自何座山峰，用什么方法采石，这对我还是一些谜。

到东湖游览的时候，这些谜有了一部分答案。东湖是绍兴城外的一处风景名胜，有山有水，山不高却奇峻，湖不大却幽深。坐小船滑行在平静的湖面上，墨绿色的湖水深不见底，船桨在湖面划出不规则的涟漪，使倒映在水里的山影一片模糊，平添许多神秘的色彩。使我惊奇的是这里的山，环湖的峭壁形状奇崛，形成好几个弯，而且都如刀劈出一般，从湖面垂直向上，没有任何坡度。船到山下仰头望去，白森森的峭壁仿佛要迎头倒压下来。仔细观察，峭壁上很明显地留有斧凿痕迹。看来这山的奇峻，是人力使然。听导游的绍兴友人介绍，果然不错。这里原是古代的采石场，从汉代开始，人们便在这里开山采石，历时数百年。这森然的峭壁，正是一代又一代石工斧凿的印迹，而峭壁下那一片深不可测的水潭，是石工们采石掘出的深坑。

多么不可思议！这奇山奇水，竟是江南石工长年累月劳动的结果，我的耳畔仿佛骤然回荡起一片叮叮当当的斧凿之声，金属和岩石撞击出灿烂的火星，石工们古铜色的肌肤在阳光下闪动着奇异的光泽，岩石上有汗，也有血……采下的石块被运进绍兴城里，变成了巍峨的城墙，变成了路，变成了桥，变成了帝王将相的宫殿，也变成了他们的陵墓……假如没有这些石块，也就不会有绍兴城。采石的工匠们并无意造景，后人却在他们流血流汗的劳动场所中发现了举世无双的奇妙胜景。这是一种不自觉的偶然创造，还是大自然对劳动者的酬谢？我无法作结论。那一代又一代锲而不舍开山采石的工匠们是了不起的，他们用双手创造了奇迹。在我的印象中，和大山岩石打交道的开山石工应该是一些彪悍的北方大汉，在江南水乡，竟然也有这样的开山石工，他们是一些什么样的人呢？

绍兴友人似乎知道我的心思，他笑着问道："怎么样，想看看采石吗？"

"想，当然想，可是，这里早已不再是采石场了呀！"我有些疑惑。

"明天去柯岩，那里有采石场。"

"现在石工们的工作方法，大概和古代不同了吧？是不是用炸药？"

绍兴友人摇摇头，收敛了脸上的笑容："不，要采整块的石料非人工不行。石工们的操作法和从前差不多。"

他的回答使我心头一震。

"到柯岩去看看，你就明白了。"

柯岩这个地名，非常强烈地烙在了我的记忆里。它神秘，它使我向往。

第二天一早，坐船去柯岩。机器船弄皱了平静的水面，也打破了水乡晨色的宁静。河畔是广阔的江南原野，流动的薄雾遮不住那一片片一簇簇浓浓淡淡的生命之绿。远处，青灰色的山影若有若无地悬浮在雾气之上，像是神话中的精灵，可望而不可及。柯岩，就隐藏在这些遥远的精灵之中吗？这是一些用岩石雕成的精灵。

船停泊在一个极普通的小码头上。没有森然的峭壁扑面，也没有陡峭的石阶迎接，码头边几排崭新的瓦房把我想象中的神秘气氛扫荡得一干二净。三个老人坐在瓦房前晒太阳，他们微笑着注视我，目光中并无惊奇。绍兴友人告诉我，这是一个敬老院。使我眼睛发亮的是堆在码头两侧的石料，这是一些薄薄的石板，虽然不多，但和我想象中的柯岩总算有了一点儿小小的吻合。从石料新鲜的颜色中可以看出它们刚刚从山中采下不久。穿过几个很典型的江南宅院,视野豁然开朗。呈现在眼前的景象使我惊呆了——一片平坦的水田中,竟兀然崛起一块十余丈高的巨石,像从天外飞来的一颗陨星,也像从深山中蹿出的一匹巨兽,在平地里迷了路,孤零零地蛰伏在田野里。仔细一看,巨石是被镂空的,石壁中端坐着一尊四五丈高的大佛。这大佛虽无法和乐山大佛相比却也够雄奇的,和龙门石窟和云冈石窟的佛像相比他的个头儿和气势一点儿也不会逊色。走到巨石近旁抬头仰望,更感到大佛雄伟博大的气势,佛像巨大的头颅微垂,表情极其平静,他默默地凝视着从他脚下经过的每一个人,世间的喜怒悲欢永远不会使他动容。然而当你昂首注视他的时候,你会发现他平静的目光里蕴藏着深不可测的内容……

离石佛大约百十米远的田野里另一块巨石更让人目瞪口呆。这是一块高达十余丈的柱状巨石,石柱上大下小,上宽下窄,像一把直立的巨锤,像一只倒扣着的长颈瓶,更像一缕从地底下冒出的烟雾凝固在空中。这是真正的奇观,很难想象这样一块形状奇崛的怪石是如何形成的。在它面前,许多名噪一时的"飞来石""飞来峰"都将显得平淡无奇。石柱上端刻有两个古朴的大字"云骨"。云骨,这是古人为这块奇石取的名字,一个能使人产生奇妙联想的名字。云飘忽不定来去无踪,云中生骨,谁也不会相信。然而,把这块举世无双的奇石称为

"云骨"却令人叫绝。假如云真的有骨头的话,这骨头的形状大概就应该是这样的,这是大自然绝妙的创造。

我正在感叹着自然造化的时候,陪我前来的绍兴友人笑着问我:"你知道云骨是怎样形成的吗?"

"当然是大自然的杰作。"

"你错了。这是开山采石的工匠们的作品。"

我愕然。

"这里原来都是山。石工们经过许多年的开采,把这里凿成了平地。'云骨'和大佛是石工们采石时留下的。"

绍兴友人介绍得很平静,我却惊愕得说不出一句话。这些将职业和事业世代相袭的江南石工,他们究竟是一些什么样的人呵!用几把锤子和铁凿,居然能整座整座地凿平大山,这需要何等的毅力、勇气和耐心。传说中挖山不止的愚公也并没能将门前的大山挖平,帮他搬走大山的是天上的神灵。这里的石工比愚公更了不起,他们的世界中不会有神灵,然而他们创造了奇迹。眼前那孤独的兀立在平地上的云骨和大佛,就是他们创造奇迹的见证,这见证本身就是世所罕见的奇观。

"现在,这里几乎已无山可挖,石工们采石采到地下去了。"绍兴友人又介绍道。说话间,我们走近了一座小山。突然,一阵一阵奇异的声音不知从什么地方飘过来,我不由得驻足谛听着,这声音的旋律震撼了我的灵魂。

这声音极其遥远,仿佛发自地层深处,又仿佛来自九霄云外,它虽然幽弱,虽然时续时断,却有着不可思议的穿透力,没有什么屏障能阻隔它飘向远方。它使我想起在石缝和峡谷中奔突涌动的河流,流水和岩石碰撞着,发出激越昂扬的奇响。它使我想起在云雾中盘旋徘徊的雁群,无数翅膀的拍击声和凄厉执着的呼号交织成撼人心魄的乐章……它是一曲无词的男声合唱,许多男人用发自胸腔的混浊厚重的声音在哼着、吟着、叹息着、呐喊着,汇合成一支深沉悲壮的歌,为这歌伴奏的,是一阵阵急促清脆的金属撞击声……

这正是柯岩石工们开山采石的乐章!

我们循声找到了采石场,展现在眼前的景象我将终生难忘。

这是一个数十米见方的深坑,十几个石工正在坑底挥锤凿石。俯瞰坑底,只看见他们汗水淋漓的古铜色脊背,只看见他们灰蒙蒙的头发,只看见油亮的臂膀和黑色的铁锤在青灰色的岩石上不停地画着一道又一道弧线。他们似乎已被困在陷阱之中,正在作殊死的搏斗。他们想凿穿石壁,想冲出牢笼,想用手中的锤凿开出自由之路。他们四周的石壁是那么坚固那么沉重,在这样的环境里他们显得可怜而渺小。然而他们却是这里的主宰。这是人向大自然挑战的惊心动魄的场面。他们粗犷的呐喊和铿锵的锤声在石坑中回旋着震荡着,犹如从地层深处涌出的喷泉，带着原始生命强有力的呼啸喷上天空，向四面八方扩散……

成块成方地凿下岩石，并不是一件轻而易举的事情。在石坑内壁上，很清晰地留着石工们采石的轨迹，这是一道一道非常整齐的横线，每一道横线都记录着石工们对岩石的一场征伐。站在坑口俯视在十几米深的坑底挥锤凿石的石工，我了解了他们的操作方法。他们在坑底打出无数深深的凿眼，这些排列整齐的凿眼把坑底分割成许多长方形和正方形，然后再将被分割的石块整块整块地撬起。这样的工作确实是炸药和机器无能为力的。就是这样的石工，年复一年、日复一日地挥锤弄凿，锲而不舍地将岩石一层一层地揭起，凿成能够砌屋造桥铺路的石板、石块和石条。是他们搬走了大山，是他们在江南水乡创造出惊天动地的奇迹。

这种采石的方法已经延续了多少年，我不知道。在石坑边上，停着一辆手扶拖拉机，拖拉机用钢缆带动一架简易吊车，坑底被采下的石料就用这些机械送上地面。这些，当然是古代所没有的。这样的半机械化土设备并不能使人产生什么自豪感。操纵拖拉机的是一个十六七岁的小伙子，他默默地坐在一块石头上，似乎正在想什么心事。我走过去问他："你会动手采石吗？"他朝我笑笑，摇了摇头。我又问："你说，以后能不能用机器代替人力，改变这种古老的采石方法？"他收敛笑容，沉默良久，最后点了点头。我发现他凝视石坑的眼神里闪过一丝动人的光彩，这是憧憬和渴望的光彩。

离开采石场很远了，石工们那深沉浑厚的呼喊依然在我耳畔回旋。这是刚毅坚忍的男子汉的声音，和这声音连在一起的是大山，是岩石，是古铜色的肌肤，是血和汗，是燃烧的眼神……

"想不到，水乡竟会有这样的石工……"

我的喃喃自语还是被绍兴友人听见了。他微微一笑，问道："你以为江南人都是柔弱不堪的吗？"没等我作答，他又说出一番意味深长的话："不要忘记，越王勾践也是绍兴人，卧薪尝胆，报仇雪耻，凭的正是岩石一般的性格！"

又经过云骨和大佛了，这时再看这两块巨石，心里有了一些新的念头。这两块巨石，其实可以看作两座举世无双的纪念碑，这是世世代代的江南石工们用血汗和灵魂雕成的纪念碑。

麦积山

汽车出天水城,开了大概一个小时。这是渭水侧畔的平原地带,大道宽阔,平原的尽头可以看见起伏的黄土岗。而更远处那青沉沉的大山,是秦岭。麦积山就在秦岭的西端。

车近秦岭时,天上下起了小雨。扑面而来的山峰,似乎也湿淋淋地青翠起来。车在进山的道路上拐了一个弯,麦积山突然就出现在我的视线中。这是一座圆锥形的山峰,在平缓的坡地上挺然独立。因为状如乡间的麦垛,故而得名。日本学者名取洋之助20世纪50年代初来这里考察时,曾经有过奇怪的联想:"我认为这山更像女人的奶头。"学者的想象似乎未必比农夫的比喻更为高明。在多山的中国,究竟有多少座圆锥形的山峰被叫作奶头山,大概难以计数。而麦积山,却只有这一座。

麦积山闻名天下,当然不是由于它的形状,而是因为山上的石窟。这些石窟里,有无数精美的泥塑和石雕。从4世纪末的北魏,一直到唐、宋、元、明、清,千百年来,一代又一代的中国雕塑家、画家和能工巧匠们用智慧心血，在这些石窟中留下了永恒的艺术。我在公路上看到的是麦积山的背影，沿着环绕山脚的水泥路走到山的正面，抬头仰望，不禁发出由衷的惊叹。三尊大佛，被浮雕在山腰上。在烟雨迷蒙中，大佛显得神秘而遥远，尤其是中间最大的那尊释迦牟尼像，庄严的神态中略含着微笑，有人把这称为"古代的微笑"，认为可以和西方的一切雕塑和绘画比美。我想这大概也不能算是中国人的自大，因为持这种观点的人，很多是西方的游客。对美的理解，东方人和西方人的标准差异甚大，然而对极致之美的崇仰，却也常常不谋而合。关于这类大佛的评价，便是一例。大佛四周，密密麻麻的洞窟布满了整个峭壁，从山脚一直到山顶。远远看去，这些洞窟就像无数黑幽幽的眼睛，正以阴郁而又悲伤的目光凝视着每一个走向它们的人。这正好和大佛的微笑形成一种反衬。

走到山脚下再抬头看，才发现那三尊大佛比我想象的更大。他们顶天立地，从高不见顶的崖壁上微微探出身子，正以一种沉思凝重的目光盯着我，使我在肃然起敬的同时，深感自身的渺小。近看这些大佛时，他们似乎失去了远观时能感觉到的那种微笑，而是流露出审视一切的庄重和严肃。在这里，我很自然地想起了四川乐山的大佛，和麦积山的大佛相比，乐山的大佛要大得多，然而他们使我产生相同的感觉。无论是远观时的神秘微笑,还是近看时的庄严巍峨,大佛们都能使人感觉到一种超然和平静,即便是满腹怨尤的浮躁的人,在这些石头的目光的凝视下也会安静下来。

上山有很好的栈道。水泥、钢铁和木材混合为一体的栈道紧贴着崖壁,"之"字形地往上攀升。走在这样的栈道上,没有任何危险的感觉。探出身子向栈道的栏杆下面望去,方知自己已悬空在高高的绝壁上,胆怯者可能会因此而心惊胆战。由此而想到,当年古人在绝壁上凿洞雕像,是怎样艰险的一种工作!民间曾有"先有万丈柴,后有麦积山"的说法,古书上记载的更具体:工匠"自平地积薪,至于岩顶,从上镌凿其龛室神像,工毕,旋拆薪而下,然后梯空架险而上……"听说在20世纪50年代之前,因为栈道毁失,山上的很多洞窟数百年无人能进去,成为鸟雀的巢穴。洞中佛像年复一年地不见人间烟火,只闻雀鸣鸟啼,洞内竟积起几尺厚的鸟粪。那时,在中国没有几个人知道麦积山。而此刻,麦积山的古代雕塑早已成为国宝,游客已经难睹洞中佛像们的真容了。因为所有的洞窟,都已装上了厚实的木门,门上仅留极小的窗洞,而且常常被细而密的铁丝网封锁。从小小的窗洞中看进去,只见漆黑一片,什么也不能见到。有时借着由窗洞漏进的微弱天光,隐隐约约能看见洞内雕塑模糊的轮廓,然而总是看不真切。到麦积山居然看不清举世闻名的麦积山泥塑,这实在有点荒唐。

而那三尊大佛，随着栈道的升高，却离我越来越近。有一段栈道，甚至引我走到了大佛的头顶旁边，可以很清楚地看到释迦牟尼头上那无数螺形发髻。煞风景的是竟然有很多人兴致勃勃地在往大佛的头顶上扔香烟和硬币，以此来卜测自己的运气。大佛头顶的螺髻间，散落着许多香烟和硬币……下山的栈道上，又经过那些紧锁着的洞窟时，先前的怨气便平息了不少。如果每一个洞窟都敞开着，那些喜欢丢香烟和硬币的人们，会在里面干些什么呢？很难想象。

离开麦积山时，我忍不住频频回首仰望崖壁上的大佛。在飘忽迷漫的雨帘中，大佛的微笑显得更加遥远神秘……我想，佛祖总是宽洪大量的，他大概不会因为头顶上那些香烟和硬币而生气吧？

1993年2月14日

周庄水韵

一支弯曲的木橹，在水面上一来一回悠然搅动，倒映在水中的石桥、楼屋、树影，还有天上的云彩和飞鸟，都被这不慌不忙的木橹搅碎，碎成斑斓的光点，迷离闪烁，犹如在风中漾动的一匹长长的彩绸，没有人能描绘它朦胧炫目的花纹……

有什么事情比在周庄的小河里泛舟更富有诗意呢？小小的木船，在窄窄的河道中缓缓滑行，拱形的桥孔一个接一个从头顶掠过。贞丰桥、富安桥、双桥……古老的石桥，一座有一座的形状，一座有一座的风格，过一座桥，便换了一道风景。站在桥上的行人低头看河里的船，坐在船上的乘客抬头看桥上的人，相看两不厌，双方的眼帘中都是动人的景象。

周庄的河道呈"井"字形，街道和楼宅被河分隔。然而河上有桥，石桥巧妙地将古镇连缀为一体。据说，当年的大户人家，能将船划进家门，大宅后院，还有泊船的池塘。这样的景象，大概只有在威尼斯才能见到。一个外乡人，来到周庄，印象最深的莫过于这里的水以及一切和水连在一起的景物。

我曾经三次到周庄，都是在春天，每一次都坐船游镇，然而每一次留下的印象都不一样。第一次到周庄，正是仲春，那一天下着小雨，古镇被飘动的雨雾笼罩着，石桥和屋脊都隐约出没在飘忽的雨雾中，那天打着伞坐船游览，看到的是一幅画在宣纸上的水墨画。第二次到周庄是初春，刚刚下过一夜小雪，积雪还没有来得及将古镇覆盖，阳光已经穿破云层抚摸大地。在耀眼的阳光下，古镇上到处可以看到斑斑积雪，在路边，在屋脊，在树梢，在河边的石阶上，一滩滩积雪反射着阳光，一片晶莹斑斓，令人目眩。古老的砖石和清新的白雪参差交织，黑白分明，像是一幅色彩对比强烈的版画。在阳光下，积雪正在融化，到处可以听见滴水和流水的声音，小街的屋檐下在滴水，石拱桥的栏杆和桥洞在淌水，小河的石河沿上，往下流淌的雪水仿佛正从石缝中渗出来。细细谛听，水声重重叠叠，如诉如泣，仿佛神秘幽远的江南丝竹，裹着万般柔情，从地下袅袅回旋上升。这样的声音，用人类的乐器永远也无法模仿。

　　最近一次去周庄也是春天，然而是在晚上。那是一个温暖的春夜，周庄正举办旅游节，古镇把这天当成一个盛大节日。古老的楼房和曲折的小街缀满了闪烁的彩灯，灯光倒映在河中，使小河变成一条色彩斑斓的光带。坐船夜游，感觉是进入梦境。船娘是一位30岁的农妇，以娴熟的动作，轻松地摇着橹，小船在平静的河面慢慢滑行，我们的身后，船的轨迹和橹的划痕留在水面上，变成一片漾动的光斑，水中倒影变得模糊朦胧，难以捉摸。小船经过一座拱桥时，前方传来一阵音乐，水面也突然变得晶莹剔透，仿佛是有晃荡的荧光从水下射出。船摇过桥洞，才发现从旁边交叉的水道中划过来一条张灯结彩的花船，船舱里，有几个当地农民在摆弄丝弦。还没有等我来得及细看，那花船已经转了个弯儿，消失在后面的桥洞里，只留下丝竹管弦声，在被木船搅得起伏不平的河面上飘绕不绝……

我们的小船划到了古镇的尽头，灯光暗淡了，小河也恢复了它本来的面目，平静的水面上闪烁着点点星光。从河里抬头看，只见屋脊参差，深蓝色的天幕上勾勒出它们曲折多变的黑色剪影。突然，一串串晶莹的光点从黑黝黝的屋脊上飞起来，像一群冲天而起的萤火虫，在黑暗中画出一道道暗红的光线。随着一声声清脆的爆炸声，小小的光点变成满天盛开的缤纷礼花，天空和大地都被这满天焰火照得一片通明。已经隐匿在夜色中的古镇，在七彩的焰火照耀下面目一新，瞬息万变，原本墨一般漆黑的屋脊，此时如同被彩霞拂照的群山，凝重的墨线变成了活泼流动的彩光。最奇妙的当然是我身畔的河水，天上的辉煌和璀璨，全都落到了水里，平静幽深的河水，顿时变成了一条摇曳生辉、五彩斑斓的光带。随焰火忽明忽暗的河畔楼屋倒映在水里，像从河底泛起的一张张仰望天空的脸，我来不及看清楚他们的表情，他们便在水中消失，当新的一轮焰火在空中盛开时，他们又从遥远的水下泛起，只是又换了另一种表情。这时，从古镇的四面八方传来惊喜的欢呼，天上的美景稍纵即逝，地上的惊喜却在蔓延……

　　我很难忘记这个奇妙的夜晚，这是一个梦幻一般的夜晚，周庄在宁静的夜色中变得像神奇的童话，古镇幽远的历史和缤纷的现实，都荡漾在被竹篙和木橹搅动的水波之中。

1999年初夏于四步斋

塔 影

去过很多次苏州，但绝不敢夸口已经认识熟悉了这座千年古城。每次去苏州，总会看到一些从未见过的风景，使我惊奇，也使我陶醉。苏州的清秀、古朴和丰富多姿，是怎么形容描绘也不会过分的。听苏州人说着婉转迷人的吴侬软语时，情不自禁地就会联想起那些宁静幽深的小巷，联想起蛛网般环绕古城小河，想起那些梦境般迷离曲折的园林，在黑瓦覆盖的屋脊下，有多少沧桑变迁，有多少悲欢离合的故事……

在我的印象里，那些黑瓦粉墙的老屋，在苏州大概是越来越少了。新的替代旧的，高大的替代矮小的，现代的替代古老的，在很多人的心目中这是一种趋势，没有法子改变。多年前，苏州有一位诗人告诉我，苏州的观前街正在改造，所有的老屋都被推倒了，那里将会重建一条全新的观前街。诗人用悲哀的口吻谈这件事，我也用悲哀的心情听这样的消息。我当时就想象过，古老的苏州城里会出现怎样一条全新的观前街，不长的街道上，高楼林立，霓虹闪烁，时髦男女们在时髦的商店里进进出出……后来看到了改建后的新观前街，还好，没有高楼大厦，但是，原来那种古老优雅的气息，已经所剩无几了。在历史上，苏州曾经有过令人心痛的毁城事件。大半个世纪前，苏州曾拥有世界上最完整的古城墙，行人可以在环绕古城的城墙上走一圈回到原地。在"大跃进"的年代，热昏了头的人们觉得这古城是封建社会的象征，于是古城被推倒，古老的城砖被用来垒砌"大炼钢铁"的土高炉。现在，想修补一下残存的城墙，已经无法找到当年堆砌古城的青砖。

还好，苏州还有那些美妙的园林，还有那些你永远也走不到头的曲折小巷，还有虎丘塔、寒山寺，还有许多没有被拆毁的古老的桥和屋。现在的苏州人，已经知道苏州靠什么名扬世界，知道最能吸引人们的到底是苏州的什么。前些日子，苏州的散文家吕锦华来电话，说苏州又有一处名人故居被修复，值得一看。说是名人，其实我并不熟悉，是清代的一个诗人，姓袁，名学澜，字文绮。而袁学澜的一位后人，也就是他的玄孙，却是我熟悉的现代诗人，他的名字叫袁水拍，曾经以讽刺诗《马凡陀山歌》轰动20世纪40年代末的旧中国。袁水拍在20世纪70年代中也曾是风云人物，做过文化部副部长。据说他幼年时也曾在那所老屋中生活过。那老屋，以前曾沦为几十户居民杂居的"七十二家房客"，搬迁居民，重修故居，恢复旧时景象，其复杂艰巨的程度是可以想象的。

禁不住对历史的好奇,我又一次来到苏州。临行前,查阅了关于袁学澜资料。袁学澜生活在19世纪,据说生性淡泊,虽有满腹经纶却无意仕途,他在苏州的官太尉河畔筑庐隐居,过着悠哉游哉的日子,写过很多和苏州有关的诗文。袁雪澜存世的著作有《苏台揽胜词》《虎丘杂事诗》《姑苏竹枝词》《田家四时净》《吴门新年杂咏》《岁暮杂咏》等,都和苏州的风物有关。我没有读过袁学澜的文字,相信他是能写出古城的历史韵味,也能写出姑苏的人间烟火气的。袁学澜在苏州的住宅原本是一家卢姓旧宅,地处官太尉桥边,毗邻双塔古刹。他购得后重新设计整修,辟花园,修池塘,植名卉,把一个普通的宅院改造得气象万千曲径通幽。在他家池塘的水面上,能看到园外双塔的倒影,所以他把自家宅院取名为"双塔影园"。

其实,在这次来苏州前,我不知苏州还有"双塔"这一景。午后,从一条大街折入幽静的定慧寺巷,这是典型的苏州式的小巷,林荫夹道,路两边是白墙黑瓦的老房子,抬头能看到带有檐角的屋脊,沿街的老房子里开着各种各样的小店铺。定慧寺就在离街口不远处,寺庙不大,却清净,经过门楼和前殿,看见了巍峨的大雄宝殿,大殿前有两棵高大的银杏树,向来访者述说着寺庙的高老和沧桑。据说,这大殿曾经是一间堆放杂物的大仓库,在几年前街坊改造时被发现,遂得到修复,古老的定慧寺历尽沧桑又得以重生。现在的定慧寺是一座幽静的寺庙，大殿背后竟然还有一个佛教图书馆，里面陈列有各种佛学著作和报刊，厅堂里放着很多桌椅，据说常有佛学家在这里讲课。

从定慧寺出来，再往前走不多几步，就是双塔公园了。公园不大，两座古塔是对称的砖塔，建于宋代，因形状相同，互相对峙，被当地人称为"姑嫂塔"。古塔虽不高大，却不失巍峨。袁学澜故居就在双塔的后面，"双塔影园"的名字由此而来。从双塔公园出来，踩着透过树叶射落在小巷地上斑驳光影，沿着公园的围墙，穿过一条曲折小巷，来到官太尉桥边。这一路看见的，都是旧屋改造的结果。能将一个破旧的街区改造成这样，既保持古朴的情调，又适宜现代人居住，是一个很有水平的工程。

官太尉河是一条不宽的小河，也是典型的苏州的河。河畔柳绿桃红，树荫中掩隐着式样古朴的小楼。官太尉桥15号，就是被修复的袁学澜故居，昔日的"双塔影园"。这里不是官府，所以门面并不显赫张扬，然而走进大门深入其中，就感觉到了这个大宅院的曲折和幽深。相传，这里最早曾是金圣叹的居所，不过难以考证了。

"双塔影园"占地五亩，里面的房屋一进复一进，厅堂楼阁，厢房书屋，天井长廊，使人目不暇接，一路看去，犹如参观迷宫。那些廊柱楼门和匾额窗栏，没有金碧辉煌的富贵，却有一种古朴和清雅的气息，这和这老房子当年主人的身份格调吻合。曲曲折折地绕过那些老屋进入后园，眼前豁然开朗。后园是一个真正的花园，虽然不大，也有山有水，有奇树名卉。园中是一个水池，池畔杜鹃盛开，池中红鲤悠然。围墙外面，便是双塔。当年，那水池一定还要大一些，可以容纳双塔的倒影。此刻，我在那水池中看不见双塔的影子。也许，是角度不对，也许，是时间不对。凝视着那微微漾动的水，思绪悠然飘向陌生而遥远的地方……

想象一下袁学澜当年的生活吧。幽暗的内房中，闪出一袭青布长衫，沿着长长的回廊轻步踱出，经过一间间门扉半阖的偏房，门缝里隐约摇曳着红裙绿袖。走到花园里，眼前豁然开朗，天光把房子里的阴暗一扫而光。有卵石铺就的曲径，通向花园深处，走几步，就看见了潋滟水光，云霞落在水里，红鲤在彩霞间穿梭，而那两个黑黝黝的塔影，在被云霞和红鲤搅出的斑斓波光中闪烁摇动……

池边有亭，亭中有座，桌上有茶壶，壶边是摊开的书卷。坐在亭子里，看着夕照中的水波，看着水波中漾动的塔影，诗兴便幽然萌发了。也许，坐在这里能听到定慧寺的晚钟暮鼓，还能隐约听见从官太尉桥畔传来的飘忽人声，有人在桥上吆喝叫卖，有人在河边捣衣洗菜，人间烟火的声音，融化在钟声和塔影里……

在这样的老宅中,仿佛又走进了历史,走进了古人曾经创造出来的那种境界。想一想,前不久,这里还是住着几十户人家的大杂院,复旧成现在这样,简直是奇迹。看来,对于建设和保存这一对矛盾,苏州人已经懂得该如何来解决了。走出"双塔影园"时,我心里这样想。

2003年4月30日 于四步斋

黄河之水

"黄河之水天上来。"李白的诗句并不是凭空杜撰。在黄河的上游，我看到了从蓝天和白云中流下来的黄河。那是一条碧波荡漾的大河，能看到水底下的卵石，看到在清澈的流水中嬉戏的小鱼。世界上的江河，原本都这样清澈。

在西北的黄土高原，黄河变得混浊，混浊得像一条泥浆河，像一条桀骜不驯的黄龙。面对这浊浪滚滚的黄河，我并没有觉得它受到了污染，我想，这是流水和高山大地亲热的结果，是天作之合，是自然。大自然在亿万年的运动过程中形成了自己的规律，我们没有理由责备自然。

在兰州，我站在那座有名的大铁桥上，俯瞰在桥下奔流的滔滔黄河，河水打着旋涡，像万马咆哮，奔向它们向往的既定目标。就在我默默凝视黄河的时候，站在我身边的一个穿着时髦的女郎随手把一个可口可乐的罐头扔进了黄河。我吃了一惊，下意识地问："你怎么能这样乱扔？"女郎朝我一笑，答道："这么脏的河水，有什么关系。"那个红色的可乐罐头在黄色浊浪中冒了几下，就不见了踪影。

在黄河边，每天有多少人把手中的废物随手扔进黄河？

黄河流到甘肃临夏境内时，水势稍稍变得平缓。因为再往下游，就是刘家峡水库，水库大坝把汹涌的河水拦住了。在这里，我坐游船去看黄河边的炳灵寺石窟。黄河水在船舷边翻卷，涛声惊心动魄，两岸峰峦千奇百怪，像无数奇妙的雕塑排列在岸边。这些雕塑，是黄河的杰作，是流水冲击山峦的结果。热情的船主用黄河鲤鱼招待我，在甲板上，我们吃鲤鱼肉，喝鲤鱼汤，当然还有酒和饮料。几个年轻的船员很豪爽，几乎能一口气喝完一瓶啤酒。喝完酒之后的动作使我吃惊：他们一甩手，就把酒瓶扔进了黄河。当然，那些装饮料的瓶瓶罐罐，也无一例外，通通被扔进了黄河。他们的动作，自然得就像随便撸一下头发，搓一下手掌，这样的动作，已经成了他们的生活习惯。如果我大惊小怪地对他们的这种习惯表示惊愕，大概会被他们嗤笑。不过，我还是表示了我的看法。我喝完了一罐饮料，船员们把他们的瓶子扔进黄河时，我一直把空罐头捏在手里。一个船员来收我的空罐时，我告诉他，我要把空罐带上岸去。船员惊奇地问我为什么，我说："我不能污染黄河。"船员以为我说笑话，一边把手里的瓶子扔下船，一边哈哈大笑着走开了。

我看着手中的空铁罐，生不出一丝一毫幽默感。再看身边的黄河，只见黄浪滔滔，似乎所有一切都会被它们席卷而去，留不下任何痕迹。

看完炳灵寺石窟，坐一艘快艇去刘家峡大坝。快艇驶近库区时，河面越来越宽阔，水流越来越平缓，河水也由黄转绿，越来越清。进入库区后，只见天蓝水绿，风平浪静，快艇滑行在碧波粼粼的水面上，那条浊浪汹涌的黄河彻底消失了，河水变得像它的上游一般清澈。当水平线上出现刘家峡水电站巍峨的大坝时，我突然发现绿色的水面上有一线黑色迎面而来，就像是天上的一大片乌云，罩住了碧绿的水面。这是什么？等快艇驶近，真相便大白了：原来，这正是人们一路往黄河中抛撒的污物，它们汇聚在这里，浮在水面上，黏稠乌黑，壅集着人间的污秽，散发着臭气。在这片乌云中，有空铁罐，空酒瓶，还有那些永远也不会腐烂的塑料盒、塑料袋……在它们的覆盖之下，任何流水都不再有清澈可言。我不知道，当这片乌云涌进水电站时，会出现怎样的景象。人类破坏自然，必定会遭到惩罚，此刻，这可怕的报应已经展现在我的眼前。

面对黄河中这片乌云，我的心情沉重。黄河啊，你是中国人的母亲河，是中华民族的摇篮，是大自然恩赐予我们的伟大杰作，而你的子孙竟把你当成了垃圾箱！惭愧！

1997年秋日

蓝色的抚仙湖

云南多云、多山,也多湖。在外地人心目中,云南名气最大的湖,首推滇池,其次是洱海。抚仙湖,有多少人知道?

在云南地图上,那些蓝色的不规则状的翡翠就是湖泊。我找到了抚仙湖,它在玉溪界内,离昆明不算远。论大小,还不如滇池。云南的朋友告诉我,抚仙湖的储水量,抵得上十个滇池,也抵得上十个洱海。这颇令我吃惊。

陈建功去过抚仙湖。在昆明聚会时,他邀我同去玉溪。他告诉我,玉溪的抚仙湖,是个极美的高山湖,值得一游。那天早晨,我们坐车从昆明到玉溪,才一个多小时,便到了抚仙湖畔。

从山道上远观抚仙湖,景象就很奇妙。蓝色的湖水在天地间漾动,蓝天和白云倒映在湖水中,碧波浩淼,一直荡漾到天边。天边是青灰色的群山,浮动在飘忽的云雾里。碧蓝的湖水,连着远山,连着天上的云雾,让人产生遥远的遐想。这使我想起欧洲的奥赫里德湖,去年访问马其顿,我在奥赫里德湖畔住了好几天，奥赫里德湖在马其顿和阿尔巴尼亚之间，也是一个高原湖泊，碧水连天，也是群山环绕。马其顿人把奥赫里德湖当海，湖滩便是他们的海滩。和奥赫里德湖相比，抚仙湖畔的云霞更为飘逸，因为这是云南的湖啊。听说玉溪人也把抚仙湖看成他们的海，这里还有"黄金海岸"呢。

走近抚仙湖才发现湖水的清澈。这是绿中泛蓝的深沉之水，浪涛拍岸发出的声响，有海的气息。仔细谛视湖水，但见澄澈见底，临岸湖底的景象，飘动的水草，晶莹的沙石，穿梭而过鱼，全都清晰可见，湖波荡漾，犹如一大块透明的蓝水晶在阳光下微微晃动。目光所及，也只能是岸畔十数米湖水而已，再往远处看，便是一片幽蓝，一片光斑炫目。如在湖中行船，绝对看不见湖底，因为湖水极深，最深处有一百多米，是国内最深的淡水湖，湖底，是个神秘的世界。前不久，有人在抚仙湖底发现一个古城遗迹，古滇国的一个城池，囫囵地沉到了湖底，不知何年何月下水，也不明为何原因沉沦，是一个千古之谜。考古学家曾下湖打捞古城遗物，中央电视台还作过现场直播，举世瞩目。湖底发现了两千年前的石雕，据说石头上雕刻着神秘的人脸，石像在深水底下微阖着眼睛，凝视湖面上的天光，期待有人来和他们对话……然而湖水太深，年代太久，要解开埋藏湖底的远古之谜，仍需要耐心和时间。这样的谜，和尼斯湖的湖怪不一样，湖怪也许永远不现身，成为真正的不解之谜，而抚仙湖湖底的谜语总会有解开的一天。

一个埋藏着千古之谜的清澈幽深的湖，当然是一个撩人思怀的神奇之湖。

湖岸曲曲折折，湖畔只要是平地，便见花树繁茂，都是风景宜人的湖滨花园。湖边有不少石头砌起的沟渠，沟渠和湖之间有木闸隔断，沟渠中有式样古老的木头水车，用脚踩动水车，能将沟渠中的水往湖里抽。这些沟渠，看来都是人工所为。玉溪的朋友告诉我们，这是"鱼洞"，是专门为捕鱼而设。抚仙湖中特产一种小鱼，名为抗浪鱼，味极鲜美。抗浪鱼有逆水前行的习惯，当地捕鱼人便想出独特的捕鱼方法，开鱼洞，用水车往湖里车水，在鱼洞口形成水流，湖里的抗浪鱼便会迎着水流游过来，逆水游向鱼洞口，一无遗漏，全都游进设在洞口的鱼篓或者网中。以前湖里盛产抗浪鱼，后来因为水质受污染，湖里的抗浪鱼居然不见了踪影。现在，经过玉溪人多年的治理，湖水已经恢复了当年的清澈和纯净，抗浪鱼又逐渐多起来。

经过一个面积稍大的鱼洞时，有人惊呼："快看，抗浪鱼！"

我们在鱼洞边停留，清澈的水面上波光闪烁，水中，有数十条小鱼轻盈游动，随着光波的闪动，精灵一般忽隐忽现，看不清它们的真实形状。抗浪鱼，在我的记忆中留下了神秘的印象。

那天中午,在湖畔的一家农民开的饭店吃饭。吃的是铜锅煮鱼和洋芋焖饭,是当地的农家饭。大铜锅里,鱼汤鲜美,土豆和米饭混合成特殊的清香,在风中飘荡。坐在湖畔享用着天然的美食,看蓝色的湖波在绿树的枝叶间隙中闪动,这也是难以忘怀的经历。

距离抚仙湖不远的澄江县城中,有一个青铜博物馆,博物馆中陈列的青铜器,都是抚仙湖畔古滇国的遗物。这是中国唯一的县级青铜器博物馆,博物馆门口,有一尊巨大的青铜雕塑,雕的是闻名天下的牛虎铜案。牛虎铜案,是古滇国人留给世人的绝妙创造,一条大牛,腹部藏着一条小牛,牛的尾部,攀爬着一头猛虎,两条牛,一头虎,组合成一个整体,巧妙地表现了大自然的多彩和生命的多姿。博物馆不算大,但馆中藏品的丰富和精美,让人吃惊。古滇国的青铜器,不仅有各种日用器皿、生产工具和武器,更多的是雕有动物和人物图像的祭祀用品和装饰品,青铜塑造的人物和动物,历经千年,依然线条流畅,形体生动。青铜塑造的动物,除了牛和虎,还有狗、猪、羊、鹿、鸡、蛇,还有飞鸟。在展品中,我发现一个小小的青铜扣饰上竟铸造出六七个人物和动物,人物有鼻子有眼,能辨认出他们欢悦的表情,动物也是形态活泼,造型生动。由此可以窥见古滇国人的智慧,可以见证古滇国经济和文化的发达。人类的文明，很早就开始在抚仙湖畔生根长叶繁衍，开出绚烂的花朵。

在抚仙湖畔住了两夜，我欣赏到它晨昏时分朦胧的美景，也看到了它在月光下的银波闪动。抚仙湖水那天空一般深邃的蓝色，让人沉静，也让人浮想联翩。漾动的蓝色涟漪，可以把人引向无限遥远的年代。

离开抚仙湖之前，我和陈建功来到离湖岸不到6公里的帽天山国家地质公园。帽天山，其实只是一个小小的山包，但却是一座闻名天下的山。20年前，中国的古生物学家在这座山上发现了大量五亿多年前的海洋生物化石，被世人惊叹为"20世纪最惊人的科学发现之一"。在海洋生物化石陈列馆中，我看到了那些奇妙的化石，虽然历经五亿多年，但它们的身形依然清晰地保留在淡黄色的石片上，千姿百态，如同印象派大师的画。画家们根据这些化石，在彩色的画面上复原了远古海底生物的形象，深蓝色的海水中，七彩纷呈的生灵们优雅地漂游翔舞，展示着千奇百怪的姿态，这些形象，现代人难以想象，是化石把它们带到了今天。

亿万年前，这里曾是浩瀚大洋，幽深的海底，新的生命如花一般萌发衍生，自由翔舞，如今天地见的生灵，无不起始于当年那些在海底游动的生命。这是何等神奇的事情。远古海洋的蓝色，和现在我看到的抚仙湖水的蓝色似乎是同一种蓝色，同样的清澈，同样的深沉，同样的水天一色……在思绪飘飞的一瞬间，亿万年的岁月竟在这蓝色中悄然融合。

2006年6月22日于四步斋

山湖琴韵

常熟有山,有湖。山是虞山,湖是尚湖。站在虞山上看尚湖,湖岸逶迤,湖波清亮,湖中倒映着蓝天白云。有飞禽从湖上飞过,如点点音符在湖天之间飘动。坐在湖畔看虞山,一脉青影,在云天间起伏,山虽不高,却使这江南水乡的地平线变得和湖岸一样柔曼曲折。虞山投影在湖波中,晃动着一片墨绿的光影,使原本清澈的湖水显得深不可测。

曾经有一位智者在这里垂钓,尚湖就因此得名。智者是四千年前传说中的人物姜尚,也就是《封神榜》中的姜子牙。远古时代的姜子牙是否在这里隐居钓鱼,现代人无法考证。对这样的传说,我是宁信其真。山不在高,有仙则名,能将姜子牙飘然不群的身影和这样秀美的湖山叠映,可以让现代人的想象之翼直飞九天云霄。脑海中出现姜子牙垂钓的形象时,耳畔有一缕清音飘过。那是古琴的韵律,是激越灵动的《流水》,是清静悠扬的《平沙落雁》,是深情缥缈的《忆故人》。姜子牙的时代,古琴大概已经有了雏形,他这样深谙文韬武略的智者，应该会弹琴。也许那时还没有这些曲子，但一定有其他更清幽淡远的韵律。古琴能使焦灼的心灵恢复平静，能抚平烦乱的思绪，忘却现实中的酷烈纷争。姜子牙垂钓时，耳畔应有琴声。在等候鱼儿上钩时，他或许一手抚琴，一手握竿，古琴优雅的韵律，穿透清澈的湖泊，吸引了水中的游鱼，鱼儿们循声而来，围绕在他的周围……

虞山和尚湖，山水相依，湖光山影中凝集着江南的灵秀和才情。这片水土，曾经哺养出很多杰出的人物。关于常熟的文化记忆，有动人心魄的背景音乐，那就是古琴。琴声悠然，一脉相传连接古今。如果说，四千年前姜太公的传说太古远，无法考证，那么，一千五百年之后，常熟的另一位先贤，在这里留下了清晰的脚印。他是孔子的弟子言偃。据说，在孔子的三千弟子中，言偃是唯一的一个江南人。言偃早年在鲁国做官，中年在中原弘儒传道，晚年回到故乡，在虞山脚下躬耕讲学，传播礼乐。听言偃讲学的人，来自四面八方，尚湖侧畔的言子讲堂，是当时人们心目中江南的最高学府，然而要听一次言子的讲学并不容易。归隐故里的言偃，应是历尽了人世沧桑，他更喜欢一个人看山赏水，抚琴独吟，沉醉在虞山和尚湖之间。湖山如有记忆，应记得这位哲人飘然的身影，也应记得湖山间的古调琴韵。

在尚湖畔散步时，我还会想起唐代书法家张旭。张旭被人称为"草圣",常熟是他长期生活的地方。这位"草圣",常常醉酒而书,手中的毛笔如有神助,满纸草书龙飞凤舞,把汉字写成了前无古人的艺术品。张旭的草书,让盛唐的书坛震惊,直到今天仍被世人视为中国书法艺术的高峰。杜甫的《饮中八仙歌》中有张旭的身影:"张旭三杯草圣传,脱帽露顶王公前,挥毫落纸如云烟。"李颀在《赠张旭》中也有生动描绘:"露顶据胡床,长叫三五声,兴来洒素壁,挥笔如流星。"我年轻时代就曾迷恋过张旭的书法,看他的《千字文》《古诗四帖》《心经碑》和《肚痛帖》,觉得这是神人之作,笔墨线条在变化无穷中挥洒出酣畅淋漓的气韵,那种天马行空般狂放不羁的风格,今人难以摹仿。张旭的草书像什么?像风中行云,像山间奔泉,像急风暴雨在天地间喧哗……我一直无法用恰当的文字形容张旭的书法,直到在常熟听古琴时,才恍然有所悟,他的草书中,有古琴的神韵。我想,只有用《广陵散》和《风雷引》这样激扬飞动的旋律,才能形容张旭狂放不羁的草书风格。我不知道张旭当年是否喜欢弹古琴,然而他的笔墨和古琴的韵律,似有一种无法用言语道明的内在契合。张旭的草书,正如一曲神采飞扬的古琴曲,从虞山下飞出,一千多年来让人为之倾心沉醉。

说到张旭,当然还会想到元代大画家黄公望。黄公望也是常熟人,他的水墨山水画,是中国绘画史上的一个高峰。传说黄公望善弹古琴，作画前常常先面对湖山抚琴歌吟，弹到动情处，弃琴执墨，挥毫成画，山水烟霞，满纸生辉。黄公望绘画所用颜料，多用虞山石研磨而成。黄公望的山水画中，不仅有虞山尚湖的绚烂灵秀，也有斑斓起伏的琴韵。

在虞山和尚湖之间处处联想到古琴，并不是牵强附会。在明代，这里出现一位古琴高手，名叫严天池，他创立了虞山琴派，将中国的古琴艺术提升到一个新的高度，虞山琴派的影响辐射全国，甚至波及海外。常熟，成为中国古琴艺术史上的一个制高点。严天池出身名门，父亲是当朝重臣，权倾一时。但这位"高干子弟"却不爱当官，他更喜欢弹琴读书。当时有人这样描述他的生活："绝不闻户外嚣音，自翰墨外，辄取古琴，焚香一弄，悠然自得……间尝坐听，不觉竞心顿消，洋洋乎道澈之和平袭人。"他一生为古琴做了影响深远的几件大事：组织"琴川社"，创立了虞山琴派；编订《松弦馆琴谱》，其中有流传民间的古琴曲和他自己创作的琴曲，成为当时最权威的古琴曲谱。倡导"轻微淡远""博大平和"的虞山琴派被誉为"古音正宗"。当时的各路琴派，"以虞山为归，是犹百川之趋赴不一，而朝宗于海也"。而严天池对古琴艺术的开拓和贡献，被人誉为"古文中之韩昌黎、岐黄中之张仲景"。"一时知音翕然宗之"。在严天池之后，虞山琴派一直在常熟绵延不断。明末清初这里又出现民间古琴大师徐青山，当时少有人可以与之比肩。而到现代，又诞生了学者型的古琴高手吴景略，使虞山琴派峰回路转，衍生出一派清新气象。

我在常熟两次参观"虞山派古琴艺术馆"，本以为能在这里看到严天池抚摸过的古琴，但是没有。馆中只有图片和文字，没有和严天池有关的实物。然而，这里处处回荡着清雅的琴声，如低吟，如倾诉，拨人心弦，把听者引入幽远的遐想。对现代人来说，古琴似乎有点高深莫测，有点神秘，这是古人的精神写照，是对天地自然的倾诉和思索。这样的琴声，驱散了人世的喧嚣和混浊，让心灵走向宁静。在琴声中，我想起了严天池的一些逸事。严天池不喜欢做官，但中年之后到福建绍武做过知府，上任前，他到当地的城隍庙里发誓："必不携邵武一钱归！"为官三年，洁身自好，绝不收受贿赂。三年后，严天池辞官回家，船出城门时，他拿出身边积攒的薪俸银子，悉数交给送行者，当地人不受，他说："我来的时候向城隍神发过誓，绝不带邵武一钱归，这些银子，留下来修治桥梁吧！"邵武人只得留下这些银子，用来修治城内受损倾塌的桥梁。严天池的清廉正直和散淡超然，多少和他对古琴的痴迷有关。他一生爱琴，他的归宿在虞山脚下，也在古琴绵绵不断的韵律之中。严天池曾在一首诗中描绘自己的生态和心境，读来令人神往："有客新年慰索居，半巢松影半巢书。卷帘风静莺啼后，倚槛云生花发初。自有药苗供旦暮，不劳生计问樵渔。

瑶琴试作临流弄,一曲阳春出听鱼。"

走出古琴馆,耳畔琴音飘绕,回望天边青黛色的虞山,正如一把巨大的古琴横卧在江南大地。

今月曾照古时人

最后一抹晚霞在天边消失时,青山和碧水悄然隐匿了白天的倩影,融化在越来越浓的夜色中,直到夜幕为大地披上神秘的面纱。远道而来的嘉陵江,在夜色中蜿蜒奔流,天地间所有的生灵,仿佛全都在汇集在一江清波中,虽安谧文静,却万籁有声。此刻,我身在南充,面对被夜幕笼罩的山水浮想联翩。

天上的星星落在江面上,一片璀璨晶莹。白天的见闻,此时漾动于脑海,恰如眼前这闪动的星光。古往今来,从南充走出来多少智者贤者,司马相如、谯周、陈寿、黄辉、朱德、张澜、罗瑞卿……他们的文字和言行镌刻在中国的文明史册中,千百年来辉映着这片奇丽的山水。

天上的很多星星,是以地上的人杰命名的。我想起了两个四川人,他们的名字已经成为夜空中行星的名字。一个是现代作家巴金,另外一个,就是南充人,古代阆中的天文学家落下闳。

落下闳何许人?这个名字,很多人也许不怎么熟悉,但每个中国人的生活都和他的智慧有关联。落下闳生活的年代，距今已有2100多年。他曾经站在嘉陵江畔，以他睿智的目光仰望星空，探索宇宙的无穷奥秘。他在天文学领域中的创造和发现，在当时奇峰突起，达到一个前无古人的高度。落下闳的"浑天说"，是极富想象力的天文理论，他认为整个天体浑圆如一个巨大的蛋，天如同蛋壳，而地就像蛋黄。天上的日月星辰，每天都绕着南北两极不停旋转。他的理论，可贵处在于承认宇宙是运动变化的，而且这种运动和变化是有规律的。他发明制作了浑天仪，用来证明他的"浑天说"。那是一架巨大的天文仪器，是当时世界上最精密的天体观测仪，肉眼能看到的星座，都被精确地标刻在他的仪器上，仪器的转动，能演示出它们在天空运行的轨迹。在落下闳提出"浑天说"之后1600年间，世界上一直没有其他理论比他的想象更接近宇宙的本相。西方的天文理论，直到16世纪，仍然以"地心说"为正统，地是中心，宇宙围绕着地球转。哥白尼提出"日心说"，被认为异端邪说，还为此丢了性命。

落下闳对人类最大的贡献，并非"浑天说"，而是他主持制定的《太初历》。西汉之前，中国一直沿用秦以来的轩辕历，这一古老历法并不精确，误差很大，无法准确反映四时交替和天象之变。当时执政的汉武帝决心修法，但京城的专家们并无把握，没有人敢担纲改革旧法，制定一部新历法。汉武帝便昭告天下，征召能人。落下闳从嘉陵江畔风尘仆仆赶到了长安，推荐他来京城的，是司马迁。一个从蜀地边城来的籍籍无名的人，能否担此大任？落下闳并不在意京城达官贵人们怀疑不屑的目光，他经纶满腹，成竹在胸，有备而来，对新的历法，已潜心研究多年。落下闳生活的阆中，春夏秋冬四季分明，他用"连分数"的数学原理计算天文数据，精密合理地区分确定了一年四季的时令节气。当落下闳有机会表达自己的看法时，人们顷刻刮目相看。落下闳主持制定新的历法，花了七年时间。新历法颠覆了旧历，是中国历史上一次以科学方法实行的历法大改革，也是世界上第一部较为精密而完整的历法。汉武帝对落下闳制定的新历法非常满意，为之定名为"太初历"，并改元"太初"，在泰山举行隆重的封禅大典，庆贺新历法诞生。这太初历，就是沿用至今的中国农历。

在阆中，落下闳被人们亲切地称为"春节老人"，每年过春节时，当地百姓焚香设酒，祭拜这位"春节老人"。为何称落下闳为"春节老人"？在太初历诞生之前，中国人的新年并无统一规定，华夏各地的元旦，并不在同一天。太初历规定岁首为正月初一，这一天，就成为中国人的新年。两千多年来，春节一直是中国人生活中最重要的传统节日，正月初一，年之始，春之初，否极泰来，万象更新。古老的春节，常过常新，是中国人一个永无休止的期待。如今，春节这一天，不仅华夏大地万众同庆，全世界都为中国人的新年点灯笼，放鞭炮，舞龙狮。中国的春节喜气，为全人类带来祥和、快乐和希望。假如在阆中过春节，古城里的百姓人人都会对你说起落下闳，春节，是和他们这位智慧的先祖连在一起的。假如没有落下闳，没有两千多年前"太初历"的制定，也许就不会有今日全球华人共度同庆的春节。

落下闳作为制定"太初历"的功臣，为何没有封官加爵留在京城？史书少有记载，但阆中人知道。落下闳的事迹和成就，在他的家乡代代相传，妇孺皆知。落下闳的志向并非做官，他更感兴趣的是天文。"太初历"诞生后，落下闳辞官返乡，归隐故里。他心里很明白，与其在官场周旋，在朝廷看人脸色，不如回到嘉陵江边，回到山清水秀的家乡，朝观旭日，夜望星空，自由翱翔在属于他自己的浩瀚宇宙之中。

那天，我登上临江的锦屏山，在山上俯瞰嘉陵江对岸的阆中古城，碧水环绕的一大片青黑色屋脊，勾勒出千年古城恢宏的轮廓。这可是落下闳生活过的地方？两千多年的岁月太遥远，古城里恐怕难寻先哲脚印。我想，落下闳的足迹，其实早已铭刻在南充的山水之间，这里每一座山峰，每一条溪涧，都可能留下他探索的屐痕。锦屏山顶有一座观星楼，从山坡拾级而上，到山顶平台时，我竟和落下闳不期而遇。这位两千多年的智者，默默伫立在观星楼前，迎接上山的每一个人。这是一尊青铜雕塑,是现代人对这位伟大科学家的想象,他站在山顶上,抬头仰望着天空,瘦削的身形,清癯的面容,深邃的目光。他的身边,是青铜浑天仪的模型,四条腾舞的青龙,托起一组大小不等圆环,环环相叠,演示着天体的运行。千年岁月,仿佛凝固在这青铜的雕塑之中,而宇宙的秘密,又仿佛深含在落下闳仰望星月的目光里。

月亮从远山背后升起来,柔和的银辉泻在江面上,嘉陵江成了一条流动的月光之河,从我脚下,一直流向遥远的天边。天和地,在月光里融化成一个整体。眼前的奇妙景象,两千多年前的落下闳一定也见过吧,而他抬头望见的星空,和我今日抬头所见,应该是一样的情景。很自然地,想起了李白的《把酒问月》:"今人不见古时月,今月曾照古时人。古人今人若流水,共看明月皆如此。"

古玉崧泽

崧泽，是一个奇妙的名字，从字面上看，有山峦，有树林，有波光湖影，两个字，就是一幅中国韵味十足的山水画卷。

在上海的地名中，最能令我产生遐想的就是这个位于青浦赵巷镇的小村子——崧泽村。这是一个遥远而又亲切的名字，遥远，是因为它承载着六千年古老的历史，亲切，是因为它使我走近我们远古的先人。

崧泽，是上海的源头，也是江南华夏先民的源头。在中华文明丰富多彩的源头中，崧泽是古老而奇妙的一脉。这里出土的古人遗迹，被称为"上海第一人""上海第一房""上海第一村"。这样的描述，也许未必精确，但是，五六千年前，我们的祖先就已经在这里生活、劳动、繁衍，这是一个无人能否认的事实。很多年前，我去过崧泽村，看到过考古现场，那些被岁月封存了五六千年的土层，袒露在阳光下，向现代人展示着远古的秘密。考古现场，看到的是黄土，是残骸，是被漫长时光侵袭腐蚀的碎片。那些石斧、石锛、石凿，粗糙暗淡，静默无声，却在我的凝视中铮然作声，五千多年前的劳动号子，仿佛正伴随着那些原始工具发出的叮当之声，在江南大地上回荡……

而令我产生无穷遐想的是在崧泽出土的古玉。尽管历经千年，崧泽古玉却依然莹洁剔透，在它们温润沉静的光泽中，能幻化出远古祖先的种种生活情状，甚至他们的悠扬歌声和悲欢表情。我们的祖先爱玉，并非出于占有宝贝的欲望，而是为了表达心中的理想。玉和古人的精神生活有关，他们精心雕琢的玉器中，有对生活的热爱，对梦想的祈望，也有对幸福的憧憬。

崧泽出土的玉器中，有几件美妙的玉璜。玉璜是古人的饰物，类似今天的项链，以绳牵引，佩在前胸。璜，《说文解字》的解释为"半璧也。"崧泽人将美玉雕琢成璜，却不是简单的半圆形，半璧如桥，如虹，如云中新月，如海上初阳。古人的想象，比我更丰富。我见过崧泽出土的两件玉璜，让人惊叹不已。

一件玉璜，玉质黝黑，形如航船。艺术的灵感来源于生活，五六千年前，船已是崧泽人的生产和交通工具。想来应该是木质的小船吧，它们滑行在清波粼粼的湖面上，也颠簸在波涛起伏的海浪上，崧泽人在船上挥篙舞桨，捕鱼，运粮，旅行……一叶扁舟，维系着多少人的期冀。一个五千年前的女子，将一艘玉雕的船佩在胸前，有什么意义？我想，不仅仅是为了追求美，也是将希望悬在心头吧。希望捕鱼者满载而归，希望远行人平安归来，希望生活如航船乘风破浪……现代人如此想象，也许牵强附会，但我相信，古人的希冀，必定比我的想象更悠远，更宽广。

是的，面对祖先浪漫无羁的想象，我由衷惊叹。崧泽出土的另一件玉璜，造型更奇妙，玉璜两头，一头是鱼，一头是鸟。鱼在水里游，鸟在天上飞，琢玉人将鱼和鸟合于一体，又是为了什么？鱼是古人最重要的食物，将鱼雕成璜，是祈求上天给人类充足的食物？我想不会那么简单。鸟呢，鸟不是重要的食物，自由的鸟，栖息在林，高飞在天，人们更多是欣赏它们飞翔的美姿，聆听它们婉转的歌唱。玉璜上的鸟，代表什么？是对天空的向往，对自由的赞美？这样的想象还是牵强。我想，将鱼和鸟合于一体，是一个浪漫的结合，是一个异想天开的创造。这一片小小玉璜之中，有崧泽祖先和自然的对话，有万类生灵之间无声的交流，有无穷无尽的天籁和声。这个鱼鸟玉璜，透露给我一个无误的信息：我们的祖先是浪漫的，是富有想象力和创造才能的。

五六千年的崧泽人，过的是什么生活？现代人只能靠考古发掘出来的器物做推测想象。可以断定，茹毛饮血的原始时代已经过去，崧泽人在水乡泽国建设起自己的家园，他们捕鱼、打猎、耕种，过着简单的生活。然而，文明已经如水乳交融在他们的生活中。崧泽人不仅追求丰衣足食，也追求美，出土的玉器是最有力的证明。我见过这里出土的一枚玉玦，这是用白玉雕成的环状耳饰，式样简朴而精致。玉环中有一条断裂空隙，可以夹住耳垂使之不会脱落。这大概是人类最早的耳环。这枚精美的玉玦，即便是出现在今天的玉器首饰店中也是一件让人赏心悦目的饰品，甚至可以称它是一件时尚饰品。时尚女子的耳垂上如果晃动着这样一枚古雅的玉环，一定品位不俗。谁会想到这竟是六千年前古崧泽女子的饰物！在这枚玉玦中，远古和现代，那么自然地融为一体。

今日崧泽，大道纵横，新房林立，昔日的农田里绿荫翁郁，犹如花园。然而我每次经过这里，心中却漾动一片温润莹洁的玉色。崧泽古玉，在这片江南沃土中深藏不露，六千年后重见天日，把现代人拽回到中华文明古老的源头。有时我忽发奇想，六千年前的崧泽人，如果突然复活，发现自己面前的大地上发声如此巨大的变化，目光中将会闪烁何等的惊讶……

2009年季夏于四步斋

遥望海门

遥望海门，漾动在内心的是一种亲切感。

为什么感觉亲切？是因为那浑厚纯朴的乡音。

我的故乡崇明岛，和海门只是半江之隔。崇明话和海门话，基本上是相同的。我出生在上海市区，中学毕业后，曾到崇明岛"插队落户"，在故乡劳动生活，和各种各样人物交往，对乡音有了深切的认识。在中国的方言中，崇明话是非常独特的一种，既有江南的委婉，也有北地的厚重，那些生动的俚语，蕴藏着民间的智慧。譬如崇明话把聪明说成"狭咋"，把长得好看说成"标致""样式"，把可爱说成"喜见人"，把有耐心说成"好心相"，把心灵手巧说成"心功巧"，把长得难看说成"蠢"，把心地刁钻说成"挖掐""戳掐"……有些在其他地方已经消失的古音，在崇明话里还能听到。崇明话中很多词语的发音，在中国的语言中可以说是独一无二，很多词汇，用现成汉字无法表达，用汉语拼音也无法标示。我曾经以为，世界上只有崇明岛上的人能说这样的话。记得有一次和村里的农民一起到镇上去赶集,在集市上遇到几个海门人,听他们和崇明本地人说话,竟然分不出谁是崇明人,谁是海门人。一个海门的小伙子告诉我:"海门话和崇明话是一样的,我们说一样的话!"海门小伙子说这话时,语气中有一种自豪,也有一种类似亲戚的亲近感。从此我知道了,海门人和崇明人,说同样的话。

站在崇明岛北岸遥望海门,能看到一线陆地,这就是海门,我觉得,那是我故乡的延伸。

海门在我心里产生亲切感,还因为我钦敬的几个海门人。

海门是长江和东海交汇处新生的土地,历史算不上古老,但在它不长的历史中,却出现过一些名垂青史的人物,他们对中国的贡献,值得后人永远铭记他们的名字。

我的中学时代,是20世纪60年代,我是个酷爱读书的文学青年。那时,家境清寒,囊中羞涩,没有钱到新华书店买新书。积攒了一点儿零钱,就到上海福州路的上海旧书店里淘旧书,常常花一两毛钱,就能买到很好的文学书籍。读初一那年,有一次上海旧书店里买到一本《西窗集》。这是一本欧美现代作家的作品集,翻译者是卞之琳。这本薄薄的旧书,使我为之迷恋。《西窗集》是诗人卞之琳于20世纪30年代翻译的一本书,1936年初版。此书的体例很独特,书中选译了一批西方作家的作品,而且大多是节译而非全文。将一些没有译全的作品集中在一起，似乎是一种残缺的组合。然而读这本书时，却没有残缺和不完整的感觉。书中的作品，大多写于19世纪末或者20世纪初，是文学创作中最初的"现代主义"潮流中的晶莹浪花，在20世纪20年代，这些作品曾是欧洲文学界的时髦读物。时髦读物未必能流传于世，很多鼓噪一时的时髦读物很快就被人们忘记。而《西窗集》中的文字，大多已成为世界读者心目中的经典，现在读来依然魅力四射，这不得不使人佩服卞之琳先生的眼光和品位。《西窗集》中，有法国作家普罗斯特的长篇名著《追忆似水年华》的节选，是小说的开篇第一段。在这部皇皇巨著中，这一段文字是我最喜欢的。能将一个人在将睡未睡、将醒未醒时的思绪转化为文字，能将似梦非梦的幻觉描绘得如此传神，只有普罗斯特能做到。这样的文字，应该让诗人来翻译。在《西窗集》之前，中国还没有人将《追忆似水年华》翻译成汉语，卞之琳先生国内是第一个翻译这部小说的人。此书的全译本，在50多年后才出现在中国。

　　卞之琳先生说，当年他翻译这本书，"只是为了练笔，为了遣怀，为了糊口，信手拈来"，是一种"漫不经心，随意摘拾的文学散步"，为了糊口，卞之琳先生大概并没有夸张，当时的文学青年差不多都在为糊口而挣扎着。然而"为了糊口"而翻译出如此美妙的一本书，真让人感慨。可以想象，卞之琳先生的阅读的范围是何等博杂宽泛，否则，要想漫不经心地

"信手拈出"这么多精妙的文字,绝无可能。《西窗集》是我年轻时代最喜欢读的书之一。今天,我的案头还放着这本书。卞之琳先生不仅是一位杰出的翻译家,还是中国现代文学史中独树一帜的诗人和学者。卞之琳先生是海门人。

另一位让我肃然起敬的海门人,是张謇。

我一直以为张謇是南通人,到了海门,方才知道,张謇也是海门人。在他的故乡常乐镇,已经建立了张謇纪念馆。这位前清状元,中国近代了不起的实业家、教育家、慈善家,为近代中国的工业、教育、外交、城市建设做出卓越贡献的先贤,是海门的骄傲。张謇一生都在追求理想,一生都在尽心尽力地把自己的理想化为实践。他以自己的学识智慧和影响,在旧中国闭塞寂寥的土地上拓荒开道。张謇开办的工厂、学校、医院、养老院、育婴堂、残疾人抚养院、流浪者栖留所,在海门、在南通、在长三角一带星罗棋布。他所创导的事业,很多都是全国首创。他创办了中国第一所私立师范学校,第一所戏剧学校,第一所女子师范学校,第一所医学院,第一所幼儿园,第一所中国人办的聋哑学校。在积贫积弱的旧中国,想靠一己之力改变现状,无异于做梦。然而张謇却执着地做着他的美好的梦,并且让人难以置信地将他的部分梦境变成了现实。

在张謇纪念馆里,可以通过很多旧照片窥见这位追梦者曲折坎坷的辉煌人生。他留给世人的最后一张照片,让我心灵受到震撼。1926年8月1日，83岁高龄的张謇冒着酷暑和工程师一起到长江保坍工程工地视察，张謇手持拐杖，站在高高的堤坡上，指挥修堤工人们施工。拍这张照片的23天后，张謇病逝。照片上张謇的人很小，只是大堤上一个小小的人影。但那个小小的人影却在所有参观者的心里放大，放大成一尊让人敬仰，让人感动的历史雕像。

胡适先生对张謇有这样的评价："张季直先生在近代中国史上是一个很伟大的失败的英雄，这是谁都不能否认的。他独立开辟了无数新路，做了30年的开路先锋，养活了几百万人，造福于一方，而影响及于全国。"

张謇的梦想，在今天的海门，今天的中国，正在变成现实。

2011年7月23日于四步斋

长江魂魄

秋风起时,大地上万物都开始悄然展示成熟的颜色。辽阔的长江出海口,绵延的滩涂湿地上,银色的芦花在秋光中摇曳,向人们展示大自然在天地间创造的奇迹。

这里的土地,都是从水里长出来的。

长江口这个名叫启东的地方,是江海交汇之地,也是中国版图上最年轻的土地。徜徉在启东的土地上,我的脑海里经常产生一些奇怪的联想,不管是经过那些宽广的大道,看姿态万千的新楼在地平线上起伏蜿蜒,或者是经过一望无际的田野,看稻浪翻滚,绿荫蔓延,白鹭和野鸭在河渠湖泊翩跹。我总是会暗暗自问:一百年前,一千年前,一万年前,这里是什么地方?

答案当然非常简单:这里曾经是汹涌的江海。从前,这里只有波涛起伏,雪浪翻卷,云烟中水天一色,迷蒙于浩瀚苍穹。

然后我又自问:那么,我脚下的土地,又是从何方移来?

答案还是很简单：是万里长江的流沙沉积，形成了这片新的土地。

问题还会继续在我脑海里盘旋：那么，再往前推移千年万年，我脚下的这些泥沙，曾经在哪里停留过，它们曾经有过怎么的经历……

这样的问题，就不是那么简单了。但是可以让我的想象之翼翩然起飞，自由驰骋于历史的天空。就像那些在江海滩涂上飞旋的野雁鹭鸟，回望索求着它们来路和前程。

在启东的海岸上，曾经和一座巨大的石碑不期而遇。石碑上刻着飞舞的大字"万里长江入海处"，这里正是江海的交汇之地。石碑的背后，刻着长江的地图，如一条蜿蜒腾挪的巨龙，由西而东，在石壁上游动。我谛视着石壁上的这条巨龙，谛视着镌刻在龙身两侧的地名，不禁神思飞扬，深沉的涛声从幽远处轰然而来。长江源自青藏高原的崇山峻岭，龙尾在世界屋脊轻轻一拍，昂然起飞，蜿蜒向东，奔濯呼啸着寻找流向大海的通道，一路冲破山岭的拦隔，越过大漠的阻挡，一往无前，百折不回，依次流经青海、四川、西藏、云南、重庆、湖北、湖南、江西、安徽、江苏和上海，汇入东海太平洋。而长江的支流，犹如群龙追随，争先恐后汇入巨龙的怀抱，雅砻江、岷江、嘉陵江、沱江、乌江、湘江、汉江、赣江、青弋江、黄浦江……这些江河，千姿百态，万涓汇集，把长江的流域扩展到更宽阔广袤的天地。长江,这条中华民族的母亲河,这条勇敢坚忍、生机勃勃的巨龙,已将中华大地壮丽瑰美的风姿情韵汇聚于一身。

我在这块巨碑上找到了启东,在长江巨龙的龙头上,崇明岛是巨龙口中的一颗明珠,而启东恰如巨龙的上颚,上海是龙头的下颚。

站在这块巨碑前遐想时,那个关于启东沙土的来源和历史的问题,也豁然有了答案。

在我的故乡崇明岛,人们把启东人称为"沙上人"。"沙",就指这片由长江泥沙沉积而成的新土地,这片"沙"之土,不是无根的飘零之土,万里长江的履痕,都刻在这片土地上,长江流域的广袤辽阔的山岭原野,都在这片土地上留下了踪迹,或是一粒沙,或是一撮土。形成这片土地的沙土,已经在中华大地上历经了亿万年。而"沙上人",决非无根之人。他们脚下的泥土,根基深厚,是大半个中国土地的凝合。这是何等神奇!

我在启东的大地上行走时,心里时常忽发奇想:我脚下的这一撮沙土,是来自唐古拉山,还是来自昆仑山?是来自天府之国的奇峰峻岭,还是来自神农架的深山老林?抑或是来自险峻的三峡,雄奇的赤壁,秀丽的采石矶,苍凉的金陵古都……在千千万万年前,我们的祖先会不会用这些沙土砌过房子,制作过壶罐？会不会用这些沙土种植过五谷杂粮，栽培过兰草花树？

有时，我的幻想更具体也更荒诞：我正在触摸的这些沙土，会不会被治水的大禹用来筑坝？会不会被策马疆场的魏武用来垒城？会不会被隐居山林的陶渊明种过菊花？这些泥土，曾被流水冲下山岭，又被风吹到空中，在它们循环游历的过程中，会不会落到云游天下的李白的肩头？会不会飘在颠沛流离的杜甫的脚边？会不会拂过把酒问天的苏东坡的须髯……

荒诞的幻想，却不无可能。中华民族的所有的辉煌和暗淡，都积淀在这片土地中，无数历史人物的音容足迹，都融化在这片土地中。长江有多长，这片土地就有多长，长江沿岸的历史文化有多么丰富，这片土地就有多么丰富。这里凝聚着长江的魂魄。

启东的朋友告诉我，他们正在策划筹办长江文化博物馆。我想，这样的博物馆，办在启东，办在万里长江的入海口，办在这一片由长江沿岸千山万岭、莽原大漠的泥沙汇集而成的土地上，实在是实至名归的事情。

漫步在浸润着江海气息的秋风中，看芦花飞，闻稻谷香，听鸥鹭鸣，脚下的路正在天水交接的远方伸展。

2011年11月5日于四步斋

纯阳洞奇想

看不见尽头的山洞。灯光幽暗,云烟飘漾,静谧中暗示着古老的神秘。淡淡的清香,在空气中弥漫,这清香,是无法道出名字的花之魂魄,是翩跹在光烟中的粮草之精灵,是从仙客杯盏里飘出的丝丝缕缕的酒之羽翼。

洞的名字也和仙人有关:纯阳洞。纯阳者,吕纯阳也,八仙之一吕洞宾便是。在四川泸州,人人都知道此洞,却少有人明探它究竟有多深多长。战争年代,这里曾是当地人躲避飞机轰炸的天然防空洞,人们对这曾经保护了生命的山洞有亲近的感情。如今,这山洞是一个巨大的储酒场。山洞里,储藏着上万吨陈年美酒。泸州老窖酝酿的美酒,在这里静静地修炼,期待,经历着一个外人难以想象的升华过程。

泸州老窖酿酒的古窖池,四百多年来一直延续不断酿制着美酒,成为天下奇观,也是国之瑰宝。从古窖池中酿制出的美酒,被装入坛中,送入山洞。一人高的酒坛,排列洞中,不计其数,绵延数万米。这储酒的地下洞穴,和古窖池一样,也是天下无双的奇观。走在纯阳洞里，身边的酒坛一个个擦肩而过，坛无声，酒无语，而我却觉得这些酒坛犹如来自千百年前的古人，敦厚、朴实、含蓄，以一种淡泊沉稳的姿态伫立在那里。不会喝酒的人，在这飘漾着酒分子的洞穴之中，会有微醺的感觉，眼前的景物，都在云气氤氲之中变幻，那一排排酒坛仿佛在浮动，幻化成一群蹒跚起舞的古人。

古人在这样的气息中蹒跚起舞，一定是喝了酒。传说中李纯阳曾在这里喝醉酒，一醉成仙。这当然只是传说，无须当真，可以一笑了之。也想起了李白。李白的诗中，和酒有关的佳作多得数不清，"人生得意须尽欢，莫使金樽空对月"，"古来圣贤皆寂寞，唯有饮者留其名"。泸州人都说李白是喝了泸州的白酒才写出了千古不朽的《将进酒》和《月下独酌》，说得有板有眼。我并不信这样的传说，李白诗中的酒，也许是泸州的酒，也许是别处的酒。

然而在纯阳洞漾动的云烟中，我分明看到一位晚唐诗人，正飘然而来，在这里举杯歌吟，流连忘返。且听他如何吟唱："泸川杯里春光好，读书万卷偕春老。清酒一壶提，此时心转迷。黄莺休见妒，枝头喜相扑。一醉卧残阳，弥菱我醉痴。"

这首咏泸州白酒的诗，是长短句《菩萨蛮》，作者韦庄，《唐诗三百首》中有他的两首诗。韦庄填这首词，毫无疑义是喝着泸州的美酒，读着自己喜欢的书，欣赏着窗外的天籁景色，在微醺中一挥而就。这首词，将泸州的美酒定格在诗句中，在人间流传了一千多年。韦庄的诗词中，咏酒的作品很多，有不少写得很有意思，他的饮酒诗，有借酒抒怀的，譬如五律《酒渴爱江清》："酒渴何方疗，江波一掬清。泻瓯如练色，漱齿作泉声。味带他山雪，光含白露精。只应千古后，长称伯伦情。"七绝《对酒》："何用岩栖隐姓名，一壶春酎可忘形。伯伦若有长生术，直到如今醉未醒。"七律《对雨独酌》："榴花新酿绿于苔，对雨闲倾满满杯。荷锸醉翁真达者，卧云逋客竟悠哉。能诗岂是经时策，爱酒原非命世才。门外绿萝连洞口，马嘶应是步兵来。"古人饮酒赋诗，释放的是心中的抑郁和惆怅，有些原本木讷内向、郁郁寡欢的人，几杯下肚便泠然忘忧。韦庄写过《晚春》，由衷地赞美酒："花开疑乍富，花落似初贫。万物不如酒，四时唯爱春。峨峨秦氏髻，皎皎洛川神。风月应相笑，年年醉病身。"另一首七绝《中酒》，也是赞美酒之妙："南邻酒熟爱相招，蘸甲倾来绿满瓢。一醉不知三日事，任他童稚作渔樵。"韦庄在他的饮酒诗中也讴歌友情，写得很动人，如《离筵诉酒》："感君情重惜分离，送我殷勤酒满卮。不是不能判酩酊，却忧前路酒醒时。"他还写过另一首《菩萨蛮》，借酒传情，情真意挚："劝君今夜须沈醉，尊前莫话明朝事。珍重主人心，酒深情亦深。须愁春漏短，莫诉金杯满。遇酒且呵呵，人生能几何。"

韦庄的这些诗，在唐诗中也许都算不上名篇，但是这位写过"泸川杯里春光好"的诗人，我以为他诗中的酒，也许和泸州的酒大有关联。韦庄是长安人，后来到四川做官，长年客居蜀地。他喝泸州的酒，并非后人虚构。韦庄的饮酒诗中也有乡愁，如《东阳酒家赠别》："天涯方叹异乡身，又向天涯别故人。明日五更孤店月，醉醒何处泪沾巾。"对于离乡游子，喝酒未必能解愁，酒醒之后，愁苦更甚。然而泸州的美酒，在更多的时候大概还是化解了韦庄的乡愁。

说到乡愁和酒，脑子里突然跳出一个现代作家的名字——台静农。在纯阳洞幽暗如梦幻的斑驳光影里，我的眼前仿佛出现台静农忧郁的目光。这目光，我曾在上海鲁迅纪念馆的一张照片上见过。台静农，是五四新文学运动中涌现的优秀作家，"未名社"的成员，是鲁迅的挚友，鲁迅在书信中称他为"静农兄、青兄、辰兄、伯简兄"。抗战胜利后，台静农从四川到台湾大学中文系任教，一直到20世纪90年代去世，再也没有机会返回大陆。在鲁迅纪念馆中，有鲁迅先生和"未名社"成员的一张合影，照片上的台静农，是一个清瘦的年轻人，他以一种忧郁的目光注视前方，似乎想要找人倾诉，却欲言又止。

我听说台静农在台湾的故事，和泸州老窖有关。20世纪80年代末，韩国作家许世旭访问中国，和我相识并成为好朋友。许世旭曾在台湾的大学读博士，能用中文写诗写散文，是很少几个能用汉语写诗的外国作家。许世旭爱喝酒，我陪他访问江南各地时，他每天酒瓶不离身。许世旭年轻时在台湾求学，曾是台静农的学生，他喜欢听台静农讲课。台先生平易近人，在学生面前没有一点架子。听台大的另外一位教授说，台静农喜欢喝酒，许世旭得知后非常高兴，他身边刚好有一瓶从香港买来的泸州老窖，他想把这瓶酒送给台先生。在中国大陆的名酒中，他独爱泸州老窖。一天，许世旭和那位教授一起去拜访台静农。到台静农家后，老先生非常热情，谈笑风生。谈到兴头上时，许世旭从包里拿出那瓶用纸裹着的泸州老窖。台静农见酒，笑着问："你带来什么酒？"许世旭答："泸州老窖。"台静农一愣，似乎不信。当时，还难得有大陆的酒到台湾。许世旭急了，连忙解释："是泸州老窖，大陆的名酒啊，我从香港带来的！"台静农伸手握住瓶颈，慢慢地往下摸，脸上的笑容消失了，目光呆呆地凝视着酒瓶，再也不说一句话，表情逐渐被怆然和凄楚笼罩。他默默坐在那里，仿佛已经忘记身边还有两个访客。许世旭和那位教授连忙起身告辞，台静农也不站起来送客，只是心不在焉地点一点头，脸上依旧是怆然和凄楚。出门后，那位教授对许世旭说："你那瓶泸州老窖，撩动台先生的思乡之情了。你相信么，假如我们现在返回去，台先生肯定已经打开瓶塞，在那里举杯独酌了。"

　　许世旭没有返回去看台静农，不过，老先生喝着泸州老窖思乡怀旧的情境却是可以想见的。当杯中那透明清澈的液体带着故土特有的醇香注入游子身心时,浓浓的乡愁也许会烟消云散。在醉人的浓香中,故乡的山川河流,风土人情,年轻时代的往事,还有那些死去的或者活着的老朋友的音容笑貌,大概都会朦朦胧胧地浮现在他的眼前。对一个背井离乡数十载的老人来说,还有什么景象会比此时的境界更美妙?酒醒之后怎么样呢?也许如韦庄诗中所描绘"明日五更孤店月,醉醒何处泪沾巾。"

台静农和许世旭,已经先后离开人世。在纯阳洞中漫步时,我想起了他们。生前,他们都爱喝泸州老窖,那一缕酒香,也许可以在冥冥之中让他们的诗魂会合。

走出纯阳洞,耀眼的天光扑面而来。回头看去,酒坛如一群满腹经纶的老友,正在幽暗中列队相送。这山洞,如幽邃的时光隧道,串通了梦幻和现实,也将过去和未来悄然连缀。

2011年8月17日 于四步斋

天池和人参

今年初夏，有机会访问吉林抚松，勾起少年时代的一些记忆。

少年时代，我就听说过东北有三宝——人参、貂皮、乌拉草。

这三宝，在少年时代距离我非常遥远。貂皮和乌拉草，只是两个陌生的名词，貂皮大衣和帽子，在南方也不多见，若有，也是贵妇人的行头，寻常看不见。而乌拉草，则不知长得何种模样。三宝中，比较熟悉的是人参，但那是贵重补品，在那个时代，人参和普通百姓的生活也没有多少关系。倒是从一些文学作品中读到关于人参的神奇传说，人参是有灵性的植物，在深山里发现野山参，就如同遭遇山间神灵，必须有虔敬之心，否则到手的山参也会不翼而飞。

我的一位小学同窗，也是我的邻居，小名桃子头，就住在我家楼下。中学毕业，我去故乡崇明岛插队落户，他去了遥远的吉林，就在长白山下插队落户。过年时，桃子头从吉林回来，我们同学聚会，桃子头总是会讲很多和长白山有关的故事。他讲的故事中，我印象最深的，是关于野山参的传说。桃子头说："野山参可神了，那是救命的宝贝，快死的人，喝一口野山参炖的汤，会活转来呢！"

"野山参长得像人一样，有头，有身体，还有手和脚。所以才叫人参嘛。采野山参，不能有一点点损伤，如果弄断了根须，就像人断了手脚，会变成残废。"桃子头对长白山人采野山参的习俗，了解得不少，他告诉我，如果在山里发现野山参，不能随意乱挖，要先烧香祭拜，再慢慢拨开泥土，一点一点地接近山参的根须，力求毫发无损。在那里，挖野山参不能叫"挖"，而要称作"抬"，这是对人参的尊敬。

我问桃子头："野山参长在什么地方？"

桃子头答道："长在深山老林里，是人走不到的地方。离天池不远。"

天池？听起来像是神话故事中的地名。天池在什么地方？

桃子头告诉我：天池在长白山顶，是一个美得像仙境一样的地方。那是高山上的一面镜子，是蓝天下的一块水晶。那里有仙女出没，人参的精灵就在天池边上徘徊呢。

我无法想象天池的美，实在太遥远。我也无法想象人参的精灵是如何在那里徘徊。人参是植物，是在泥土里生长的花草，它们从发芽到最后被采参人发现，一生都离不开泥土。而离开了泥土，它们就成为人类的宝贝，给人健康，甚至能延长人的生命。在我的想象中，野山参是神奇的，美丽的，也是神秘的。它们是大地的精灵。

桃子头去吉林插队的第二年，我母亲病了，咳血不止。看着躺在床上日渐消瘦的母亲，我们全家人都忧心如焚。那年冬天，桃子头回来了，他到我家来玩探望我母亲，带来一枝野山参。他说这是他去长白山伐木时发现的，花了好大的力气，才将这株山参从土中完整地挖出来。这是一根很细的野山参，主体比铅笔还要细一点，长不过两寸多，但连在一起的根须，却有尺把长。桃子头把这株山参捧在手掌中，叫我看山参主体上一圈圈又细又密的纹路，他说这是野山参的生命年轮，这样的纹路越多，说明野山参生长的时间越长。而人工种植的人参，看不到这样的纹路。

父亲将这枝小小的野山参放在一个瓷盅里，注入一盅清水，再将瓷盅放到锅里，用文火隔水熬汤，熬了整整一夜。我至今仍记得那瓷盅打开时飘漾开的那股特殊的清香，瓷盅里的山参，变得粗了，胖了，白了，而瓷盅里的参汤，则是清澈的淡黄色。我们兄弟姐妹几个人都围着那盅参汤，恭恭敬敬，仔仔细细地欣赏了一番，看着母亲用小调羹一勺一勺将参汤喝下去。喝下大半盅参汤之后，加水再隔水蒸熬一夜，第二天继续喝，一连好几天，直到那瓷盅里的参汤淡如白开水，最后再将煮烂的人参吃下去。

母亲喝下参汤后，我们一家人既紧张又兴奋，期待着奇迹的发生。接下来的情景，真的如同奇迹，母亲苍白的面孔上很快泛起红润的血色，咳血也停止了，说话声音也响亮了，原来衰弱无力的样子竟然渐渐消失。没有几天，她就起床上班去了。

桃子头成了我家的恩人。而那枝来自长白山下的细小的野山参，就像是那个暗淡年代中一个清亮的童话，给贫困而惨淡的生活带来几丝欢乐和希望。

在我的记忆中，是野山参救了我母亲的命。也许山参的药效并非如我所想，但在年轻时代，我确实是对野山参充满了感激之情，母亲喝下参汤后脸上泛起的红润，我永远也不会忘记。

40多年之后，我才有了接近长白山的机会。到抚松后，第一个愿望，是想先去看看天池。

到抚松的第二天，起了个大早，出门只见艳阳高照，天空一片晴朗。当地一位年轻的朋友开车带我上山。出城后，年轻的朋友一边开车，一边告诉我："长白山上气候多变，天池很多时候都被云雾笼罩，到山顶，也许什么都看不清呢。"我看着车窗外闪动的阳光，有点不以为然。这么好的天气，怎么会看不见山上的湖！

山路渐渐升高,绵延起伏的群山迎面而来。路两边,是幽深的松林,我发现林中竟然还能看到一滩滩积雪。听到我为林中的积雪惊叹,开车的朋友笑道:"山上,冰天雪地呢。"我想,松林的积雪下面,会不会藏匿着神秘的野山参呢。

车近山顶,依然阳光耀眼。周围真的已是一片冰天雪地。长白山主峰在蔚蓝的天幕上银光闪耀,峻拔而威严,犹如神迹。

要去看天池,还要攀登,要通过一段汽车无法行驶的雪坡。戴上墨镜,坐上机动雪橇,迎着耀眼的阳光和凛厉的寒风,一路呼啸着向山顶冲去。

长白山的神奇,在瞬时间向我展现。在接近山顶的时候,周围突然狂风大作,漫天飞雪突如其来,雪雾从四面八方升腾而起,天空变得一片灰暗,能见度只有一两米,机动雪橇再也无法继续往前。

雪橇在风雪中停下来,周围寒风呼啸,雪雾弥漫,天地一片混沌。驾驶雪橇的长白山景点工作人员大声对我说:"我们下山吧,再往上,危险,即使能到山顶,也是啥也看不见。"

雪橇离开风雪地带,顺原路下山。到山腰时,天又变得晴朗了,蓝天白云,阳光耀眼。回头看山顶,只见云雾缭绕,无法想象几分钟前那里还是一片铺天盖地的风雪。

下山的路上,经过一个接待旅游者的大厅,里面有一个长白山风景摄影展。摄影家捕捉了长白山一年四季的奇妙景色，展现给人们一个神奇多彩的世界。我看到了天池的照片，有夏日被鲜花簇拥的蓝色碧波，也有冬天被冰雪覆盖的肃穆景象。旭日在波光中闪烁，晚霞在湖水里燃烧，云雾轻盈地飘过水面，水和天，如此和谐地在这里交融。这些摄影作品，在我的面前掀开了天池的神秘面纱。尽管无法亲眼看到天池的真容，但是经过那一番风雪和阳光交织的登山之路，我觉得天池已在我的心里。

下山之后，参加了抚松的山神老把头节。这是当地一个古老的传统节日，这一天，抚松人怀着崇敬感恩是心情，出门祭拜一位为采参人探路献身的先辈。"老把头"是清末民初的山东莱阳人孙良，传说他为了给母亲治病，不远千里到长白山下采集野山神，在深山老林中历尽艰辛，寻找到一条采参之道。孙良最后死在深山中，但他却为后来者开辟了一条道路，他的不辞万难的精神，也成为后人的榜样。抚松人一直忘不了孙良，数百年来，"老把头"已经成为抚松人心目中的山神。

我随着参加祭拜的抚松人登山去山神庙，山不高，和冰雪笼罩的长白山相比，只能是一个小丘。孙良来寻找山参时，山上没有道路，只有原始森林，孙良也无法借助任何交通工具，只能徒步攀登，千里长白山，到处留下他探寻跋涉的脚印。我在长白山上只停留了半天，就经历了阴晴风雪，大自然的多变和严酷,表现得如此强烈。"老把头"孙良在长白山寻找野山参,该遭遇何等的艰辛和危难,生和死,悬于一线之间。当年,孙良一定登临长白山顶,一睹天池的奇妙容颜。天池的美貌和清波,也许抚慰过他疲惫的身心。长白山、天池、山参,在他的生命中,应该是融为一体的吧。

离开抚松时,当地的朋友送我一枝野山参。野山参装在锦盒之中,如一个举手投足,做出优美造型的舞者。那些细长的根须,如舞者身上的飘带,正随舞姿飘动。

这枝野山参,回去后我要送给一个朋友。这朋友不是别人,就是我的小学同学桃子头。他已经回上海多年,前年,突然中风,已在床上瘫痪了一年多。我想,这枝来自长白山,来自天池侧畔的野山参,会不会为他带来一点儿奇迹呢。

2013年8月6日 于四步斋

北半截胡同41号

"我自横刀向天笑,去留肝胆两昆仑。"这是谭嗣同《狱中题壁》中的两句诗。在刑场上,谭嗣同曾向围观的人群大声呐喊:"有心杀贼,无力回天,死得其所,快哉快哉!"这样的临刑绝唱,一百多年来一直震撼着中国人的心。一个心志高远而结局悲壮的改革志士,一个伟大的爱国英烈,会被人遗忘吗?

今年去北京出席政协会议前,收到湖南作家李元洛的来信,信中说,北京的谭嗣同故居已经破旧不堪,如果不抢修,恐怕很快就会消失。他建议我在全国政协提案,呼吁保护谭嗣同故居。元洛先生有湖南人的刚正和执着,对保护谭嗣同故居,他一直是仗义执言。谭嗣同故居有两处,一处在他的家乡湖南浏阳,一处在北京宣武区北半截胡同41号。湖南浏阳的谭嗣同故居,原来也破败失修。20世纪90年代初,当时身为湖南政协常委的李元洛牵头联名倡议,建议重修浏阳谭嗣同故居,后经多方努力,终于得到妥善修复,1996年经批准成为全国文物保护单位,并对外开放。北京的谭嗣同故居历史悠久,意义之重大更在浏阳故居之上。此住宅原为谭嗣同之父谭继洵的座师刘崐故居,1873年谭继洵购置为"浏阳会馆"。谭嗣同在此度过少年时代,成年后经常居停于此。其书房与卧室分别命名为"寥天一阁"和"莽苍苍斋",其诗文集亦分别以此为名。"戊戌变法"时谭嗣同从浏阳应召北上就居于此间,被捕也在此处,谭嗣同就义地在离故居不远的菜市口。去年元洛先生曾给《上海文学》写散文《英烈长留天地间》,描述了北京谭嗣同故居破败失修的现状。

到北京后,准备写关于抢修谭嗣同故居的提案。落笔前,必须先了解情况。一天中午,我独自出门寻访谭嗣同故居。

上一辆出租汽车,告诉司机:"北半截胡同41号。"司机摇头。再告诉司机:"谭嗣同故居",司机还是摇头。我说,就在菜市口附近。司机哦了一声,说:"对,那里有个名人故居,我去过。"于是踩油门加速。车过菜市口大街,转入一条胡同,我看了路牌:米市胡同。进去不到百米,见一个窄小的门口挂有牌子,下车一看,原来是康有为故居。牌子上标有"北京市文物保护单位",但这里实在没有文物保护的气息,我进去转了一下,低矮破旧的老房子,居民密集,也许是当代北京人居住条件最差的地方了吧。不知哪一间房子是康有为当年居所。遇到住在这里的一位年轻妇女,问她是否知道谭嗣同故居，她一脸茫然。

我知道谭嗣同故居离康有为故居不远。附近居民总有人知道谭嗣同吧。康有为故居斜对面有一个小饭铺，饭桌就搁在胡同里，一个60多岁的汉子坐在那里，面前放着一个紫砂茶杯。我上前问他，他抬头看了我一眼，"谭嗣同？他住得不远啊"。听他的口气，好像谭嗣同还活着呢。"出胡同，走到菜市口大街，过马路左拐，看到正在造的移动大厦，谭嗣同故居就在大厦旁边，靠着大街呢。"老人的回答和指点，让我心生欣慰，在北京，还有人记得谭嗣同。

老人的指点很准确。走到菜市口大街，就看到对面正在建造的一栋造型现代的大厦，这是中国移动的新楼，玻璃幕墙在正午的阳光下辉煌耀眼。和移动大厦一街之隔，是一排旧平房，粉墙斑驳，灰瓦错落。我想，这排旧屋，该是谭嗣同故居了吧。果然不错，走到那排旧平房门前，看见了门边"谭嗣同故居"的牌子，字迹已经模糊，但仍依稀可辨。牌子上第一行字："宣武区文物保护单位"，第二行启功体楷书大字："谭嗣同故居"，其中"谭"字已不见，"嗣"字残缺，只留下右边四分之三。下面两行小字是落款，第一行"宣武区人民政府一九八六年十二月公布"。第二行"宣武区人民政府一九九一年三月立石"。这牌子告诉我，谭嗣同故居被列为文物保护单位，已有20多年时间。从门外望进去，里面危墙歪斜，门窗杂乱，犹如贫民窟。实在看不出"文物保护单位"的样子。

　　门口，有两个老妇人在聊天，见我伫立张望，其中一位头发灰白的妇人问："您找谁？"我说想参观一下谭嗣同故居。妇人说："里面就是，没有什么可看的，都住着居民，这里住24户人家哪。"我问她们，谭嗣同当年住在哪间屋子。两个妇人热情地引我走进了院子，经过围墙边的第一进屋子，这里曾是谭嗣同的会客之处，被称为"怀旧雨轩"，但已无迹可寻。穿过一条狭窄的走廊，走廊两边是年代不长的低矮砖木平房，里面住着不少居民。走廊尽头，是当年这建筑中的第二进屋子，也是这里的主屋。谭嗣同故居就在这排屋子的西端，那几间屋子，都有居民，但主人不在家，铁将军把着门。谭嗣同读书写作的"寥天一阁"和他起居休息的"莽苍苍斋"，大概就在这里了。院子里几棵古槐还在，但已被后来搭建的矮屋包围。只有故居老屋的青砖黑瓦，还有那些雕花的窗棂，在诉说古老的历史。谭嗣同当年曾在莽苍苍斋门上自书对联，上联是"家无儋石"，下联是"气雄万夫"。后改上联为"视尔梦梦，天胡此醉"，改下联为"于时处处，人亦有言"。这一切，只能靠想象了。然而，在周围狭仄芜杂的环境中，我无法想象当年谭嗣同当年在这里生活的景象。

　　两位老妇人告诉我，这里每年总有两三千人来参观。有北京人，外地人，也有外国人。不过所有来的人都是兴冲冲跑来，失望而归。想不到这样一个了不起的历史名人，故居会如此败落，除了那几间破房子还在，什么也看不到。头发灰白的妇人对我说："这里住的都是穷人，买不起新房。前些年说要拆迁，但是说了好多年，到今天也没有下文。"正说着，从外进屋里走出来一位身材高大，身穿黑底带花棉袄的老太太。头发灰白的妇人向我介绍说："这是刘婶，她家在这里住得最长久了。"

刘婶大嗓门，声音清脆，一口标准的京片子："我家在这里住五代了，我家太公爷是浏阳会馆的门房，伺候谭嗣同的。"刘婶的话，使我惊喜，听李元洛说，这里的居民，已没有浏阳会馆的后人，想不到来了这个刘婶！刘婶开始不想多说，见我关心谭嗣同的故居，便打开了话匣子：

"我家爷爷以前常说谭嗣同的事。我家爷太公一直跟着谭嗣同，就住在外进门房，给他看门，给他烧饭。那天爷太公从外面回来，正好遇到谭嗣同从这里被清兵抓走，两人贴面而过。谭嗣同面无惧色，还对我爷太公笑一下。别人都逃走了，谭嗣同也有机会逃走，他就不走，等着他们来抓，硬气！"刘婶讲述的，是发生在1898年的故事，维新变法的"戊戌六君子"被清政府逮捕杀害，写下中国近代史上悲壮的一页。

我说，谭嗣同少年时代曾和父亲一起在这里生活。刘婶不以为然地说："他父亲在这里住？没听说过。谭嗣同被抓时，家里没有其他人。谭嗣同在菜市口被杀了头,拍电报到湖南去,也没有人来收尸,还是我家爷太公,借了顶花翎帽,去刑场把谭嗣同的遗体领回来,花了三块大洋,请人把谭嗣同的脑袋缝到了身体上,然后下了葬。"对这位仗义的刘家后人,我不禁肃然起敬。

"我们家里本来还有谭嗣同照片呢。"刘妠告诉我。我问她,是照片还是画像,她说当然是照片。我又问,谭嗣同长得什么样,她说:"梳着长辫子,很英俊。"说起那照片的下落,刘妠感慨不已:"那年北京下大雹子,把我们家的房子全砸烂了,家里的照片都被吹到院子里,搅到了烂泥团里。那时,保护吃饭睡觉的家伙要紧,哪里还管得上什么照片啊。我们家祖上的照片,和谭嗣同的照片,都在那时毁了丢了。"我对刘妠说,那照片要是还在,可是重要的文物,她笑着叹了口气,调侃道:"是啊,要是那照片还在,我交出去,不定还能换一间好一点的房子住呢。"

头发灰白的妇人也记得北京的那场大冰雹,说那是1969年夏天的事。

我告诉他们,最近有人准备在全国政协大会上提案,建议抢修谭嗣同故居,政府会来关心的。刘妠和头发灰白的妇人相视一笑,那是不屑的苦笑。"会来关心?谁来关心?这些年,多少来人看,又拍照,又许诺,像唱戏似的,可是只听雷下不见下雨，我们都不相信了。"刘婵大声说，"其实，我们没啥要求，政府只要给间小房子，我们就把这里的屋子腾出来。谭嗣同故居，该整得像个样子，否则，对不起先祖先烈呢！"

从谭嗣同故居出来，走到菜市口大街上。抬头，看见街对面高耸入云的中国移动大厦，和我身后的故居形成强烈的对照，一个是时髦神气的现代巨人，一个是病病歪歪的垂危老人。突然产生联想：如果没有谭嗣同这样的启蒙思想家，没有这一批为改变中国命运的烈士流血献身，会有后来的辛亥革命成功吗，会有再后来的中国现代革命和当代的伟大改革吗？忘记了这些先烈，那真是中国人的羞耻。耳畔，回响着刘婵清亮的声音："谭嗣同故居，该整得像个样子，否则，对不起先祖先烈呢！"

2008年3月10日深夜于北京

江南片段

江南好,
风景旧曾谙。
日出江花红胜火,
春来江水绿如蓝,
能不忆江南。

——白居易

江南的水

很多年前写过一篇文章,题目就叫《水做的江南》。在我的印象里,江南是水做的。

江南到处是水,池塘沟渠,溪涧流泉,江河湖泊……登高四望,如明镜般闪烁的,是水,如玉带般蜿蜒的,是水,如珍珠般滚动的,是水。多雨时节,江南就在雨的帘幕笼罩之下。绵长的雨丝把天和地连成一体,把江南织成一个水的世界……

江南是流动的水，是翡翠一样清碧的流水，是茶晶一般透明的流水，是云烟一样飘逸的水。这样的水，可以栽莲养荷蓄蛙鼓，可以濯足泛舟消春愁。这样的水，可以泡龙井茶，可以沏碧螺春，也可以酿酒，酿清冽甘甜的米酒，酿芬芳醇厚的加饭、花雕、女儿红……

要说江南之水的清丽柔美，当然首推杭州西湖。被逶迤的小山环抱着的西湖，是一位性情柔和的南国美人。她的表情永远是那么温婉平和，或者面含微笑，明眸流盼，或者凝神遐思，目光沉静，或者愁容半掩，视野朦胧……西湖最美的时辰，当然是春天和秋日。春必须是初春，有雨有雾，湖光山色隐约在雨雾里，使人一时看不清她的真面目，而那种迷蒙空灵的景象，活脱脱就是写意的中国水墨画。这样的画面，很自然地会叫人联想起宋人赵芾和夏圭描绘西湖烟雨的画。当然，还有名垂画史的宋代"米氏云山"，大书画家米芾和他的儿子，那位自称"戏墨"的米友仁，他们父子俩的山水写意画把烟雨迷蒙的湖山描绘得出神入化，使后人叹为观止。我想，米氏父子，当年一定常常在初春的雨中泛舟西湖，是千变万化的江南山水给了他们创作的灵感。不过，和变幻莫测的江南春色相比，画家的笔墨永远会显得贫乏。被画家用墨彩留在画纸上的，只是江南万千姿态的一二种。雨中的西湖美妙，晴天的西湖同样迷人。当娇艳的春日冲破云雾的阻挡，突然照到西湖上时，湖面上闪动着万点金鳞，湖光又反照到天上，把周围的群山辉映得一片灿烂。这时，倘若你正泛舟在湖中，从湖面蒸腾出的水汽氤氲飘升，明晃晃的湖光山色便全都在这无形的水气中飘摇颤动起来，金色的阳光，翠绿的山林，缤纷的花卉，湖上泛动的小船，以及在苏堤、白堤和湖岸走动的游人，全在这氤氲水汽中晶莹透明地融为一体。秋日的西湖，最佳时刻是在深秋。湖上的暑气此时已散尽，湖周围青翠明丽的色彩开始显得深沉，翠绿的水杉变成了墨绿，倒映在湖面上的杨柳和梧桐的绿色浓阴变成了金黄和橙红。随风飘落的树叶犹如金色蝴蝶，在空中翩翩起舞，它们停落到湖上，便在水面弄出许多细微的涟漪。湖里的荷花早已花谢叶败，枯黄的荷叶以各种各样的姿态残留在水面上，使人情不自禁想到"留得残荷听雨声"这样的古诗。千百年过去，人间世事沧桑，今非昔比。然而将眼光凝视西湖，凝视江南的山水，却依旧能体会浪漫的古人面对自然时涌动的诗情。在杭州生活多年的苏东坡，写出"若把西湖比西子，淡妆浓抹总相宜"这样的诗，实在是有感而发。

西湖的水，有时候总感觉是太静了一点儿，太安分了一点儿。这时，便会想起九溪十八涧那些清澈活泼的流水。在江南，有多少这样的活水，谁能计算呢？从江南的山野和田园里走来的人，几乎人人都能向你描绘出几处你从未听说过的清泉和溪流。不过，如果把江南的水都想成西湖这样的静水，或者是九溪十八涧这样的细弱之水，那也是错。江南的水，也有雄浑壮阔的气象。我在无锡太湖边住过不少日子，太湖的万顷波涛，常常使我想起浩瀚的海。碰到有风的日子，湖面翻涌起万顷波涛，涛声阵阵犹如浑厚的鼓号，让闻者顿生豪气，心中的慵困和萎顿被荡涤得干干净净。如果这样的水还嫌气势不够，那好，还有更壮观的。到农历八月十八日，到海宁看"钱塘潮"去。那汹涌而来的大潮排山倒海，惊天动地，咆哮的浪涛崩云裂石，可以让胆怯者魂飞魄散，也可以让豪爽者心旷神怡。这潮水，不仅在江南，就是在中国，在世界，也是罕见的奇观。看过这样的潮水，有谁还会说江南的水都是柔弱之流呢。

水，是江南的血脉，没有这些晶莹灵动、雄浑博大的水，也就没有了江南。

关于桥

和水连在一起的，是桥。江南是水的世界，自然也是桥的世界，如果没有桥，江南就成了一片被流水分割成碎片的土地。是桥把这些被分隔开的土地连成一个整体。在江南，有不少城镇被人们称为"桥乡"，因为，在这些城镇，目之所及，到处是桥。桥，凝结着江南人的智慧。

在江南的乡间，从前有很多木桥。这些木桥，大多结构简单，桩柱、桥梁，都是未经雕凿的原木，桥面或者是木板，或者是拳头粗的枝条。然而就是这些简单的桥，江南的人们可以把它们造得千姿百态，没有一座重复。记得小时候去乡下，见过一座小巧的木桥，长不过四五米，桥栏杆是用一些圆木棍搭成的，这些圆木棍似乎是很随意地排列着，却拼出了精美的图案。桥头有一个木头的凉亭，凉亭的廊柱和围栏被过桥人的手抚摸得油光闪亮，亭子的屋檐下，镶嵌着一条条雕花板，那上面雕刻的花纹我至今还记得，梅兰竹菊，还有在花丛里扑蝶的小孩。我喜欢走这座桥，走在桥上，桥面在脚下微微晃荡，仿佛能感觉到流水的波动。在算不上风景名胜之地的乡间，人们会想到修建这样既实用又有审美价值的木桥，实在很难得。要知道，那时，农民非常穷，在贫穷的状态中依然能保持这样的雅兴，依然不忘记追求艺术和美，这大概是值得骄傲的事情。如果没有进取之心，没有对生活的憧憬和希望，绝不可能这样。这样的木桥，大概很难保存到现在了，岁月的风雨会毁了它们。

江南的桥，更多的是石桥。它们才是长寿的。我喜欢看那些古老的石桥，它们给人的印象，是刚劲有力。江南的石桥，把粗犷和精巧，奇妙地结合在一起。造桥的石头往往都没有经过磨砺，还保持着它们从山中被开采出来时的模样，质朴而粗犷。由它们组合成的石桥却是千姿百态。有时候，简洁的几根石条，便搭成了一座简易的桥；有时候，石块和石条组合成造型繁复的拱桥，桥身高高拱起，桥下是可以行船的圆形桥洞。这些桥，和威尼斯的那些拱桥有些相似，桥上行人，桥下过船，但建筑的风格却完全不同。陈逸飞在他的油画中画了江苏周庄的两座石桥，油画由美国的大收藏家哈默收藏，又转赠给邓小平，此画成为新闻眼，频频出现在电视、报纸和众多的杂志上。周庄和周庄的石桥也因此名扬天下。一些对中国知之甚少的外国人甚至把这桥看成了中国江南的象征。我去过周庄，被陈逸飞画过的双桥，确实是两座很别致的石桥。不过，在我的印象中，类似的石桥，在江南多得是。在苏州和无锡，在上海郊区的一些古镇上，我见过不少类似的桥。上海青浦的练塘镇上就有好几座这样的石拱桥，其中最古老的，据说建造于明代。几个世纪来，古镇变化极大，旧屋倒塌，新楼矗立，然而这些石桥却依然如故，它们横跨在流动的水面上，数百年岿然不动。岁月的风雨，一代又一代人的手和脚，磨平了石头上的斧凿之痕。走在这样的桥上，感到现实和历史之间遥远的距离一下子缩得非常短。站在石桥上，看一只载着鱼鹰的小舟从桥下悠然滑过，那感觉仿佛是又回到了唐诗宋词的意境中。

20多年前，我曾在江苏宜兴的蜀山镇客居多时，镇上有一座很大的石拱桥。高高的桥面上行人熙熙攘攘、小贩在桥上摆摊卖水果蔬菜日用百货，桥下船只来来往往，桥上的行人和桥下的船工高声应和互相打着招呼……这景象，很像是《清明上河图》中的那座大桥。走在这样的桥上，挤在杂色的人群中，我会突然觉得自己成了《清明上河图》中的人物。

桥使古老的历史得以延续，使祖先们当年生活的景象不再遥远隔膜。

然而，现代人的生活毕竟和古人的生活大不相同了。宽阔的水泥道就像不断扩张的蛛网，在江南的乡村伸展蔓延，纵横交错。造路就要建桥，连接这些水泥大道的，再也不可能是当年那些木桥和石桥，而是水泥桥，大大小小的汽车可以像蜘蛛一样从桥上爬过去。这些水泥桥，长是长了，宽也宽了，但是它们不会使人产生什么奇妙的联想，它们再也没有古老的木桥和石桥的那种悠长的韵味。当我坐在疾驰的汽车里，从这些桥上呼啸而过时，一面享受着它们提供的便利，一面却在怀念古老的木桥和石桥。这是多么矛盾而又无奈的事情。

江南的花

说过江南的水，也想说说江南的花。

江南是一个大花园。从春天的桃李海棠，夏日的莲荷蕙兰，到秋天的桂花菊花，江南的花数落不尽，描绘不完，用多少文字也写不全它们的形态、色彩和芬芳。不过，在我的记忆中，江南最美妙的花并不是这些可以入画入诗的、带着不少文气和雅昧的名花奇葩。很多年前，我客居在太湖畔的一个小村庄，春天降临大地时，我常常一个人踯躅在田野中，茫无目标地走向远方。我记得河岸和小路两边的那些野花，它们犹如散落在青草中的珍珠，闪烁着晶莹的亮光。这都是一些很小的花，大的不过指甲那么一点儿，小的就像绿豆米粒。它们的色彩也很普通，没有大红大紫的彩色，不是几点雪白，就是几簇淡黄，再不，就是几星细微的雪青。这些野花，我几乎都叫不出它们的名字，也记不清它们的形状，但它们一路清新着我的视线，愉悦着我的心情，使我被一阵又一阵莫名的清香包围着。这样的景象，使我想起古人的诗句："一路野花开似雪，但闻香气不知名"。写这两句诗的是清代诗人吴嵩梁，我想，当年，他一定也有过和我一样的经历，独自一人在江南的田野里踏青，流连忘返，惊异于路边无名野花的烂漫和清新。

在我的记忆中，给人美感最多的江南之花，是两种最普通最常见的花：油菜花和芦花。

油菜花在春天开花。那是一些骨朵极小的金黄色小花，花瓣犹如婴儿的指甲般大小，如果一朵两朵地看，它们是花世界中毫不起眼的小可怜。然而没有人会记得它们一朵两朵的形状，在世人的眼里，它们是一个气势浩然的盛大家族，这些小花,不开则已,若开,便是轰轰烈烈的一大片,就像从地下冒出的金色湖泊,波澜起伏,辉映天地。在我的印象里,在自然界中,没有哪一片色彩比盛开的油菜花更辉煌,更耀眼。如果是在阴郁的时刻,面对着一大片盛开的菜花,就像面对着耀眼夺目的阳光,你的心情会豁然开朗。油菜花的香气也很特别,这是一种浓烈的清香,像是刚开坛的酒,说这香气醉人,一点儿也不夸张。油菜花,用它们旺盛的气势和明亮的色泽向人们展示着灿烂的生命之光。

芦花在很多人心目中不算什么花。当秋风呼啸,黄叶飘零,江南的大地开始弥漫萧瑟之气时,芦花悄悄地开了。它们曾经是河岸或者湖畔的野草,没有人播种栽培,它们却长得葳蕤旺盛,铺展成生机勃勃的青纱帐,没有人会把它们和娇嫩的花连在一起。然而就在花儿们无可奈何纷纷凋谢时,它们却迎着凛厉的风昂然怒放。那银色的花朵仿佛是一片飘动的积雪,纯洁、高雅、洋溢着朝气,没有一点儿媚骨和俗态。在我的故乡崇明岛,芦苇是最常见的植物。沿江的滩涂上,高大的江芦蓬蓬勃勃,一望无际。深秋时,芦花盛开,展现在人们眼前的是一片银色的海洋,它们和浩浩荡荡的长江波澜交相辉映,连成一个浩淼壮阔的整体。走在江边,听着深沉的江涛,被雪浪般的芦花簇拥着,神清气爽,心中的烦乱一扫而尽。前年秋天,我回故乡去。在江岸上散步时,我采了一大把芦花。听说我要把它们插在花瓶里，有人笑道：这样的东西，只配扎扫帚，怎么能插花瓶呢？我还是把家乡的芦花插到了花瓶里。我觉得它们胜过那些色彩艳丽却柔嫩短命的花，它们不会凋谢，也不会枯萎，用纯洁的银色，带给我清新的乡野之气，也向我描绘着生命的活力。凝视着它们，我的眼前会流过汹涌的江水，会涌起雪一般月光一般的遍地芦花，遥远的青春岁月，就悄悄地又回到了眼前……

好久不写诗了，却忍不住为这些芦花写出一首诗来：

凝视着永恒的流水
也曾有翠绿的春心荡漾
却总是匆匆又白了头
白了头，描绘一派秋光

银色的表情并不衰老
风中摇曳着深情的向往
所有的期冀都在天空飘扬
却不是无根的游荡

刀来吧，火来吧
哪怕一夜间消失了我的形象

却无法灭绝我地下的埋藏
只要水还在流风还在吹
地下的心就会发芽长叶
春雨里又会是一地葱茏的绿意
秋风里又会是漫天洁净的银霜

花的风骨

说起花的风骨，人们都要说梅花。在江南，也处处有梅花。梅花开在严寒之时，使无花的冬天提前有了春意。少年时代，在上海郊区的一所寄宿中学念书，学校附近有一个小花园，花园里有一片小小的梅林。冬春之交时，梅花盛开，我和几个同学经常相约去看梅花。这时，天气已经不怎么冷，看不到冰雪，风中已有几分湿润的春意。记忆中那一小片梅林是湖畔的一朵温柔的红云。它们并没有使我联想起什么傲雪斗霜的铮铮风骨，那一片红云，只是春天来临的象征。在我的心里，梅花不是一种能使人产生新鲜感的花。从古到今，不知有多少墨客骚人将梅花作为舞文弄墨抒发情怀的对象。读中学时，我也背诵过不少吟咏梅花的诗句。诗句很美，很有韵味，但是诗里的梅花和生活中的梅花并不是一回事。当年在崇明岛上插队落户时，我也在农民的灶墙上画过梅花，先画枯焦的枝干，再描粉红的花朵，然后在一边题"风雨送春归，飞雪迎春到"，这是当时人人都会背诵的诗句。有时，也忍不住题几句旧诗，譬如"梅破知春近"，或者"遥知不是雪，为有暗香来"……关于梅花的诗句是题写不尽的。我佩服古人，竟能在梅花身上发现那么多诗意和哲理。后人要想在梅花身上发现什么新的意韵，实在是难上加难了。

在江南，还有什么花像梅花那样，也能预报春天的来临呢？那大概总是有的。很多年前在崇明岛上，我曾在一片荒凉的海滩上认识一种奇妙的小花，至今无法忘怀。那时，我在崇明岛临海的东端上参加围垦。在海滩上用泥土垒起一条长堤，挡住海水，被长堤圈住的海滩便成了农田。人的奋斗，使大自然千万年才形成的沧海桑田变成了几个昼夜之间的事情。然而这些新围出来的农田却无法耕种，播下粮种，常常是颗粒无收。为什么？因为被围垦的海滩是盐碱地，不适宜种庄稼。连生命力极强的芦苇在那里也无法生存。于是人们便在这些盐碱地里放入淡水，水可以冲淡田里的盐分，又可以养鱼，一举两得。我被留在海边守鱼塘，度过了寂寞的一年。面对着荒芜的盐碱滩，难免联想起那些艰难孤独的人生，也难免顾影自怜。在大地的同一纬度上，只要春天一到，江南的大地上便花红柳绿，生命繁衍得轰轰烈烈，而这里，光秃秃的土地上只有白森森的盐花。寒冬尚未结束，但也已进入尾声。有一天，我发现盐碱滩上星星点点长出一些绿色的嫩芽。它们的叶瓣细小，却翠碧清秀，令人欣喜。海滩上寒风呼啸，这些翠绿的嫩芽似乎毫不在乎，迎着凛冽的风一点点伸展蔓延，没有什么力量能阻止它们的成长。有时候，从海上卷来的风猛烈得能把树连根拔起，能将屋顶整个掀掉，然而对这些贴地而生的绿草，它们显得无可奈何。这些扎根在盐碱地里，冒着严寒生长的植物，引起我极大的兴趣。我看着它们一天天大起来，高起来，长成了一蓬蓬小灌木似的绿球。它们为荒凉的盐碱滩铺上了一层斑驳的绿地毯。当地的农民告诉我，这是一种只在盐碱地上生长的野草，叫盐碱草。初春时，寒意未消，大概就是梅花开放的时节，盐碱草也开花了。这是一些淡紫色的小花，它们的蓓蕾小如米粒，乍开时并不显眼，要留心看才能发现。可是，等到所有的蓓蕾一起怒放时，盐碱滩上便出现了美妙的景象，只见一片片雪青的轻云，在风中飘摇。这时，风依然刺骨，盐碱滩上白花花的盐渍仍在，而笼罩大地的荒凉却已经不复存在，是这些活泼动人的小花驱逐了荒凉。这些小花，还引来了成群的蜜蜂。蜜蜂欢叫着在花丛中飞舞的情景，使我感动，我在当时的日记中这样感叹："世界上，有什么花比这些盐碱花更坚强更美丽呢？若论坚强，它们不会输给冰山上的雪莲，也不亚于在肥沃的土地上报春的梅花。它们是有着独特风骨的花。"我曾经采下一束盐碱花，养在一个杯子里。在一间简陋的茅屋中，那束盐碱花使我感受到了生命的无穷魅力，它们向我展现了江南万花争艳的春天。我想，只要春天如期降临人间，花是不会灭绝的，即便是在最贫瘠的土地上。

柔和刚

还是在很年轻的时候，有一年，和几位朋友在杭州春游。坐在西子湖边，面对着桃红柳绿，湖光山影，聆听着莺语燕歌，风叹浪吟，喝着清芬沁人的龙井茶，大家都有些醺醺然。江南的明丽和秀美，使人沉醉。这种沉醉，似乎能让人昏然欲睡，让人在温柔和妩媚的拥抱之中飘然成仙。这样的感觉，应了古人的诗"暖风熏得游人醉"。朋友中有人下结论道：江南景色之妙，在于一个"柔"字。当时我并没有想到反驳这样的结论，很多年过去，回想起来，这样的结论大概站不住脚。

离杭州不远，还有一个很典型的江南古城绍兴。如果说江南的城市，都给人一种柔美的印象，那绍兴则完全不同。说起绍兴，我的心里很自然地会涌起一种刚劲豪迈的气概。那里，是我们的一位坚毅勇敢的先祖大禹的故乡，是卧薪尝胆的越王勾践的故乡，也是现代女杰秋瑾和文豪鲁迅的故乡，这些在中国历史上最有风骨的人物，都裹挟着勃勃英气，无法和一个"柔"字连在一起。然而绍兴的阳刚之气，并不是全由这些历史人物带来，走在这个新旧交织的城市里，我处处感到雄健的阳刚之气。

绍兴是一个由石头构筑的城市。古老的城墙是石砖砌成的，老城的路是石板铺成的，运河里的古纤道是石头架成的，而更多的是大大小小的石桥，千姿百态地架在密如蛛网的河道上。在这些铺路架桥造房子的石头上，用钢凿刻画出的无数粗犷有力的线条，岁月的流水和风沙无法磨平它们。这些石头，以及石头上的线条，使我感觉到一种厚重的力量，这种力量，和江南的柔风细雨完全是两回事。我曾经想，这么多石头，从什么地方来？后来游览了绍兴城外的东湖和柯岩，方才知道其中的秘密。东湖在峻岭绝壁之下，湖水波平如镜。坐船在湖中仰望，但见千仞危崖从天上压下来，那情景真是惊心动魄。这湖畔绝壁陡直险峻，犹如刀劈斧削，而临壁的东湖虽不宽阔，却深不可测。这山，这湖，似有威力巨大的鬼斧神工劈掘而成。后来我才知道，这里原来是古代的采石场，是石工的斧凿劈出了东湖畔的万丈绝壁，挖出了绝壁畔这一泓幽深的湖。人的劳动竟能造成如此壮观的景象，这是何等伟大的力量。柯岩也是绍兴的采石场，石工们削平了高山，又向地下挖掘。我见过石工们在深坑中采石，斧凿清脆的叮当之声和石工们高亢的吆喝之声交织在一起，从地底下盘旋而上，直冲云霄。这是我听见过的最激动人心的声音，这声音似乎是积蓄了千百年的痛苦和忧愤，埋藏了无数个春秋的憧憬和向往，猛然从人的内心深处迸发出来，挟带着金属和岩石的撞击，高飞远走，震撼天地。在柯岩听到这样的声音，印象中柔弱的江南就完全改变了形象。在柯岩，有一块名为"云骨"的巨大石柱，如同从平地上旋起的一缕云烟，被凝固成岩石，孤独地兀立在天地之间。这块奇石，并非天外来客，也不是自然造化，更不是神力所为，而是石工们的杰作。在劈山采石时，他们挖走了整座山峰，却留下了这一根使人遐想联翩的石柱。这像是一座纪念碑，像是一座雕塑，纪念并塑造着在江南创造了惊天动地业绩的采石工，他们是一个坚忍顽强的群体，是祖辈相传的无数代人。造就了绍兴城和其他江南城镇的石头，就是通过他们的手开采出来的。

江南的方言，被人称为吴侬软语，全无北方话的铿锵；江南的戏曲，也大多缠绵悱恻，唱得是软绵绵的腔调。唯独绍剧是例外。绍剧又叫"绍兴大板"，唱腔粗犷豪放，洋溢着阳刚之气。听绍剧时，我很自然地会联想起在柯岩听到石工们的采石号子，同样的激昂，同样的高亢。我曾想，绍剧的唱腔，会不会脱胎于石工的号子？

甘南素描

我们的汽车从兰州出发,穿过宁夏回族自治区,向甘南进发。公路上并没有明显的分界线,只觉得山路变得曲折起来,逶迤的青山扑面而来,云彩渐渐近了,天似乎越来越蓝。最显著的变化,是山的颜色,越来越绿,越来越青翠……

我已经走在甘南的土地上。

甘南,字面的意义,是甘肃省的南部。其实这样的解释无法涵盖这个地名所包含的意义。在甘肃的地图上,这里并不是甘肃的最南部,在它的南面,还有被人称为小江南的陇南。在中国的地形图上,这里是青藏高原的一部分,海拔最高的地方,超过5000米。黄河从高峻的雪山奔泻下来后,在这里转了第一个弯儿,然后由东向西流去。黄河的流水,滋润了大片绿色的草原,也滋润了生活在这里的藏民。

白塔和藏寨

我已经走在甘南的土地上。

路边的山坳中突然一亮,闪出一座白色的砖塔。这是一座藏族的藏经塔。我想看看那座藏经塔,便请司机在路边停车。藏经塔建在一个小山丘上,造型有点像北京北海的白塔,只是规模要小得多。方形的塔基,圆形的塔体,在白色的砖石中,镶嵌着一些彩色的石头,彩石组成了精致的图案,环绕在塔的周围。这样的塔,在藏民集聚的地方到处能见到,这塔中,其实并没有藏有经书,然而这庄严精致的建筑,在藏民心目中是一种理想的象征。他们认为这是神聚会的地方,他们垒起这样的塔,为的是让云游在天的神有一个歇脚之处。在藏民生活的地方,到处能看到这样的塔,有时,藏民只是用一些碎石块堆砌成塔,尽管模样简陋,然而在藏民的心目中,它们同样神圣。

塔下的一片平地上,搭着两座帐篷,有几个身着鲜艳服装的姑娘坐在帐篷边。走过帐篷时,那两个姑娘指着我胸前的照相机大喊:"你照相,要付钱!"我付了5元钱,却没了照相的兴致。那两个收钱的并不是藏族姑娘,而是附近的汉族乡民,她们竟把藏经塔当成了摇钱树。

藏经塔对面的山坡上,有一个藏寨。寨子前的旗杆上,高高地飘扬着一条彩色的经幡，这是藏寨最明显的标志。这经幡，由许多不同颜色的布缝缀而成，像一挂彩色的帆，高挂在寨口，迎风飘扬，日日夜夜为藏民召唤着幸福和平安。

藏民的房屋为土木结构，土墙，平顶，错落有致地搭建在起伏的坡地上，远远看去，寨子里的房屋都是平行垂直的线条，和有着曲折屋脊的汉族农舍完全不同。藏家的每个宅院都有高高的土墙环绕，土墙高过两米，站在墙外看不见院子里的景物。在寨子的后面，有一座寺庙。

我走进藏寨，寨子里静悄悄的，没有一点儿声音，宅院间的小路幽深而洁净。我发现每户藏民家门的门楣上，都贴着相同的吉祥符号，上面写着保佑吉祥的藏文。厚重的门是原木做的，没有油漆。使我感到奇怪的是，这些门，竟然都不上锁。在寨子口的一户藏民门口，我轻轻推了一下，虚掩的门便"吱呀"一声，只觉眼前一亮，一片灿烂的金黄色扑面而来，院子里，一大片瓜叶菊正在盛开。原来，被高墙围起来的院子里，种满了花草，阳光越过高墙照在院子里，把满院的花朵映照得如霞如晖。我想，只有一个爱美的民族，才会在自己的院子里种这么多的花，尽管他们的日子过得很清苦。

就在我痴想的时候，从门后突然闪出一个小小的人影。站在我面前的，是一个十来岁的藏族孩子，黑红的小脸上扑闪着一双极亮的大眼睛。我笑着和他打招呼，他也笑了，露出满口雪白的牙齿。我问他,家里大人哪里去了,他举手向远方一指。我顺着他指的方向望去,只见对面的山坡上麦浪翻滚,在午后的阳光下,麦田犹如满山遍野的金子,在天地间光芒四射。在金色的麦浪中,移动着一些小黑点,这是正在收割麦子的藏民。原来,这里的藏民都以耕种为生。他们的生活,和放牧羊群和牦牛的牧民完全不一样,他们已将生命扎根在山岭和土地之中。

穿过寨子,走到寺庙前,庙门也关着,寺庙中似乎空无一人。我想,这寺庙,大概不会出现信徒鼎沸的盛况,所有的村民聚集在这里,也不会拥挤。它是这个寨子的一部分,是这些日出而作,日落而息的藏族农民精神生活的归宿。

在这静静的寨子里,虽然无法和藏民做多少交流,但我已经感受到他们平和质朴的生活和豁达宁静的心境。在喧嚣的都市中,无法想象人间还有这样安宁的日子。

大地之魂

公路两边出现了青翠的草地,公路像一条白色的哈达,在辽阔的草原上伸展。路边的山势变得平缓起来。远处的山失去了峻峭的峰脊,失去了裸露的岩石,而近处,山坡如同柔和的波浪,在深蓝色的天空下缓缓起伏。这就是甘南的草原,是藏民的牧区。心情抑郁的人,来到这里,面对着高天阔地,面对着这满目清新的生命之绿,心情会豁然开朗。在这里,生命自由得如同四处飘荡的风。

青翠的碧草,像一块巨大的绿色毛毯,无穷无尽地铺展在大地上,几乎覆盖了天底下的一切。羊群像白色的云团,涌动在草原上,也像星星点点的白花,点缀在绿草丛中。而那些黑色的云团和黑色的花朵,是牦牛。有时候,也能看到大群的马,它们没有固定的色彩,是一些杂色的彩云。在草原上,羊、牛、马,有时各自成群,有时混杂交织,它们悠闲地吃着草,和辽阔的草原融化为一体。它们是绿色草原上的彩色图案,是天地间美妙的生命之花。而这些生命之花赖以生存开放的,正是铺天盖地的绿草。

草原的绿色,是一种纯净明亮的绿,是一种晶莹透明的绿,是一种安详宁静的绿。此刻,我站在草地上,凝视无边无垠的绿色,我感到视神经从来没有这样松弛,视野从来没有这样开阔,脑海中如果有什么郁结的肿块,在这样的绿色安抚之下,都会悄悄地化解消失。我发现我脚下的草原和城市公园中的草坪完全是两回事。城市中的草坪,是清一色的绿草,经过人工的修饰,整齐平坦,却单调划一,感觉这不是自由的生命,而是人为的产品。草原上的草保持着最自然的本色,却绝不单调。草原上的植物,其实由很多小草小花组成。仔细看,在绿草丛中，开放着无数小花，白色的、红色的、黄色的、蓝色的、紫色的，五彩缤纷的小花有着不同形状的花瓣和绿叶。一位在甘南生活了很多年的藏族朋友告诉我，草原的每一平方米的草地上长有29种植物，连当地的牧民也无法一一说出这些植物的名字。草原上的草和花，可以供学者写出一篇植物学的博士论文。

在草原上，看不到树木，不要说参天大树，连矮小的灌木丛也少见。我观察过生长绿草的泥土，那是一些黑色的肥沃的土，和城市的花木商店里出售的黑色山泥差不多，这样的山泥，可以滋养任何花和树。在草原上，它们为什么无法培育树木？答案其实非常简单，一位藏族朋友告诉我，是因为寒冷，因为冬天的暴风雪。在甘南，一入冬，便是一片冰天雪地，冰雪像一层厚厚的甲壳，把山坡和大地覆盖得严严实实，而暴风则像锋利的剃刀，剃光了高出地面的一切草木。冬天，这里根本没有树木的存身之地，而且，这里的冬天是那么漫长，而夏天却转瞬即逝。树木如果在夏天发芽抽枝长成树苗，到冬天必定会被风雪无情地摧毁。只有青青的小草，谁也无法将它们扼杀毁灭，冬天，冰雪覆盖了一切，大地上消失了它们的身影，然而在地下，它们的根依然在生长，依然在孕育勃勃生机。当冰雪消融，它们就会钻出地面，向世界挥动绿色的手臂。它们是绿色的生命之火，在辽阔的大地上蔓延燃烧，没有任何力量能使它们熄灭。它们是大地不死的灵魂，用世界上最清新的色彩，展示着生命的美丽和顽强。

有人说，草原上的草，是绿色的金子，草原上的生命都靠它们生存繁衍。在玛曲县，年轻的县长告诉我，在绿草下，蕴藏着真的金子，开采金矿，为贫穷的草原带来了财源。在草原上旅行时，我发现绿色的山坡上被挖出很多长条形的坑，就像有人用刀划破绿色的地毯，露出了一个一个黄色的洞眼。这些丑陋的坑，就是采金者留下的痕迹。我听说过很多淘金者的疯狂的故事，这些故事悲喜交加，掺着泪和血。我在暗暗怀疑，草原被掘地三尺后，还能不能保存现在的宁静和优美。

飞禽和走兽

路边的一块岩石上，傲然屹立着一只灰黑色的苍鹰，它圆睁着一双炯炯闪亮的眼睛，一动不动地瞪着我，目光中似乎有一种冷静而又威严的审视。它的钩嘴和爪子锐利如刀剑，积蓄着可怕的力量，草原上有什么生灵能抵挡这样的嘴和爪？在近距离内和这样的鹰对峙，和它逼人的目光对视，那种情景和感觉使人难以忘怀。在草原上旅行时，我一直在寻找鹰的形迹，在观察它们的行踪。在天空中飞翔时，鹰的姿态是极美的，它们是那么沉稳，那么自信，翅膀只是优雅缓慢地轻拍几下,身子已经飞出百十米远。在远处翱翔时,它们只是移动在蓝天中的一个小小的黑点;而飞到近处时,它们便成了庞然大物。我看到过一只展开翅膀飞翔的鹰低飞过我的头顶,感觉简直是一架小型的飞机在空中掠过,鹰的两翼展开后的直径和吉普车的长度差不多。面对这样一个威风凛凛的飞翔的生命,怎能不肃然起敬!我很理解,为什么草原上的藏民对鹰怀着敬畏的感情。在他们的心目中,这些飞翔的生灵是神的化身,它们是草原的保护神。而鹰也确乎无愧于草原保护神的称号。在草原上,对牧草破坏最大的,是草原豚鼠,它们在草原上打洞垒窝,把草原的绿地毯破坏得千疮百孔。而鹰正是草原豚鼠的天敌和克星。如果你看到飞翔的雄鹰突然收敛起翅膀,从天空箭一般射向地面,那么毫无疑问,它们是在捕猎草原豚鼠。等它们重新飞上天时,爪中必定抓着一只豚鼠。这些草原豚鼠,狡诈灵活,地面上的任何动物对它们都无可奈何,奇怪的是,只要鹰一出现,它们就吓得呆头呆脑,失去了平时的灵活,忘记了钻洞逃命。

我想,草原上的所有动物,都逃不脱鹰的视线。鹰从天上俯瞰草原时,把一切都看在了眼里。草原上最多的动物,当然是羊。把羊群比作蓝天上的白云,比作夜空中的繁星,都不算夸张。草原上的绵羊,其实是一种非常漂亮的动物,它们的皮毛,除了白色,还有黑色、棕色、花斑色。它们奔跑时,也显得灵活健美，只是在宁静的草原上，它们很少有机会奔跑。在一座山头上，我看到一大群羊从山脚一直铺展到山顶，那密集的程度，使人吃惊。一次，一群羊横穿过公路，我们的汽车不得不停下来等待，羊群头尾相衔，不慌不忙地走过公路，走了十来分钟还没有走完。司机按了一下喇叭，羊群非但不慌乱，还停住了脚步。站在公路上的绵羊们用平静的目光看着我们的汽车，发出几声长短不一的叫声，仿佛在问："你们为什么来搅乱我们的安宁？"骑着马站在远处的一个藏族小伙子一声吆喝，它们才重新开始走动。我下车和那个年轻的藏族牧民交谈了几句，他告诉我，他一个人放牧的这群羊，有一千多只。在草原上，这样的羊群还不算是最大的。

草原动物的第二大家族，大概是牦牛。在我的印象中，牦牛的个头非常大，其实，它们比江南的水牛要小一些。我觉得，牦牛是一种高贵的动物，在高原的阳光下，它们的黑色长毛闪烁着耀眼的光芒。风吹来，那些闪闪发亮的长毛轻轻拂动，使它们看上去飘飘欲飞。它们的毛色，也不全是黑色的，也有棕色的，甚至还有黑白相间的。我见过一头牦牛，全身乌黑，唯有头顶一簇雪白，还有一根白色的长尾巴，就像精心制作的工艺品。和草原上的羊一样，牦牛的姿态和动作也处处显露出沉稳和安详，似乎天塌下来也不会惊慌。我很多次在近距离内观察牦牛，它们低着头在吃草，我走近它们时，它们只是抬头用平和的目光看我一下，复又低头吃草，再也不理会我。在人类的生活中，牦牛可谓奉献了所有的一切，人们用它们当坐骑，当货车，喝它们的奶，剥它们的皮，吃它们的肉，它们却永远是那样驯顺平静。记得很多年前读过一篇题为《央金》的短篇小说，其中写到藏民制服桀骜不驯的牦牛，那方式有点像美国西部片中用绳索套野马。而在甘南草原旅行时，我却没有见到桀骜不驯的牦牛。也许，在宁静的草原上，在人类的管教下，它们血液中的野性差不多已经消失。

草原上，也有猪。这是一些黑色的猪，它们的体形极小，成年猪的个头儿还没有绵羊大，最多20多斤。和草原上的所有家畜一样，没有人给它们喂食，它们的食物在茫茫草原。牛羊吃的是青草，而这小猪则用鼻子拱开泥土，吃一种叫蕨麻的块茎。所以人们把它们叫"蕨麻猪"。这些蕨麻猪没有羊和牦牛那样安稳，它们整天都在觅食。在草原上，看到一群群小猪在草丛中窜来窜去，样子非常滑稽。

听说草原上也有猛兽，譬如豹子和狼。不过，在阳光下看不到它们的身影，这是一些孤独的游侠。它们和草原的安宁格格不入，然而也没有谁能剥夺它们生存的权利。

从天空到大地，不同的生命在草原上开放着不同的生命之花。

草原的心

草原上的草,有时候被人称为"水草"。草的生长繁衍,离不开水。在草原上,我见过流动的水,它们悄无声息地流淌着,像一缕缕一片片闪烁不定的水晶,漫过绿草,消失在草丛深处。这些流水时隐时现,来无影,去无踪,它们源自何处,流向何方,似乎无迹可寻。

"草原上有海。"甘南的朋友告诉我,话语中带着一种神秘。海是一切流水的起源,也是它们的归宿。草原上有海,恐怕是神话。然而说话间,我的视野中竟出现了两只白色的鸥鸟,这是水域中的飞禽,它们怎么飞到了草原上?鸥鸟的翅膀款款舞动,被它们带出来的,是金波粼粼的水光。

万顷碧波,仿佛从草原深处突然溢出地面,浩浩荡荡地铺展在地平线上。我几乎不相信自己的眼睛,草原上,竟会有这么大的一泓碧水。说它是海,太夸张,它没有海的浩瀚和气势,说它是湖,差不多。湖水非常平静,倒映着蓝天白云,也倒映着远方的群山。镜子般的湖水里,有一幅高远深邃的高原风景画。轻风掠过,水面微波荡漾,湖水里那幅画便模糊了,朦胧了,成了一幅印象派的油画。我曾到过新疆的赛里木湖,也是高原湖泊,那是戈壁滩上的一个淡水湖,在荒凉的戈壁滩看到一个碧波荡漾的大湖,那种惊喜是没有到过戈壁滩的人难以体会的。在赛里木湖边,我也见到过白色的鸥鸟,那情景和眼前的景象非常相似。眼前这个湖,没有赛里木湖那么大,然而当地的藏民却把它叫作海,它的名字是"尕海"。

也许是因为青藏高原离大海太遥远,生活在这里的大部分藏民永远也没有机会看到真正的海。在他们的眼里,所有的湖泊都是海。在九寨沟,当地的藏民把小小的水洼都称为"海子"。而"尕海",比起九寨沟的"海子"要宽广辽阔得多。

尕海是一个活动的高原湖泊,它的容量、面积和形貌随季节的更替而变化着。春天融雪时,山峰和草原上的积雪汇成万千条细流涌进尕海,平静的尕海顿时变得汪洋恣肆,湖水上漫,淹没了周围的草地。夏天,尕海被烈日蒸发,也承受着高原难得的雨水,它分派出无数细流,滋润着周围的绿草,茫茫草原,都受到它的润泽。秋天,草原上的绿草发黄了,尕海也缩小了。它就像母亲的乳房,被婴儿吸尽了乳汁,渐渐干瘪萎缩。到冬天,尕海被冰雪覆盖,流水消失了踪迹。不过不用担心,当春风吹来,尕海又会涌动起蓝色的波澜。尕海中的水,是茫茫草原的绿色之源,是草原流动的血液。藏族人在歌中唱尕海,说它是镶嵌在草原里的一块碧玉,是一面明镜,是草原美丽的梦。还有更美妙的比喻:尕海,是草原的心。

离开尕海后,我在汽车上查看了甘肃地图,在地图上,我找到了尕海,那只是一个小小的圆点,就像溅在地图上的一颗蓝色的小水珠。到过尕海才会明白,地图上这颗小小的水珠,在草原上意味着什么。

黄河西流

公路在玛曲县的山峦间盘旋。转过一个山坡,眼前豁然开朗。路边有一道山梁,像一座巨大的桥,直插向天边。藏民把这道山梁称为尼玛梁,尼玛梁海拔4900米,是甘南草原上的制高点之一。车在这里停下来,甘南的朋友引我向山梁走去。山梁上绿草繁茂,草丛中开着雪片般的小白花。他们告诉我,在山梁上,可以看到黄河。黄河从高耸入云的巴颜喀拉山上飞流而下,奔腾向东,遇到岷山的阻挡后,突然改变方向,调转头由东向西北流去,形成九曲黄河的第一个弯道。在尼玛梁上看到的黄河,正是在岷山受阻后流向西北方向的黄河第一曲。玛曲,在藏语中的意思便是黄河。

天的尽头,闪烁着一道灿烂的金光,像一柄神奇的宝剑,从蓝天深处脱鞘而出,横陈在天地之间。站在尼玛梁上远眺,中国人的母亲河仿佛在天边流动。这就是黄河第一曲。眼前的景象,正合李白的诗意:"黄河之水天上来"。然而接下来那句:"东流到海不复回",在这里就不对了,得把"东流"改为"西流"。毫无疑问,李白没有到过玛曲,也没有登过尼玛梁。我眼前黄河西流的奇观,李白无从得知。这里,天高地阔,天地间的人显得渺小至极,远方的黄河也只是天地间的一道细流。在西北的黄土高原上,人们在歌子里这样唱:"远看黄河一条线",把在高山上远眺黄河的感觉描绘得非常传神。如果把黄河看作天地间的一个生命,这是一个倔强而又聪慧的生命,她心怀着遥远的目标,不屈从于命运的安排,不因为挫折而颓萎,在跌宕坎坷、危机四伏的旅途上,她坚定地走着,没有任何力量能中断她投奔海洋的脚步。曲折的美,是天底下最有魅力的美。九曲十八弯的黄河便具有这样的魅力。

我站在尼玛梁上,凝视着远在天边的黄河,久久不忍离去。甘南的朋友笑着催我:"走吧,我们会带你走到黄河边上的!"

大约三个小时后,我真的站在了黄河岸边。在高山上远眺时如剑如线的那一脉细流,此刻成了一条宽阔的大河。眼前的黄河,和人们印象中的黄河完全是两回事。在兰州、在洛阳、在开封、在济南,我曾经见到过中游和下游的黄河,那是一条浊浪汹涌,黄水滔滔的河,是一条奔腾翻滚的黄龙,河里的水流,简直就是混浊的泥浆。而这上游的黄河,却平静而清澈,河水以极慢的速度向西北方向流着,明镜般的河面上,倒映着深蓝的天和雪白的云。跟我一起来的儿子在河滩上奔跑欢叫,还捡来石片在河面上打水漂儿,石片在平静的水面上旋舞蹦跳，溅起一圈圈涟漪……这样的清流，怎么也无法和我记忆中那条咆哮混浊的黄河融合在一起，倒是使我联想起江南的新安江和太湖，联想起我故乡崇明岛上的河。然而黄河和江南的河流毕竟是不一样的，平缓的河滩连着一望无际的草原，草原上，成群的绵羊和牦牛在悠闲地吃草。一个身穿大红长袍的藏族姑娘坐在草地上看着我们，远远看去，犹如盛开在绿草中的一朵硕大的红花。草原的尽头，峻拔的高山绵延起伏，好像已触到天边涌动的白云。黄河在这里静静地西去，没有浊浪，没有涛声，没有匆忙的喧嚣。然而谁能否认，这就是黄河？宁静致远。这平静清澈的流水，不久将掀起惊天动地的波涛。我想，眼前的黄河，多么像一个胸怀博大的勇士，在生死搏斗的前夕，独享着珍贵的宁静。

朝圣者

生活在青藏高原的藏民，有着特殊的肤色。我不知道用什么词汇来形容他们的肤色，这是裸露在阳光下的土地的颜色，是被炉火烤焦的青稞的颜色，是被烟火熏黑的岩石的颜色。年轻人的肤色紫黑中泛红，使人想起早晨从浓重的乌云背后射出的阳光，这是生机勃勃的颜色，是蕴藏着力量的颜色。老人们黝黑的脸上布满了皱纹，那密集的皱纹，仿佛是百年古松斑驳的树皮，仿佛是千年紫檀木上的年轮，又仿佛是高原上千山万壑的浓缩。在草原上，藏民曾经把雪白的哈达捧到我的面前，哈达洁白如雪，映衬着他们浑厚深沉的肤色，也映衬着他们清澈单纯的目光。

沿途见到的一些藏民，在我的记忆中如同艺术家创造的雕塑，如同无数韵味深长的油画：

中午，山坡上，两个中年藏族妇女，骑着两头高大的牦牛，慢慢地下山。牦牛低垂着头，女骑手为了保持身体的平衡，抬头挺胸，和低头寻路的牦牛形成一个紧张的钝角，然而手执缰绳的女骑手脸上却露出平静的微笑……

黄昏，草原，一群藏族孩子在草地上奔跑，夕阳勾勒出他们活泼的身影，晚风把他们的叫喊和笑声吹向四面八方……

早晨，公路边，一个藏族姑娘高高地爬在一根电线杆上，一动不动遥望着远方。她只是在我的车窗外一晃而过，但她那种专注神往的表情，却使我难以忘怀。我不知她在看什么，是在看她放牧的羊群，还是在看一个遥远的目标？也许，她什么也没有看，只是在想她的心事；也许，她在为一个远方的人默默祈祷……然而我永远也不明白，她为什么要爬到电线杆上去。

最震撼人心的是那些长途跋涉的朝圣者，他们一步一拜，以五体投地的姿态，艰难而又义无反顾地一步一步逼近他们心中的神圣目标。朝圣者中,有白发苍苍、骨瘦如柴的老人,也有身强力壮的年轻人,有男人,也有女人。他们的手中戴着用木板做的护掌,跪拜匍匐于地时,木板和地面摩擦得"嚯嚯"有声。从他们的出发地到目的地,不知要磨穿多少块厚厚的木板,不知要磨破几身衣衫。一位藏族朋友告诉我,这样的朝圣者,行十里路,其实要走三十里。他们先是背着行李铺盖往前走十里,放下铺盖卷,然后回头走回到出发点,接下来,再一步一拜地向前行十里。这样的旅程,可能是百十里,也可能是上千里。完成这样的旅程,需要何等惊人的勇气、毅力和耐心。在夏河的拉卜楞寺门前,我见过一位即将完成这样旅程的老太太,她衣衫褴褛,满面风尘,像一个疲惫不堪的乞丐,每次匍伏在地,要间隔许久才能艰难地抬头起身。当她从地上抬起头来时,我发现,她的目光中闪射出极为奇特的神采,其中交织着兴奋和激动,流露出幸福和满足。这时,她的被尘土笼罩的面孔正被寺庙佛塔辉煌的金顶照亮……

在草原上,我一次又一次感受到藏民的慷慨好客。在宽敞的帐篷里,他们宰羊烹肉,沽酒沏茶,为我们端出了他们能拿出的一切食物。为了招待远道而来的客人,他们总是从羊群中挑选最大最肥的羊。而对自己,他们却很吝啬,一年到头,他们几乎不会为自己宰羊,至多是杀掉几头瘦弱的病羊。如果他们是守财奴,那么,放牧牛羊应该能使他们发财致富。然而,他们似乎根本没有积敛钱财的欲望，一有机会，他们就毫不犹豫地将用血汗换得的钱大把大把捐赠给寺庙。他们不会怀疑有一天离开这个世界时，他们的灵魂一定会升天，因为在人间活一世，他们所求甚微，而能够奉献的属于他们的时间、金钱、精力，他们毫不吝啬地奉献给了他们的信仰。

我想，生活在世界屋脊的这个民族，他们确实是离天最近的。

佛光

从玛曲到夏河，行车如飞，翠绿的草原拉洋片般从车窗外掠过。临近夏河时，似乎听见了隐隐的涛声。急流滚滚的大夏河从青藏高原流泻下来，经过甘南，在山岭间冲刷出一片又一片平地。夏河县城，就坐落在大夏河流经的谷地上。

在黄昏的微光中，一座巍峨巨大的寺庙出现在天边。各种造型不同的楼宇依山而建，彩墙透迤，金塔林立，红色的、棕色的、黄色的墙壁和层层叠叠的金瓦朱甍叠合在一起，组成繁复精美的图案。在晚霞的沐浴中，它们散发出神奇的光芒，犹如梦幻中的宫殿，传说中的城堡，使人感到神秘遥远，不可接近。这就是名扬天下的拉卜楞寺，中国喇嘛教格鲁派六大寺庙之一。在甘南草原，那些一步一拜长途跋涉的藏民，他们朝圣的目标就是拉卜楞寺，这里有他们最神圣的心灵归宿。而生活在甘南草原之外的人，大多是先知道这座寺庙，然后才知道甘南草原的。用"一座寺庙"这样的说法，其实很不准确，严格地说，拉卜楞寺是一座由无数寺庙组合而成的寺庙之城。在鼎盛时期，寺庙中集聚着八九千名喇嘛。占地千余亩的寺庙几乎覆盖了夏河县城的一大半。

汽车进城，我们沿着拉卜楞寺的围墙缓缓行进。我的眼前闪过一片又一片红色，这是喇嘛身上的红色袈裟。年轻的喇嘛在街上三三两两地走着，红色的袈裟在暮色中冉冉飘动。寺庙的围墙上有很奇妙的景象。围墙边大概是喇嘛的居所，每间宿舍的房顶上都站着一个喇嘛，他们一个个独自默立着，抬头仰望逐渐昏暗的天空，沉浸在冥想之中。从街上看，他们仿佛一个个都站在高高的围墙上。街道上的热闹景象，并不能扰乱他们孤独的沉思。天黑后，街上的人群依然川流不息，不过，已看不见喇嘛的红袈裟。逛街的人都是当地的居民，还有兴致勃勃的外国和中国的旅游者。喇嘛们都消失在寺庙中。而在晚霞中气象万千的辉煌的拉卜楞寺，也隐匿在夜幕里。

第二天上午，我和许多虔诚的藏民一起，沿着寺庙墙外的转经轮长廊慢慢地走向拉卜楞寺。无数双手，粗糙的手，细腻的手，强劲有力的手，孱弱绵软的手，用不同的姿态小心翼翼地抚动着彩色的转经轮。转动的经轮"嘎嘎"作响，和着人们杂乱的脚步声，还有藏民嘴中的喃喃低语，一路响过去……

一个眉清目秀的年轻喇嘛，在迷宫般的寺院里给我们当向导。年轻喇嘛才20岁出头，已经出家五年，出家前，他是一个普通牧民的儿子。他能讲一口标准的普通话，谈吐十分文雅。拉卜楞寺中，有很多被称为"扎仓"的佛学院，年轻的喇嘛带我参观了"曼巴扎仓"，这是他们的医学院，"居多巴扎仓"，这是专修密宗的续部上学院，"丁科扎仓"，这是修天文的时轮学院，还有专修法事的"季多扎仓"。规模最大的，是"铁桑浪瓦扎仓"，汉语译成"闻思学院"，学院的大堂可容纳三千个喇嘛集体诵经做法事。年轻喇嘛告诉我，这闻思学院，相当于他们的研究生院，进闻思学院的喇嘛，要花12年工夫才能毕业。从闻思学院毕业的喇嘛，可以到其他寺庙中当主持。年轻喇嘛向我介绍闻思学院时，满脸的崇敬和神往，他告诉我，他最大的愿望，就是有一天能进入闻思学院学习。他愿意用12年的青春年华，换得对博大精深的佛教的理解，也借此改变自己卑微的地位。尽管出家已经五年，但他还没有资格进闻思学院。他微笑着说，我要争取。对他来说，这是一个至高无上的目标，它遥远，但并非不可抵达。

我在巨大的寺庙中慢慢地走着，面对着扎仓中堆积如山的经书，面对着描绘着无数佛教人物和故事的巨大壁画，面对着一尊尊金碧辉煌的佛像，面对着一群群双目微阖，口中念念有词的喇嘛，面对着长年不熄的烛火，我感到自己仿佛正置身在一片浩瀚无垠的海洋边上，这海洋，曾经使无数人为之献出青春乃至整个生命。

我无法想象寺庙中的喇嘛们将如何度过漫漫无尽的时光。在恢宏昏暗的殿堂里，在油烟飘绕的陋室中，他们每天在做什么，想什么？寺庙中有一些艺术展品，使我看到了那些喇嘛们沉静肃穆的外表下蕴藏的彩色向往。在一个大厅里，陈列着喇嘛们创作的酥油花。这是以彩色的奶酪作为原料制作的雕塑，其中有形形色色的佛像，七彩纷呈的花卉，天上的飞鸟，地上的走兽，各种各样的建筑，甚至还有天安门广场。这些酥油花，有些像彩色的面塑，但比面塑更鲜艳，更复杂，更精致，规模也更大。我仔细看了几尊用酥油塑造的佛像，使我惊奇的是，这些佛像不仅造型生动，而且眉目传神。还有一些红色的莲花，团团簇簇，婀娜多姿，酥油竟然逼真地雕出了花瓣的质感。这些酥油花，虽然不可能永久保存，但欣赏过它们的人大概都不会忘记。雕塑酥油花已经成为一种独立的艺术，寺庙里，培养了一代又一代酥油花的雕塑大师，然而没有人知道他们的名字。寺庙中还有一个艺术陈列馆，馆中展览着喇嘛们创作的很多佛教艺术品，从梵文书法，到壁画和袈裟，琳琅满目。使我印象深刻的有两件作品，一件是用彩色的细沙浇成的一幅画，另一件是用碎布拼成的一帧佛像。彩色细沙是用天然岩石磨成，人间的色彩，岩石中居然都具备，这些天然的彩沙，描绘出祥云飘舞的天堂，也描绘出生机盎然的人间，鸟在蓝天上飞，牛羊在绿野漫步，奇花异草，舒展在天地之间。这幅"沙画"，大概是世界上独一无二的美术作品。那帧用碎布拼成的佛像也很特别，佛像上是正面的弥勒佛，慈眉善目的弥勒佛似乎在沉思，但那炯炯的目光却盯着每个抬头看他的人。不管你在哪个角度看这帧佛像，都会遇到佛像上弥勒佛的目光，你无法躲避他的注视。他仿佛在不停地发问："你是谁？你从哪里来？你想干什么？"

拉卜楞寺中有一座大金塔，在阳光下，金塔的光芒炫目耀眼。这样的金塔，一点儿不比我在俄罗斯和乌克兰见过的东正教教堂的金顶逊色。我问年轻喇嘛："这金塔，一直是这样金光耀眼吗？"他愣了一下，摇头答道："不，'文化大革命'中，拉卜楞寺被破坏得很严重，金塔也被推倒了。你见到的金塔，是后来重建的。"我问："是谁毁坏了这座金塔？"他想了一下，淡淡地说："是所有的人。"我没有再刨根问底深究他的想法，不过觉得他回答得很深刻。当时，破坏者丧失了理智，而珍惜这一切的人，却无力阻止破坏的行为发生。这是历史的悲剧。然而，世界上没有任何力量能一刀割断一种植根于大地，植根于人们心灵的文化和信仰。重建的拉卜楞寺正是一个证明。

走出拉卜楞寺,迎面而来的是大夏河清澈湍急的波涛。站在的河边,我看到一幅奇妙的图画,寺庙的红墙和金塔倒映在波动的河面上,这急流滚滚的河,似乎变成了一条闪烁着神秘佛光的河流。

1997年8—9月于四步斋

关于玛雅的断想

人类的古代文明,时常使现代人感到目眩。远古文明,充满了悬念和玄机,其中的迷雾和疑团,尤其让人着迷,让人心驰神往。中国人善于用文字记载历史,那些刻在龟甲和兽骨上,写在竹简上,刻在石碑上的文字,把数千年前的天地景象和人间故事留给了现代人。和古埃及的文化相比,我们的文化少了一点神秘感。玛雅人的历史远不如中国的历史那么古老,因为缺乏文字的记载,又突然从南美丛林中销声匿迹,所以给现代人的印象扑朔迷离,神秘至极。也许在很多人心目中,玛雅文化是世界上最神秘的文化。

在去墨西哥之前,我觉得人们对玛雅文化的宣传有点夸张,对玛雅文化在人类历史中所占据的地位也有些夸大。这样的文化,怎能和古埃及和古中华的文化相提并论?古埃及人建造金字塔,中国人修筑万里长城时,玛雅人在哪里?那时的美洲,大概还是一片荒蛮之地。

在尤卡坦，当我站到那个著名的玛雅天文台下，抬头仰望那残缺的穹顶，凝视穹顶下那个幽深的窗孔，产生的联想是很奇怪的。这个天文台留给现代人的其实只是一堆砖石。但是千百年前，一个甚至没有完备文字，没有系统典籍的民族，竟然想到建造如此规模的天文台，以它来眺望宇宙，研究星空，推算天地间的时光，谁能怀疑他们的智慧呢？据说玛雅人能精确地推算过去和将来的岁月，凭的就是对天空的观察。玛雅人测算的地球年为365.242天，与现代人的测算误差仅26秒，即5000年误差才一天。

怀疑玛雅人的智慧是愚蠢的。

玛雅人在造型艺术上达到的高度，也让人叹为观止。

我看过很多玛雅人留下的石雕，那些刻在花岗岩上的浮雕，线条繁复却流畅至极，造型奇特却不失真实。他们能在方形的石柱和扁平的石板上刻出形态各异的人物，不管是巨大的石雕，还是微型的陶塑，造型都极为生动。人物丰富的表情，精美的服饰，人和动物的交流，和自然的协调，在他们的雕塑中都表现得令人惊叹。我从墨西哥带回一个陶制的玛雅人浮雕，造型很奇特，精致的头盔占据了整个人体的一半，雕像的脸憨厚而快乐，身体很小，和头部差不多。这漫画式的雕像，是艺术家绝妙的创造，看这样的形象，不觉得畸形，只感觉玛雅人有想象力，也有幽默感。前年上海博物馆举办玛雅文物展览，又看到不少类似的陶俑和玉石雕刻，引起中国观众极大的兴趣，它们使人联想起中国汉唐的陶俑，形态和脸部表情都有相似处。看这样的雕塑，一下子拉近了中国人和玛雅文化之间的距离。

艺术制造了神秘，也驱散了神秘。

玛雅人还生活在这个世界上，只是他们和他们的祖先已经没有多少直接的关系。在参观古玛雅人的生活地时，我曾看到一个年轻的现代玛雅人创作木雕，他那娴熟的刀法使我想起庖丁解牛，锋利的钢刀在木板上快速游动，曲折流畅的线条，刻出古代玛雅人的头饰和容貌。他能这样熟练，那么多形象烂熟于心，当然是看多了古玛雅人留在石头上的那些浮雕。现代玛雅人的目光凝视古玛雅人的形象时，会闪烁出什么样的光芒？在这位年轻的玛雅艺术家的身上，我似乎感觉到了这个神奇民族古今之间存在着的一种无形维系。

岁月有时会湮没所有一切。当年玛雅人匆匆离开他们的城市和家园，抛弃了精心建筑的宫殿和陵园，抛弃了他们曾经引以为光荣和骄傲的金字塔，其中的原因成为千古之谜。是天灾所致，是躲避瘟疫，是生存的环境变得不堪忍受，还是因为残酷的战争？当然，还有那个最撩拨人心的外星人插足之说。答案也许非常简单，但因为任何一说都有其成立的依据，学术的纷争才更有趣更吸引人。很多人希望这答案永远不必明了，永远是"谜"，这样，玛雅人的遗迹才能保持它们的神奇魅力。

一个民族，为了生存，能如此决断地出走和放弃，这需要何等的勇气和魄力。不管这个谜底是什么，我都因此而对玛雅人心怀敬重。

玛雅文化和中国古代文化，究竟是否有联系，大概是值得研究考证的一个课题。以我之见，两者完全可能毫无关系。人类在不同的地域不同的时代创造相似的文化，不是没有可能。况且，玛雅文化和古代中国文化，毕竟还是有很大的差异，持"同源"之说者的依据，主要还是靠联想，靠想象。当年在墨西哥城参观墨西哥人类博物馆看那些玛雅文物时，我也曾有过"同源"的联想，但那只是受引导之后产生的念头，属于浪漫的遐想。在墨西哥，也有不少人持这样的看法，见到中国人时，他们会把这种看法表达得更夸张。在一次文学界的酒会上，一位墨西哥小说家的祝酒词像朗诵一首大胆的诗歌："数千年前，一群勇敢的中国人走过白令海峡，踏上荒凉的美洲，给我们带来了东方文明。我们是同一个祖先的后代。"想象可以如同天马行空无羁无绊，根据想象得出的结论也可以千奇百怪令人瞠目。但正如专家之言，要证明玛雅文化和中华文化之间的关系，需要确凿的证据，至今为止，谁也拿不出这样的证据来。仔细看那些玛雅遗物，到底还是和我们老祖宗留下来的东西不一样。

人类的文明是有源头的，它们像无数条涓涓细流，从千山万壑奔涌出来，流淌过来，其轨迹缥缈曲折，难以寻踪。一个民族的文化，必定有自己的起源和发展历程，它们源自不同的深山老林，但总会流向开阔，会流向原野，去和其他不同的源流交汇。这样的交汇，可能集合成更丰富多彩的文明。玛雅文明和中华文明的源头问题，引起现代人种种猜测和联想，人们将它们作各种各样有趣的比较，我想，其实也可以把这类比较和联想看作是两种文明的一种奇特交汇吧。

鹰之死

天是深蓝色的。坐飞机飞越太平洋时俯瞰地面,大海就是这种深蓝色,这无边无际的蓝色深沉得令人心头发颤发眩,想不出用什么词汇来形容它描绘它。只是由此联想到世界的浩瀚,想到宇宙的无穷,想到无穷之中包藏着不可思议的内涵。也由此联想到人和生命的渺小,在这广袤辽远的天地之间,生命不过是轻飘的微尘……

微尘,芝麻大的一个黑点,出现在深蓝色的天空中,乍看似乎凝滞不动,仿佛钉在天幕中的一枚小钉子。仔细观察,才发现黑点在动,像是滑行在茫茫大洋中的一叶小舟。

"鹰。"

墨西哥向导久久凝视着天上的黑点,轻轻地告诉我。那对栗色的眼睛里,闪动着虔敬神往的光芒。

"鹰。"

墨西哥向导追踪着天上的黑点,嘴里又一次发出低声的呼唤。

这是在墨西哥南方的尤卡坦平原上，我们的汽车在墨绿色的丛林中穿行，高飞在天的孤鹰把我的目光拽离地面拉向天空。鹰，是墨西哥的国鸟，在那面绿白相间的墨西哥国旗中央，就有雄鹰展翅的图案，这是墨西哥人心目中的神鸟、吉祥鸟，它是勇敢和自由的象征。

鹰的形象逐渐清晰起来，宽大的翅膀张开着，也不见振动，只是稳稳地滑翔，忽而俯冲，忽而上升，矫健的身影沉着而又潇洒地描绘在深蓝色的天空，那深邃无垠的苍穹便是它自由自在的王国。它是遥远的，也是孤傲的，人无法接近它。

这时，我们的汽车驶进了一片墓地。浓密的树荫遮蔽了天空，鹰消失了。迎面而来的是玛雅人的坟墓。坟墓形形色色，色彩缤纷得叫人眼花缭乱。形状各异的墓碑和棺椁上绘满了鲜艳的花纹和图案，有些坟墓索性被堆砌成宫殿和摩天大楼的模型。连大楼上的窗户、壁饰和霓虹广告也被精心描了出来。远远看去，这墓地就像是一座被缩小了的现代化都市。在人迹稀少的丛林中突然出现这样一座缤纷却又寂然无声的微型都市，感觉是奇妙的，一种神秘的气氛顿时笼罩了我的思绪。玛雅人，这个古老奇特的民族，竟用了这么多的颜色来装点死者的坟墓，我不知道这是一种古老传统的延续，还是现代玛雅人的创造。死者是没有知觉的，一切坟墓以及它们的色彩和装饰都是出于未亡人的需要，为了向人们显示死者家族的高贵和富裕，为了让人们记住死者生前的功德和地位等等。反正安卧在坟墓中静静腐烂的死者是什么也不会知道的，不管你是显赫的要人还是卑微的贫民，一抔黄土掩面，余下的事情便是被泥土同化，人人难逃此劫。我想，假如死者有知觉的话，压在他身上的碑石还是轻一些简朴一些为好……

正胡思乱想着，汽车又来到了宽阔的公路上，天空依然是那么深邃那么蓝，几缕纹状白云在天边飘浮，如同远远而来的几线潮峰。鹰还在天上盘旋，它不慌不忙地飞，悠然沉稳地飞，看不出它飞行的轨迹。这高飞的孤鹰，似乎正在执着地寻找着什么，追求着什么。它的归宿在哪里呢？

鹰的归宿当然也是死！

鹰是如何死去的呢？

鹰也有坟墓吗？

也许是刚从墓地出来的缘故，闪现在我脑海中的问题，居然都是死和坟墓。鹰呵，你高高地飞在天上，你是不会回答我的。

记起在四川坐船经过雄奇的瞿塘峡的时候，一位在山中长大的诗人曾指着峻峭的绝壁告诉我："最悲壮的是鹰的死。当一只老鹰知道自己死期将近时，便悄悄飞到绝壁上，在一个永远也不会被人发现的岩洞中躲起来，默默地死去。人们无法找到鹰的尸骨。这渴望自由的生命，即便死了，也不愿意被牢笼囚禁。假如灵魂不灭的话,坟墓也真可以算是另一种牢笼呢!"

也记起在新疆的大戈壁滩上旅行的时候,一位塔吉克猎人为我吹奏的鹰笛。这是用鹰翅骨制成的短笛,那高亢、尖厉、急促的笛音仿佛来自天外云中,来自极其遥远的另外一个世界。无论是欢快激越的曲子还是徐缓抒情的曲子,笛音中总是流溢出深深的凄怨,流溢出言语难以解释的哀伤。塔吉克猎人说:"鹰是神鸟,它是属于天空的。鹰死在什么地方,人的眼睛永远看不见。"我问:"那么,你手中的鹰笛是怎么来的?"猎人一笑,答道:"用枪打的。这可不是猎杀鹰呵!取鹰骨制笛是为了把鹰的精神和形象留在人间。猎鹰是一件极严肃的事情,只有那些衰老的或者病危的鹰才能被打下来取鹰骨,而且必须经过有权威的老猎人鉴定。随意猎杀鹰,天理不容!"至于鹰的自然死亡是如何景状,猎人一无所知。只能在高亢凄厉的鹰笛声中由自己想象了,鹰笛的旋律飘忽不定,鹰的形象就在这飘忽不定的旋律中时隐时现,这是一只生命垂危的老鹰,正展开羽毛不全的黑色翅膀,顽强地做着最后的翱翔。它苦苦地寻找着自己的归宿,然而归宿隐匿在冥冥之中……

在墨西哥深蓝色的天空下,这些关于鹰的见闻和回忆在我的脑海里回旋着翻腾着,它们无法编织成一幅清晰完整的图画。这些流传在中国的关于鹰的传说,和墨西哥有什么关系呢?从车窗仰望天空,那只孤独的鹰仍在悠然翔舞,仍在寻求着谁也无法探知的目标。鹰没有国界,它们大概是性情相通的吧,我想。关于鹰的死,在墨西哥不知是否有什么传说。那位墨西哥向导始终在注视着天上的鹰,陷在沉思之中。

"你们这里有没有鹰的墓地?"问题出口后我有些懊悔了,这会不会冒犯主人呢?

墨西哥向导转过头来,栗色的眼睛里闪烁着惊讶。他盯住我看了一会儿,目光由惊讶而平静。还好,没有恼怒的意思。

"鹰怎么有墓地呢?"墨西哥向导指了指天空,用一种神秘而又骄傲的口吻说,"它们的归宿在天上。假如生命结束,它们将在高高的空中化成尘埃,化成空气,连一根羽毛也不会留在地面!"

这下轮到我惊讶了。这和我在国内听到的传说简直是惊人的巧合。没有国界的鹰呵!

也许,人是习惯于为自己构筑藩篱和牢笼的,对活人是如此,对死者也一样。人类的历史,便是在拆除旧藩篱旧牢笼的同时不断构筑新藩篱新牢笼,这大概是人类作为高等生物区别于其他生物的原因之一吧。鹰呢,鹰就不一样了。我又想起了长江三峡中听到那位诗人对鹰的评论:"这渴望自由的生命,即便死了,也不愿意被牢笼囚禁!"

抬头看车窗外的天空，那只孤鹰已经不知去向。只有渺无际涯的深深的蓝天，在我的头顶沉默着，不动声色地叙述着世界的浩瀚和宇宙的无穷……

1985年11月记于墨西哥南方
1986年9月3日写于上海

血与沙

一双奇异的大眼睛充满了电视屏幕。

这是一双布满了血丝、含着泪水的黑色眼睛，它呆呆地盯着前方，目光里流露出来的是惊惶，是恐惧，是疑惑，是仇恨，是愤怒，是麻木和疯狂的混合……

这是一双牛的眼睛，是一头受伤待毙的雄牛的眼睛。我无法说清楚这双眼睛所流露出的感情。

牛的眼睛逐渐远去，牛的形象完整起来，清晰起来。它四脚分开定定地站着，巨大的头沉重地下垂，喷吐的鼻息犹如绝望的哮喘，而眼睛却竭力向上翻着直视前方，一对锋利的犄角和它的目光指着同一个方向。它的耸起的肩胛上插着四支钩枪，钩枪随着肩胛肌肉的颤抖不安地晃动着，浓而黏稠的鲜血从肩胛上慢慢地往下淌。

屏幕闪了一下，牛的形象消失了。取而代之的是一位中年的斗牛士，刚才那双充血的牛眼所凝视的就是这位斗牛士。他的服装是华丽的，白色的紧身外套上绣满了亮晶晶的花饰。

他的右手平举着一柄雪亮的剑,剑锋向下,目标是牛脖子的后上部,从这个部位插入,便能直捣心脏,一剑使庞大的雄牛致死……斗牛士是一位剽悍健壮的中年汉子,看架势便知道是个久经沙场的老手。那一头棕色的鬈发下一双距离很近的眼睛微微眯阖着,眯成一线的黑色瞳孔闪着奇异的光,这目光中流露的情绪也是极复杂的,有骄傲,有嘲讽,有怜悯,有残忍,有自信,也有隐隐约约的迟疑和畏惧……

人和牛,就这样沉默着,对峙着。惊心动魄的斗牛,此刻到了惊心动魄的极点,翻江倒海一般沸腾喧嚣的观众席上,刹那间平静得寂然无声,人们紧张地屏住了呼吸,期待那最后的时刻到来。在这沉默的对峙出现之前,斗牛士曾经用一块红布,把疯狂的雄牛逗引得团团转,那时雄牛还浑身充满了野性和力量,它低沉地吼叫着,有力的脚蹄蹬得沙土飞扬。它一次又一次低着头向斗牛士猛扑过去,斗牛士一动不动地站着,只是将手中红布轻巧地一挥,于是尖锐的牛角只是在舞动的红布上掠过,斗牛士微笑着安然无恙。受骗的雄牛越来越愤怒,它的进攻也越来越狂暴。那对巨大的犄角恨不能一下子戳穿骗局,戳穿行骗的斗牛士的胸膛。然而那红布却仿佛有着无法抗拒无法抵御的魔力,雄牛的角只能擦着红布,狡猾的斗牛士永远潇洒而又安全地躲在那飘舞的红布背后。斗牛士的勇敢、敏捷、机智,在雄牛一次次受骗的过程中表现得淋漓尽致。这时观众在狂喊，在鼓掌，在跺脚，仿佛正在欣赏一场新鲜而刺激的艺术表演。在他们的眼里，人和牛的这种危机四伏的周旋永远是新鲜的。这是万物的灵长——人，和一种强悍的牲畜的较量，是智慧战胜愚钝，是机敏战胜莽撞，是狡猾的猎手一步一步把他的猎物引入陷阱……暴跳如雷的雄牛终于厌倦了，这反复不断的徒劳进攻消耗了它的大部分体力，它精疲力竭地站定了，只是瞪大一双充血的眼睛，死死地盯住面前这位使它发狂也使它困惑的人，仿佛在问："你，到底要把我怎么样？你这魔鬼！"斗牛士脸上掠过一丝微笑。他从容不迫地卷起红布，悄悄抽出了雪亮的剑，然后眯起眼睛，慢慢地将手中的剑平举到和眼睛一样的高度，剑锋向下，对准了牛的脖颈……

人和牛，在万众屏息的沉默中对峙了五六秒钟，漫长而又庄严的五六秒钟！斗牛士的每一根神经每一块肌腱都紧绷着处于高度亢奋状态，他的目标明确，他的任何细微的动作和表情都潜伏着杀机。而牛呢，它只是茫然失措地凝视着对手，全然不知等待着它的下一幕将是什么。也许，从那剑锋闪出的寒光中，它突然产生了不安和危险的预感，于是，它把头一低，又向斗牛士冲来……

就在雄牛移动脚步的同时，斗牛士也行动了，他旋风一般向近在咫尺的雄牛猛扑过去，人们只看到一道白光射向黑色的牛体。人和牛猛烈地撞了一下，斗牛士被弹得远远的，他在离开牛头三四步远的地方摇摇晃晃地打了个趔趄,然而终于没有倒下来。

雄牛还在低着头继续向前猛冲。在它粗壮的脖颈上赫然多出四五寸长的一截铁棍——这是剑柄!在人牛相撞的瞬间,斗牛士竟将利剑整个儿刺进了雄牛的躯体!突然,雄牛站住了,它抬起头来,痛苦地扭动着,鲜血像喷泉般从它的嘴里涌出;然后它弯下前腿作跪地状,头慢慢地低下来,一直低到鲜血淋漓的嘴触到了沙地,终于带着几阵临死的痉挛倒下,仿佛崩溃了一座黑色的山峰……

杀死一条雄牛的表演到此结束。接下来的镜头也是疯狂热烈的,成千上万的观众从座位上站起来,向场子里欢呼着呐喊着,手帕、鲜花、帽子、头巾,雨点一般向绕场边走着的斗牛士抛飞。斗牛士还没来得及理一理凌乱的头发,他深深地陶醉在成功和死里逃生的喜悦之中,只见他不住地向观众们挥着手,抛着飞吻,轻松的步子犹如跳舞。几朵红色的玫瑰落在他身上,花瓣和他衣襟上的血迹是同一种颜色。场里有人交给他一样东西,他笑着把它高高地举在手中,一个黑色的、毛茸茸、血淋淋的三角形东西——这是死去的雄牛的一只耳朵尖。于是看台上欢声掌声雷动,人们由衷地庆贺斗牛士得到了最高奖赏……

啪地关上电视机,房间里顿时一片安静。血、剑、兽的咆哮、人的呼叫，一切都消失得干干净净。窗外，是阳光灿烂的墨西哥城，鲜亮的绿阴和缤纷的楼群交织成一幅宁静的图画。然而我的思绪却无法平静下来，刚才在电视中出现的一系列镜头使我仿佛置身斗牛场，并且在极近的距离内亲眼目睹了一场惊心动魄的斗牛。我的手心里捏出了汗水，我的心跳因紧张而加速。这种带着原始和冒险色彩的竞技，给人的刺激和印象是那么强烈。如果坐在斗牛场里看这场人和牛的搏斗，恐怕会紧张得受不了。在电视里看到不少身穿盛装的太太小姐们也坐在看台上。和男性的斗牛迷们一起疯狂地尖叫、跺脚、鼓掌，不禁令人愕然。也许，在勇敢剽悍的斗牛士身上，洋溢着无可比拟的男子汉气概，这对许多女性有着难以抗拒的吸引力，尽管斗牛士们以屠杀为业，尽管他们的身上血迹斑斑……

墨西哥的斗牛士们是名扬天下的，不少斗牛士的名字可以毫无愧色地和西班牙的斗牛士大师们比肩而立，受到无数斗牛迷的崇拜。四百多年前，西班牙殖民者在墨西哥修建了斗牛场，斗牛，作为一种体育、一种娱乐，漂洋过海传到了墨西哥。几百年来，世道沧桑，战云起落，墨西哥像一艘在风浪中行驶的船，而斗牛，却长盛不衰，墨西哥人在斗牛场里放声呼喊着、发泄着，只要红布挥动，只要剑光闪烁，只要牛的咆哮骤起，只要热腾腾的鲜血洒入沙土，他们便疯狂了，便忘却了现实中的所有哀怨烦恼。当一个斗牛士是许多少年人的梦想。

因为斗牛士是勇敢无畏的象征，是男子汉中的精华，斗牛士的名字，和荣誉、金钱连在一起。难怪一位墨西哥诗人写下了这样的诗句：

> 失败的雄牛颓然倒地
> 喷涌的红血是献给勇者的花束
> 斗牛士像太阳一样升起来
> 仰望他的女人们眼里燃着爱慕
> 欢呼吧，欢呼有如金币在奏乐

这位诗人或许也曾做过斗牛士的梦，那些讴歌斗牛士的诗行中隐约还流露着他的怅憾和醋意。

不过也有另一种给斗牛士的诗：

> 你以为长着犄角的雄牛，
> 就这么心甘情愿任你宰杀吗？
> 等着吧，骄傲的斗士，
> 在沉默的牛群里
> 总有一对犄角将染上你的血！

这简直就像可怕的预言和诅咒。斗牛士们读着这样的诗句，恐怕会心惊肉跳的。

谁能想象斗牛士的担忧、痛苦和恐惧呢！为了那些万众欢呼的荣耀和威扬四方的名声，斗牛士付出的代价是巨大的。一位墨西哥作家告诉我，斗牛，是把性命捏在手中的冒险，任何高明的斗牛士都无法预料自己的下一场斗牛将会有何种结果。有一个细节很说明问题：在斗牛结束后，有些斗牛士走出沙场后的第一个动作便是往家打电话，把自己平安无恙的喜讯告诉亲人们。斗牛士的母亲、妻子大多没有勇气到斗牛场观战。当她们的儿子或者丈夫在沙场和雄牛搏斗时，她们守在家中心惊胆战地等待着，可以想象，当电话铃突然在寂静之中响起来时，她们的手是如何颤抖着伸向话筒……

斗牛场上的惨剧屡见不鲜。斗牛士并不是永远以胜利告终，疯狂的雄牛曾经一次又一次用剑矛般的犄角刺穿斗牛士的身体。斗牛场的沙地上不仅有牛血，也有人血。就在我抵达墨西哥的前两个月，在西班牙首都马德里郊外的科尔梅那·比埃赫斗牛场上，21岁的著名斗牛士豪赛·库贝罗把剑刺入疲极卧地的牛颈，正在向欢呼的观众致意时，那头已经倒下的近500公斤重的雄牛突然跃起冲向库贝罗，将角刺入他的胸部，然后，像挑一个稻草人似的将它的对手挑到空中，又重重地摔在地上。库贝罗的心肺被牛角穿透，不治而亡，而那条公牛也用尽了最后一点儿力气，倒毙在斗牛士身边……尽管反对斗牛的呼声此起彼伏，然而谁也无法使这种流传了千百年的人兽之斗中断，谁也无法消灭斗牛迷们的热情。斗牛迷们反驳道："斗牛比赛安全多了，如果完全失去危险性，那不成了耍猴儿了吗？"

本来想在墨西哥城看一场斗牛，遗憾的是我们的访问中无法插入这一项目。

很巧，墨西哥城的大斗牛场就在离我下榻的宾馆不远的街区。那天看完电视不久，我一个人走出宾馆，迎着落日的余晖向斗牛场走去。五分钟以后，我就站在了斗牛场高高的围墙下。这是一个巨大的圆形建筑，四周有门，门柱上耸立着形态各异的雄牛和斗牛士的雕塑，狂奔的牛、向上窜跃的牛、低头猛冲的牛、受伤垂危的牛，挥舞红布的斗牛士、骑马持枪的斗牛士、举剑冲刺的斗牛士……形形色色的牛和人，在高高的门柱上默默俯视着我，使我想起斗牛场上种种激烈的你死我活的搏斗。斗牛场前空旷的大街上不见一个人影，夕阳把我的长长的影子投到灰色的铁门上，然而门紧锁着，斗牛场里的沙地和沙地上的血迹，只能通过想象来由我自己描绘了。尽管周围一片寂静，但我的耳畔似乎响起了无数声音，其中有牛的嘶吼，有人的呐喊，有靴子和牛蹄在沙地上踩出的声响，有枪剑和骨肉的摩擦撞击，有欢呼和笑声，有叹息和哭泣……

离开斗牛场时,我突然想起了伊巴涅斯的小说《血与沙》,想起小说结尾的两句感叹:

"可怜的雄牛!可怜的斗牛士!"

异乡的天籁

夜晚，在离开上海数万里外的南太平洋之岸。半个残缺的月亮从海面上静静升起。天空是深蓝色的，而天空下面的海水，是墨一般的漆黑，星光和月色洒落在海面上，泛起星星点点的晶莹。远方有一条白色的细线，在黑黢黢的水天之间扭动，这是海上卷起的潮峰，它们集聚了大自然神秘的力量，正缓缓地向岸边涌来。风中，传来隐隐的涛声。一只白色的鸥鸟从我身边飞过，像一道闪电，倏忽消失在黑暗之中。

这是澳大利亚维多利亚州一个名叫凯尔斯的海边小镇。这个小镇，离繁华的墨尔本200多公里，在地图上未必能找到，镇上只有几家小店和旅馆闪着灯火。离开小镇，穿越一片草坪就是海滩。我一个人站在海滩上，站在星空下，站在望不到边际的夜色里，沉浸于奇妙的遐想。和我一起伫立于海边的，是一棵古老的柏树。斑驳的树皮，曲折的枝干，树冠犹如怒发冲冠，月光把古柏巨大的阴影投在海滩上，如同印象派画家异想天开的巨幅作品。这样的古柏，在中国大多生长在深山古庙，想不到在异域海岸上也能遇到这样一棵古树，这是奇妙的遭遇。树荫中传出不知名的夜鸟的鸣啼，低回婉转，带着几分凄凉。

  古树、残月、孤鸦、星光荡漾的海，这样的景象，神秘而陌生，却似曾相识。它们使我联想起唐诗宋词中的一些情境，但又不雷同。这是我以前从未看到过的风景。我就着月光看腕上的手表，是夜里九点，此时，中国是傍晚七点，在我的故乡上海，正是华灯初上的时刻，淮海路上涌动着彩色人流，南京路上回荡着喧闹人声，灯光勾勒出外滩和浦东高楼起伏的轮廓……而这里，完全是另外一种景象。久居都市，被人间的繁华和热闹包围着，很多人已经失去了抬头看看星空的欲望，也忘记了天籁究竟是怎么一回事。此刻，大自然正沉着地向我展示着它本来的面目。

  能够沉醉在大自然幽邃阔大的怀抱中，是一种幸运。在天地之间，在浩瀚的海边，我只是一粒微尘，只是这个小镇、这片海滩上的匆匆过客。然而这样的夜晚，这样的情境，却会烙进我的记忆。

  在澳洲，很多天然的景象使我陶醉，也使我心灵受到震撼。旅行途中一些不经意间看到的景色，让人难以忘怀。一位澳洲作家曾经这样提醒我："在澳洲，请你多留意这里的海洋。"在飞机上，我曾经观察过澳洲的海岸线，这里有世界上最曲折逶迤的海岸，海岸边有平缓的沙滩，也有峻峭的岩壁。在阳光下，金黄的沙滩映衬着蓝得发黑的海水，海滩的金黄是天底下最辉煌的颜色，而海水的蓝色则是世界上最深沉的颜色，这样鲜明强烈的对比，在任何一个画家的笔下都没有出现过。我也一次又一次走到海边，看海浪在礁石上飞溅起漫天雪浪，听涛声在天地间轰鸣，面对着激情四溢的海洋，我却感受到一种无法言传的宁静。也有平静的海湾，海水平静得像一块蓝色水晶，白色的游艇在海面滑动，悠然如天上的白云。凝望着平静的海洋，我却想起了风暴中的海，想起了我曾经在文学作品中读到过的最汹涌激荡的海。海的运动，遵循的是自然永恒的法则，没有人能改变它。这是地球上最神秘的力量。在悉尼的邦迪海滩，我看到了海洋永无休止的运动。不管气候晴朗还是阴晦，不管是有风还是无风，在这片海滩上永远能看到滔天巨浪，潮头如崩溃的雪山，成群结队呼啸而来，前面的刚刚在海滩上溃散，后面的又轰然而起。冲浪者在潮峰上滑翔，展现着人的勇敢和灵巧。如果把大海的运动比作一部壮阔的交响曲，人在其中的活动只是几个轻巧的音符。

在澳洲的海边旅行时，我也常常被突然出现在眼帘中的大树吸引。很多树我都无法叫出它们的名字，它们千姿百态地站在海边，眺望着波涛起伏的海洋，也向过路人展示着生命的魅力。这些大树的形状没有一棵是雷同的，也没有一棵是丑陋的，无论怎样生长，无论是粗壮的还是清瘦的，高大的还是低矮的，所有的树都显得生机勃勃，树上的每一根树枝都像自由的手臂在空中挥舞，在拥抱清新的阳光和海风。即便是那些枯死的老树，我依然能在虬结的树干和峥嵘的枝杈上感受到生命的力量，能从中想象它们当年的茂盛风华。澳洲的树木中，最常见的是桉树，它们有的独立在草原中，有的成片成林，白色的树干在绿叶中闪烁着光芒。在国内，我也看到过不少桉树，印象中它们都清清瘦瘦，像苗条的少女。而澳洲的桉树却完全不一样。在离菲利浦湾不远的公路边，我见过一棵巨大的桉树，树干直径将近两米，四五个人无法将它合抱，树冠覆盖的土地超过一亩。几十个人站在这棵巨大的桉树下，只占据了树阴的一小部分。我曾经走进一片幽深的桉树林，因为树和树挨得太近，白色的树干互相缠绕着，密集的树叶遮住了天光，空气中弥漫着桉树叶的清香。在树上，能看到考拉，也就是树袋熊，这是澳洲人最喜欢的动物。它们悠闲地坐在树杈上，不慌不忙地嚼着桉树叶，并不理会生人的来访。

海边的牧场也是悦目的景观，草原的起伏形成了大地上最柔和的线条，而在草地上吃草的羊群和牛群，仿佛是静止不动地被贴在绿色屏幕上。如果海上有风吹过来，吃草的牛羊应该能听到浪涛拍击海岸的声音，应该能听到树林在风中的低语。但这些草原上的生灵，大概早已习惯了身边的那种安宁，它们已经没有了奔跑的念头。只有野生的袋鼠，箭一般出没在灌木丛中。

一天黄昏，我离开海边一个著名的景点，在暮色中坐车回墨尔本。公路穿越一片丘陵时，车窗外出现了我从未见过的奇妙景象：西方的地平线上，残阳颤动，晚霞如血，东方的天边，金黄的月亮正在上升。道路两边，是广袤无边的草原，羊群、牛群和马群仍站在那里吃草，它们沉静地伫立在自己的位置上，在夕阳和月光的照耀下，入定一般贴在墨绿色的草地上，天色的昏暗丝毫没有引起它们的不安。这是一幅色彩深沉、意境优美的画，一幅世界上最平和幽静的油画。

庞贝晨昏

离开苏连托，汽车沿地中海开了几个小时，目标，是一个神秘之地——两千年前突然消失的古城庞贝。浩瀚的海和晴朗的天相连，一片令人心醉的蓝色。蓝色的海，在夕阳映照下，更是蓝得深沉莫测，如一块巨大的墨色水晶，在碧空下漾动。

庞贝的故事，我童年时代就从书中读到过。公元79年8月24日，维苏威火山突然爆发，坐落在火山脚下的古城庞贝，被火山熔岩吞没，从人间消失。很多年后，人们才发现这座已经被埋在地下的城市，遥远古代发生的悲惨景象，被定格在火山的熔岩中，他们临死前的挣扎，他们痛苦恐惧的表情，重现在现代人的面前。在我儿时的记忆中，这个历史事件是最不可思议的事情，而庞贝，也成为我印象中神秘的地方。儿时曾经有过梦想，如果有机会出国，一定要去看看庞贝。

此刻，庞贝在望。从苏连托赶到庞贝，时近黄昏，通向庞贝古城的大门已经关闭。举目远眺，青灰色的维苏威火山默立在天边，山顶缠绕着白色的云烟，燃烧的晚霞渐渐将山影和天空融为一体……

当年维苏威火山爆发时,一艘正在海上航行的帆船看到了火山喷发火光和烟柱,庞贝城成为山坡上的一个巨大火炬。船上的手水们想赶来救援,帆船却被从空中落下的岩浆击中,船毁人亡,勇敢的水手们成为庞贝的殉葬者。此刻,神秘的庞贝古城仿佛沉思在夕照中,静静地面对着我这个万里之外前来探询的东方来客。

第二天清晨,从那不勒斯出发,早早赶到庞贝,古城博物馆刚刚开门。我成为这天第一批走进庞贝的人。

古老的街道沐浴在朝晖中,路面的一块块石头,如光滑的古镜反射着日光,让人感觉目眩。这光滑的石头路,被无数人的脚磨得光滑发亮。摩擦过这路面的脚,究竟是两千年前的古罗马人,还是这数百年来的近代和现代人呢?谁也无法分辨这路上的人迹了,古人今人的脚印,早已融为一体。笔直的大道印证着当年庞贝的恢宏气派,可以想象贵族的骑兵和车队曾如何在路上经过,还有那些负重而行的奴隶……古城中到处可见废墟,巨大的竞技场、浴场、贵族的庭院、工人的作坊。庞贝的繁华和奢侈,从废墟的残垣柱桩中依然能够窥见。贵族庭院中的彩色马赛克,今天看来仍鲜艳如新,浴场的豪华和排场,令人咂舌。还有规模不小的妓院,墙上的壁画上描绘着当年庞贝人的淫乐之态。难怪有人说,庞贝的毁灭,是因为享乐过度，所以上帝才点燃了惩罚之火。

不过，惩罚之火的说法，无论如何难以成立。火山喷发时，庞贝的所有居民，无论尊贵卑贱，无论富贵贫穷，都遭到了惩罚，并没有因为生前未曾享乐而幸免。对两千年前的庞贝人来说，这次突然的火山爆发，无异于世界末日，在爆炸声和火焰光中，他们看见了世界和生命被毁灭的景象，一切都在火光中灰飞烟灭……

在一间大作坊中，我看见了那些被火山熔岩定格的死者。这些古代死者，并不是木乃伊，也不是人工的雕塑。考古学家们在凝固的火山灰中发现这些尸体的空壳，便用石膏使之复原，一批垂死者的真实雕塑，便重现在世人面前，现代人可以由此想见庞贝毁灭时发生的故事。这些石膏人模展现的是庞贝人临死前的形状，让人心灵震撼：人们在奔跑逃命，在呼号痛哭，在突然来临的死神面前惊恐万状，有人两手抱头，蜷曲成团，有人以手掩面，靠墙跪蹲，有人躺在地上，扭曲变形……一个母亲，将婴儿紧紧环抱在胸前，用自己的头、身体和四肢遮挡着火焰和岩浆，人间伟大的母爱，被凝固在这里；一对情侣，紧紧拥抱着合二为一，在夺命烈焰中，爱情成为永恒；一只大狗，扑在一个孩子身上，试图在为他遮挡住从天而降的火山灰，孩子则伏在大狗的身下，一只手紧搂着狗的脖子，人和狗相拥而亡的景象，悲惨而感人，世间的生命，就这样相亲相爱，生死依存……

如果世界真是由上帝创造，那么，这位上帝创造的最伟大的东西，不是世间万物，不是宇宙，而是生命之爱。庞贝人在生命被毁灭时的表现，印证了这样的爱。

庞贝作为一座繁华的城市，再也没有恢复。然而世界并没有因为庞贝的消失而毁灭，人类依然在大地上生活繁衍。在庞贝的废墟上，鸟还在天上飞翔，牛羊还在山坡上吃草，花树还在土地中萌芽抽叶。而庞贝人在面对死神时的种种动作和神态，成为人类之爱的永恒表情，悲惨而神圣，让每一个参观者心颤，也让人思索生命的意义。

我站在庞贝的中心向远处眺望，苏维士火山呈一种神秘的青灰色，起伏在碧蓝的天空下，以沉默俯瞰着被它毁灭的城市。当年喷吐过死亡之火的山峰，也许会一直沉默下去，成为天地间永恒的谜语。

2003年12月于四步斋

沉船威尼斯

从空中看威尼斯,她是蓝色大海中一条彩色的大鱼。威尼斯的形状确实像一条鱼,本岛是她的身体,环列四周的小岛组成了她的鳍和尾。这条鱼,在亚得里亚海中游了亿万年,繁华了千百年,成为人类文明史中的一颗明珠。

在海上看威尼斯,它是从海面上升起的一片童话般的土地。那些精美的楼房、城堡、教堂、桥以及那些在城边浮动的船,如同海市蜃楼,在海天间飘忽摇曳。人类的创造,还有什么能比这样的景象更让人产生奇思妙想呢。

踏上威尼斯的土地,我才真正了解这座海上之城的美妙。

沿着海边的大道走向圣马可广场,沿途风景目不暇接。沿海的是各色各样的码头,两头高翘的"贡多拉"停泊在码头上,如一群古代黑衣舞者,在海边随阵阵浪波舞动,正以沉静优雅的姿态招徕游人。面海的石头房子,每一幢都有传奇故事。经过一家古老的旅馆,我看到门口墙上有铭刻文字的铜牌,仔细一读,原来莎士比亚曾在这里住过。也许,莎翁《威尼斯商人》创作的灵感和素材就是成型于此。再走不远，经过一座石桥，桥头两侧都是出售当地纪念品的小摊，彩色的威尼斯面具、布娃娃、皮包、皮带，游客在小摊前和商贩们讨价还价，这分明就是《威尼斯商人》中的场景。如果离开海滨选一条小巷进城，你会进入一个曲折的迷宫，街道两边那些彩色的店铺，让人眼花缭乱。

临海的圣马可广场，是威尼斯最有气派的地方。

很多年前，在圣彼得堡的冬宫博物馆，我看到过意大利画家卡纳尔的油画《威尼斯招待法国公使》。画面描绘的是18世纪威尼斯的一次外交盛事。法国公使乘船来到威尼斯，当地的主教、王公贵族、有名的绅士淑女，在港口的广场上列队欢迎，虽然只能远远地看到一大片人头涌动，但可以想见，那些达官贵人们是怎样应酬着寒暄着，讲着不着边际的客套话，那些华丽的袍服和长裙是怎样互相摩擦着发出窸窣之声。在面向海湾的那幢大楼里，也聚集着无数宾客，他们站在二楼的阳台上，兴致勃勃观望着广场上的人群。在盛装的人群中无法找到那位法国公使，但可以看到法国公使停泊在港湾里的巨大的船队。而站在路边桥头上看热闹的，是当地的平头百姓，那些灰暗驳杂的服饰和广场中央那一大片鲜艳华贵的颜色形成鲜明对照。

两百多年过去，当年油画中的圣马可广场，和今天的广场没有大的区别，大教堂还在，钟楼还在，海边的立柱还在，那些精致繁复的回廊还在，教堂墙上的金碧辉煌的马赛克壁画，簇新如昔。只是物是人非，广场上走动的是现代的人群。广场的石头地面上，密密麻麻停满了鸽子，它们悠闲地在那里散步。以我所见，这里的鸽群，也许是这个星球上数量最多的鸽群。地上的鸽子们偶尔展翅飞起，空中便响彻一片"扑扑扑"的翅膀拍击声，周围的空气也随之振动。这里的鸽子不怕人，你走过去，它们也不逃，还会飞落在你的肩头甚至头顶。在鸽子们的记忆中，从世界各地来圣马可广场的人们，为的就是给它们喂食，和它们拍照。当年法国公使来访问时，大概没有这么多鸽子相迎吧。

在威尼斯，最有情趣的事情，是坐"贡多拉"在水巷穿行。一个长相英俊的威尼斯小伙子手持长篙站在船尾，长篙轻轻点动，"贡多拉"便在漾动的水面上开始滑行。狭窄的河道曲曲折折，随时都会通向神秘的所在，两岸的石头房子迎面压过来，岸畔人家的台阶浸在水中，阳台和窗台触手可及。低头看水中，两岸楼房倒映在晃动的水面上迷离一片，如印象派音乐的韵律。前面不时有小桥当头压过来，船上人啊呀一声惊叫，回头看时，那桥，那桥上的行人，桥畔的楼廊和街灯，都自然奇妙如画中美景。从水巷出来，穿过石桥，进入海域，天地豁然开朗，周围的岛屿上，耸立着形态各异的教堂和楼房，像是一群沉默的卫士，在四面八方守卫着威尼斯。

　　威尼斯是欧洲人创造的奇迹。千百年的经营，把这个海岛建成一个绚烂多姿的海上世界。大海造就了威尼斯，很显然，大海最终也会终结威尼斯，我看到的威尼斯，是一个被海水浸泡的城市，是一个逐渐被淹没的城市。我永远无法忘记一年前重访威尼斯时见到的景象，那天，海水漫过城市的地基，圣马可广场成了一片汪洋。广场四周的商铺浸没在水中，人们只能在临时搭起的栈桥上行走。鸽子们失去了栖息之地，在空中惶惶不安地盘旋……

　　告别威尼斯时，在船上回望那逐渐隐没在水天波光中的古城，突然生出一个念头：威尼斯，像一艘正在沉没的奢华古船……

2007年3月于四步斋

在柏林散步

早晨醒得早，起身出门散步。沿着宾馆对面的花园无目的地行走。花园尽头，是一个十字路口，见一片被围起来的废墟，荒草丛生，似乎有点煞风景。回宾馆后听人介绍，才知这片废墟当年就是纳粹党卫军冲锋队总部，纳粹的头领带着他们的随从常常在这里进出。对生活在柏林的犹太人来说，这就是地狱之门。盟军和苏联红军攻打柏林时，这里当然是主要的轰炸目标，炸弹将这一片楼房夷为平地。第二次世界大战结束后，被摧毁的柏林很快开始重建，德国人在废墟上重新建造起一座新的柏林，但纳粹冲锋队遗址却一直被废弃着。我想，这是一种姿态，也是一种警示。这样疯狂的镇压人民的武装机构，不应该再恢复。这废墟触目惊心地横陈在闹市中，也可以提醒人们这里曾发生过什么，提醒人们德国在第二次世界大战中曾犯下的深重罪孽，提醒人们再不要重蹈覆辙。我很自然地想起第二次世界大战后德国总理勃兰特访问波兰时的一幕，在被纳粹杀害的犹太人纪念碑前，他含着眼泪下跪。全世界都记住了德国总理的这个情不自禁的动作。一个敢于直面历史,勇于反思,记取教训的民族,是可以获得谅解并赢得尊敬的。同样在20世纪对人类犯下战争罪孽的日本,很多政客对历史的看法便大不一样,在日本,这样的姿态和提醒似乎少见。

上午,在继续在城中漫步。离我们的宾馆不远,就是当年的柏林墙。隔离东西方的高墙早已倒塌,但遗迹还在。当年围墙的唯一通道,是一个森严壁垒的检查站,两面都有全副武装的军人把守。检查站的岗楼还在,楼边竖立着一块高大的广告牌。我们从东柏林一侧看,广告牌上是一个苏联军人的大照片,如从西柏林一侧看,则是一个美国军人的大照片,照片上的军人表情肃穆,目光中含着几分忧郁。那目光给人的联想是复杂的,它们折射出一段漫长的不堪回首的历史,它们和人为的分隔和敌对连在一起,和无谓的流血和牺牲连在一起。柏林墙被推倒已经十多年了,在柏林城里,那道围墙的痕迹依然清晰地被留在地上,每个自由经过这里的人都可以看到地上那道用石头铺出的墙基。我们的汽车在当年的检查站旁边停下来,我发现,那里有一家商店,店门外的墙壁上,镶嵌着一块块柏林墙的残片,残片上是彩色的绘画局部,依稀可辨流泪的眼睛、扭曲的肢体,让人产生沉重的联想。

离柏林墙检查站不远,便是当年纳粹的党卫军总部,那是一幢古希腊式的石头大厦,竟然没有被盟军的炸弹轰塌。大厦门口，有两尊石头雕像，雕的是谁已经无法辨认，当年的炮弹炸飞了雕像的上半身，我能见到的只是两个黑色的不规则残体。应该承认，这是一幢颇有气派的建筑，如果不是党卫军用来当总部，它应该也是柏林引以为自豪的建筑。然而它却成了凶暴残忍的象征！当然，建筑无辜，是入住此地的纳粹党徒们有罪。很显然，这也是没有被修复的一栋建筑，其用意，大概和我们宾馆对面的那片废墟是一样的吧。被岁月熏成黑黄色的墙面上，能看到累累弹痕，惊心动魄的历史，静静地凝固在这些沉默的弹痕里。

在纳粹党卫军总部对面，是古老的普鲁士议会大厦。这座大厦当年也曾毁于轰炸，但战后又修复如初。早就听说德国人修复被毁建筑的功夫惊人，在柏林，眼见为实了。普鲁士议会大厦前，有一座高大的青铜坐像，那人物，眉眼间颇觉熟悉，仔细一看，竟是歌德。青铜的歌德在这里大概也坐了一百多年了，街对面那座大厦里发生的事情，都曾活动在他的视野中。崇尚自由讴歌人性的歌德，目睹自己的国度发生如此荒唐野蛮的故事，该作何感想呢？

看到了著名的勃兰登堡门。当年，它属于东柏林，由于它紧贴柏林墙，一般人难以走近它，在很多人心目中，它已经和柏林墙连成一体，也是咫尺天涯的隔绝象征。柏林墙的墙基，很触目地横过勃兰登堡门前面的大街，每一个穿过街道的人都会看到它踩到它越过它，此刻，它只是地上的一道痕迹了。勃兰登堡门前的广场上，有不少游览拍照的人，阳光下，门顶上那组青铜雕塑闪闪发亮。柏林墙被推倒的那一天，欢庆的德国年轻人爬到了门顶上，雕塑的马腿和人像的手足都被扭歪了，事后费了很大的工夫才将它们修复。穿过勃兰登堡门往东，就是当年的东柏林，正对勃兰登堡门的是著名的菩提树大街。我们眼帘中那些方正高大的建筑，基本上都是第二次世界大战后建造的，1945年前的老柏林，已经旧迹难寻了。

不过，在柏林还是到处能看到旧时建筑，少数是残存的，大部分是重修的，如那幢堪称巍峨的国会大厦。当年希特勒利用那场不知所终的国会大厦纵火案，清洗了德国共产党，国会大厦也因此名扬天下。在我的记忆中，与此有关的是苏联电影《攻克柏林》，在这座大厦中曾有过殊死搏杀。两个苏联红军战士将胜利之旗插上大厦圆形穹顶的镜头，令人难以忘怀。其实，这幢大厦当年也被战火严重损伤，那个巨大的绿色圆顶，几乎整个被炮火掀去。战后，大厦被修复，但那个圆顶，却只留下镂空的骨架。这是战争的纪念，也可以让德国人睹物思史，反思那段耻辱的历史。在国会大厦前的草坪上散步时，发现很奇怪的现象，在这个宽阔的草坪上走动拍照的竟然大多是中国人，如果不看周围的建筑，真让人误以为是回到了中国。

洪堡大学也在菩提树大街边。车经过时我走进校门看了一下。洪堡大学是世界著名的大学，许多了不起的文学家、哲学家和科学家曾就教或就读于此，其中有诗人海涅、哲学家黑格尔和费尔巴哈、科学家爱因斯坦，马克思和恩格斯也曾在这里读书。曾先后有30多个诺贝尔奖金获得者在这里上学或任教。因为是星期天，静悄悄的校园里看不见人影。两棵高大的银杏树将金黄色的落叶撒了一地，落叶缤纷的草地上，有一尊大理石雕像，我不认识被雕者是谁，是一位沉思的老人。看了雕像上的文字，方知是诺贝尔文学奖获得者特奥多尔·蒙姆森（Theodor Mommsen），这是德国历史学家，曾在洪堡大学讲授古代史，也曾任该校校长。因为他的《罗马史》写得文采斐然，获得1902年的诺贝尔文学奖。此刻，这位睿智的老人独自沉思在他曾经工作过的校园里，凝视着遍地黄叶……

莫扎特在这里出生

"莫扎特在这里出生！"萨尔茨堡人轻轻的一句话，让每一个来访的人肃然起敬。

这条街有一个朴实无华的名字——粮食街。莫扎特的出生地就在这条街上。粮食街完全保持着几个世纪前的模样，狭窄的街道，两边是石头的古老建筑，街面紧挨着形形色色的小店铺，彩色的店招和广告旗幡看得人眼花。街上来来往往的是来自世界各地的游客，到萨尔茨堡，不到这街上走走，不去拜谒一下莫扎特故居，那等于没有来过此地。

粮食街9号，一幢黄色的楼房，式样并没有什么特别之处。然而这幢楼房无疑是萨尔茨堡一个最重要的标志。有了这幢楼房，有了莫扎特，萨尔茨堡才成为全世界爱乐者心驰神往的圣地。

走进楼门，踏上并不宽敞的石头楼梯，曲曲拐拐地到了三楼。这里就是当年莫扎特的家。以现在的眼光来看，这样的楼房似乎不是显贵的住宅，不过在莫扎特的时代，这大概是很富有的人家了。站在门口，可以看到宽敞的客厅，墙上挂着古老的油画，厅堂里摆着古老的钢琴。房间中间有一个玻璃立柜，里面是一把小提琴，据说这是莫扎特童年时拉过的琴。站在这把小提琴前，凝视着琴把上磨损的指板，可以想象当年莫扎特在这里拉琴的情景：一个清秀的男孩站在屋子中间，尽情挥洒琴弓，悠扬的琴声在屋子里回荡。他也常常坐在钢琴前冥想，心中涌动着美妙的旋律，他随手在琴键上弹出这些旋律，琴声回旋跌宕，使所有听见这琴声的人都惊讶不已。莫扎特的第一钢琴协奏曲，就是在这间屋子里创作的，那年他才6岁。神童莫扎特的名声，当时已经传遍了奥地利，奥皇也常常把他请到宫廷中弹琴。当年，周围的人们都知道这里住着一个音乐神童，莫扎特的那扇窗户如果开着，经常会有人站在楼底下，听着从窗户里传出的钢琴和小提琴奏出的美妙乐章。住在粮食街上的人们真是有耳福。不过，他们大概想不到这个小小的音乐神童以后会成为人类历史上最伟大的音乐家，他创造的音乐会在地球的每个角落回旋，让说着不同的语言人们在他的音乐中感动共鸣。而他们这个城市，也将因为诞生了这位小神童而名扬天下。

我站在这间普普通通的客厅里，想象着莫扎特可能在这里经历过的生活。客厅的长条木头地板凹凸不平，童年的莫扎特当年在这里留下了多少脚印。客厅四周的墙上，挂着不少当年的油画，画面上都是和这个家庭有关的人物。莫扎特的父亲和母亲，他的很多亲戚，都以沉静的目光注视着这个客厅，仿佛仍在默默回忆在莫扎特在这里留下的身影和声音。墙上也有几幅莫扎特的画像。一幅是莫扎特两三岁时的画像，画面上的莫扎特穿着简朴的衣衫，小脸显得清瘦，两只大眼睛里流露出淡淡的忧伤。一幅是莫扎特7岁时的画像，那时的莫扎特，比幼时胖得多，他身穿华丽的贵族服装，脸上带着和7岁年龄不相称的矜持的微笑。那就是被人称为音乐神童时的莫扎特，他出入宫廷时，身上穿的大概就是这样的衣服吧。不过，穿这样累赘的礼服，弹钢琴好像不太方便。我想，画这幅油画的画家，一定是把小莫扎特成人化了，他大概以为，一个已经能创作钢琴协奏曲的音乐家，不应该再是个孩子，所以把7岁的莫扎特画成这样。另外一幅油画，画的是34岁的莫扎特，是一幅未完成的作品。这幅画的作者，是莫扎特的姐夫约瑟夫·朗根，据说这是莫扎特生前自己最满意的一幅肖像。油画上的莫扎特是一个侧面，只画完了头部和上身的一小部分，好像是坐着弹钢琴的姿态，画面的下半部分的色彩全被刮掉了，不知是画家不满意刮掉了准备重画，还是因为其他原因画到一半便中止了。莫扎特凝视着画面的左下方，脸上是严肃沉思的表情。我相信，这幅油画一定把莫扎特画得很逼真，画出了他真实的精神状态。两年后，莫扎特就离开了人世。这也是他留给世界最后的画像。

在这间客厅里，最让我神思飞扬的，是玻璃柜中陈列着的一页五线谱，这是莫扎特谱曲的手稿。发黄的曲谱上，那些活泼的小蝌蚪在上下跳跃，可以想见莫扎特当年是怎样挥动着羽毛笔龙飞凤舞，通过这些黑色的小蝌蚪记录下心中流出的音乐。我默读那谱上的旋律，无比优美，那是典型的莫扎特的风格。人们说莫扎特是上帝派到人间来传送美妙音乐的人，他能用最优美的旋律表达世上所有的情绪，即使是忧伤、惶惑、迷惘和痛苦，在他的音乐中也一样美妙动人。我曾经无数次听莫扎特的作品，无数次在他的创造的旋律中沉醉，他的音乐，是心灵的自由飞翔，是天籁之声。现在，能在莫扎特度过童年的房子里，看他亲手谱写的曲稿，那简直是梦幻一般的情景。我不知道现代的科技手段能否将这样的手稿永远保存，对莫扎特来说，这并不重要了，因为他当年创造的音乐，已经传遍人间，而且将永远流传下去，只要人类的耳朵和心灵还能欣赏音乐。

走出莫扎特居住的那套房子，隔壁也是莫扎特故居博物馆的一部分，在一个大房间里，可以买到关于莫扎特的画册和唱片。屋子一角，一台电视机开着，屏幕上正放着歌剧《魔笛》，剧中人帕米娜和帕帕杰诺正在演唱那段著名的二重唱《那些感受到爱情的男人》。柔美的女高音和激越的男高音交织缠绕，咏叹着人间的爱情，使每一个从这间屋子走过的人都驻足聆听，我发现沉浸在音乐中的听者，脸上都是神往的表情。歌声在静悄悄的屋子里回旋百啭，每一个角落都荡漾着深情的音乐，仿佛那就是莫扎特自己在歌唱。世间的一切都稍纵即逝，荣辱贫富，爱恨悲欢，只有那些从心灵里涌出的曼妙音乐，永远在热爱艺术的人群中流传。

沿着那些古老的石头楼梯下来，又回到楼房门前那个小小的广场上。广场里，人群流动，乐声飞旋。两个年轻的蒙古人，坐在地上拉马头琴，拉的是现代东方的曲子，飘忽，凄凉，如歌，如泣，和莫扎特的旋律没有关系，但却让人感觉到一种内在的契合。很多人围着那两个蒙古人，静静地听他们拉琴。这些听众来自世界各地，有着不同的肤色，到萨尔茨堡，大多为了莫扎特而来，在莫扎特故居的门前，却听到了东方的马头琴声。那两个蒙古人一曲拉罢，在人们礼貌的掌声中相互点头一笑，展开琴弓，突然拉出莫扎特的小提琴协奏曲中的一段旋律，惊喜的听众情不自禁地鼓起掌，掌声和琴声交融在一起……

我回头仰望莫扎特故居，三楼，那一排无人的窗口。当年，小莫扎特一定常常打开窗户，探头看粮食街上的热闹景象。如果莫扎特此刻回到老家,打开窗户,俯瞰此情此景,或许也会报以会心一笑吧。

2004年2月

遥望泰姬陵

去印度，当然要去看看泰姬陵。

泰姬陵坐落在阿格拉。从新德里坐车去阿格拉。不到两百公里路程，花了将近四个小时。沿途没有特别的风景，经过一些小镇，可以看到衣着鲜艳的印度人在路边摆摊，闲逛，大声喧哗，孩子在车窗前举手晃动着不知名的食品向车上的人兜售。女人头顶着水罐行走在树荫下，优美如东方歌舞团的舞蹈。不时可以看到自由散漫地卧在路边或者悠闲漫步的牛。也有大象，步履稳健地在路上行走，它们是印度人温驯的坐骑。

阿格拉是印度最重要的旅游城市，拥有两处世界文化遗产，泰姬陵和红堡。进入阿格拉时，情景令我吃惊。这竟然是一个破旧脏乱的城市，汽车经过市区，只见歪斜的商铺，喧闹的人群，马车、羊群混杂在一起，更有黑色或者黄色的牛三两结队，昂然从集市中走过，旁若无人。陪同的印度青年对我说，阿格拉城里很乱，晚上他也不敢去那里。然而，伟大的泰姬陵就在这城市侧畔。现代的嘈杂粗陋，衬托着古时的精美恢宏。

泰姬陵用白色大理石建成，巍峨而精美，如蓝天下的一朵白色蘑菇云，又如一座凌然的雪山，在午后的阳光下闪烁着圣洁的光芒。这是一个印度国王为纪念其去世的爱妻而建造的一座陵寝，一座伊斯兰风格的巨大建筑，被认为是人类的建筑奇迹之一。在很多人眼里，它是永恒爱情的象征。印度五世国王的爱姬病重弥留时，悲痛的国王许诺，将在她离开人世后为她建一座举世无双的最美的陵墓。爱姬病逝，国王便开始以自己的权威实践对亡妻的诺言，举全国之力大兴土木开工建陵。当时的印度，国力雄厚，然而建这座陵墓，决非平常之事，国王令下，全国动员，设计，采办，运料，施工，工程浩繁，犹如秦始皇造长城。这位国王在位时，建造泰姬陵就成了他生活中的头等大事。巨大的施工现场，每天有5000个工人在劳作，工程延续了整整20年，无数人为之流汗流血，甚至丧命。当泰姬陵完工时，见到它的人都惊呆了，天地间耸立起的这座纯白色的巨大建筑，端庄，宏伟，神秘，集圣洁和华丽于一身，它的美震撼了所有人。泰姬陵用数以万吨的白色印度大理石建穹顶主体，用来自世界各国的彩色大理石镶嵌墙上的花饰和可兰经文。陵寝周围的巨大方形平台和阶梯，也用白色大理石铺就。瞻仰陵寝的人们赤脚走上台阶经过平台，仿佛是一步一步进入一座纯洁的白玉之山。陵寝的方形平台四角建有四座立柱形高塔，塔顶也有圆形穹顶，和巍峨的陵寝主楼和谐相称为一体。陵寝平台两侧有两幢对称的红色建筑，右侧为清真寺，左侧为昔日宾馆。在这两幢红色建筑的衬托下，更显出主体陵寝耀眼的洁白。国王实践了他的诺言，为亡妻建造了一座独一无二的伟大陵寝。这恐怕是有史以来人世间成本和代价最巨大的爱情纪念。

我参观泰姬陵时，向陪同的印度朋友提了一个问题：泰姬陵的设计者是谁？在介绍泰姬陵的资料上，没有看到有关设计者的文字。印度朋友告诉我，设计者是一位名叫默罕默德的波斯建筑师，他不仅设计了泰姬陵，还亲自参与了整个建筑过程。泰姬陵建成后，他得到的奖赏，是被国王砍去右手，为的是不再让他有机会设计相同的建筑。而默罕默德，面对着自己设计的这个美丽建筑，坦然受刑，觉得死而无憾。作为建筑师，能有机会把美妙的梦想变成现实，是莫大的幸福。泰姬陵建成之后，历史记载中再没有出现过有关这位伟大建筑师的只字片言，很多人认为，是国王杀害了他。失去手臂的设计师，并没有失去设计的能力，国王担心他再为别人设计相同的建筑，这样，就会破坏了他对亡妻的承诺。尊贵的帝王之诺和一个平民的生命，孰轻孰重，那是不要动脑筋的。一个伟大的设计师，竟成为自己设计的陵寝的殉葬品。

我无法证实这个故事，但我相信这不会是好事者的杜撰。

如今的参观者，都称道国王和泰姬的爱情，以为这宏伟的建筑便是人间情爱的象征。有谁还记得这默罕默德，记得这位用生命设计了泰姬陵的天才建筑师？泰姬陵上没有他的名字，人们津津乐道着帝王和妃子的爱情，却忘记了这位伟大的建筑师。我想，在泰姬陵前，应该为默罕默德塑一座雕像，让他挥动着那只没有手掌的右臂，向每一个来看这世界奇迹的游人讲述他的故事。

关于建造了泰姬陵的这位国王，史书上有详尽记载。他为亡妻建成陵寝之后不久，他的儿子便篡权夺位，把他赶下了台。建泰姬陵，几乎耗尽国库，饥荒蔓延，民怨沸腾，这也为儿子篡位提供了理由。被废黜的老国王成了囚徒，被关在离泰姬陵几公里外的红堡中，他向新国王提出一个要求，希望在自己囚室的窗户里能远眺泰姬陵，儿子满足了他。我去红堡参观时，印度朋友把我带到当年囚禁老国王的那间房间。说是囚室，其实是豪华宫殿中宽敞的一间，墙上的窗户，正对着泰姬陵的方向。幽囚此地的老国王，遥望着亡妻的陵墓，会有什么联想呢？泰姬陵离这里不远，但却已遥隔天涯，可望而不可即。对他来说，建造陵寝、遥望陵寝的时光，比他和泰姬共同度过的岁月，不知要漫长多少倍。

红堡是昔日皇宫，宫殿外墙多用赭红沙石砌成，远望一片红色，故得名。我登上红堡时，正是日暮时分，残阳如血，染红了地平线上的默默矗立的泰姬陵。从囚室窗户里看出去,泰姬陵犹如盛开在天边的一朵巨大花朵,也如大地上蹲伏着的一头红色巨兽,更像是天外来客,遥远而神秘。在我的冥想之中,遥远的地平线上,永远徘徊着两个幽灵:一个是陵寝主人的丈夫,那位在红堡囚室中郁郁终老的国王,他只能孤独地遥望着泰姬陵;一个是被砍断手臂的伟大建筑师默罕默德,他或许会追随着来自世界各地的参观者,倾听他们对自己的作品的评论,在连绵不绝的惊叹声中,他或许会欣慰地一笑。

图书在版编目（CIP）数据

亲爱的母亲河 / 赵丽宏著. —北京：民主与建设出版社，2017.8
（名家散文自选集）
ISBN 978-7-5139-0899-3

Ⅰ.①亲… Ⅱ.①赵… Ⅲ.①散文集—中国—当代 Ⅳ.① I267

中国版本图书馆 CIP 数据核字（2017）第 194670 号

© 民主与建设出版社，2017

亲爱的母亲河
QINAI DE MUQINHE

出 版 人	许久文
总 策 划	李继勇
责任编辑	郭长岭
封面设计	宋双成
出版发行	民主与建设出版社有限责任公司
电　　话	（010）59417747　59419778
社　　址	北京市海淀区西三环中路 10 号望海楼 E 座 7 层
邮　　编	100142
印　　刷	三河市腾飞印务有限公司
版　　次	2017 年 10 月第 1 版　2017 年 11 月第 2 次印刷
开　　本	787mm×960mm　1/16
印　　张	20 印张
字　　数	181 千字
书　　号	ISBN 978-7-5139-0899-3
定　　价	39.80 元

注：如有印、装质量问题，请与出版社联系。